河出文庫

現代語訳
平家物語（上）

中山義秀 訳

kawade bunko

河出書房新社

目次◇現代語訳　平家物語（上）

巻の一

巻の二

巻の三

巻の四

現代語訳　平家物語（上）

巻の一

祇《ぎ》園《おん》精舎《しょうじゃ》

祇園精舎の鐘の響《ひびき》は、(1)万物流転《ばんぶつるてん》のつねならぬ世の様をつたえ、白じろと散る沙羅《しゃら》双樹《そうじゅ》の花の姿は、栄える者のかならず滅びゆく道理をつげる。権《けん》におごる者の運命は、春の夜の夢のようにはかなく、武《ぶ》に強い人の身の上もまた、ついには消えうせること、ひとえに風に吹き飛ぶ塵《ちり》のようなものだ。これを異国の遠い昔にたとえをひけば、秦《しん》の趙高《ちょうこう》、漢の王莽《おうもう》、梁《りょう》の朱异《しゅうい》、唐《とう》の安禄山《あんろくざん》(2)、いずれも旧主先皇《せんこう》の政道にたがい、快楽をきわめ、人のいさめにも耳をかさず、天下の乱兆《らんちょう》を悟《さと》らず、庶民の憂苦《ゆうく》にも心およばなかったため、たちまちにして滅びさった。

近くはわが国でも、承平《じょうへい》の平将門《たいらのまさかど》、天慶《てんぎょう》の藤原純友《ふじわらのすみとも》〔それぞれ関東と瀬戸内でほぼ同時に反乱を起こし、合わせて承平天慶の乱（九三一—四一年）と呼ばれた〕、康和《こうわ》の源義親《みなもとのよしちか》、平治《へいじ》の藤原信頼《ふじわらののぶより》(3)など、その驕慢《きょうまん》、強猛《ごうもう》、人に過ぎるものがあったが、ことにも六波羅《ろくはら》の入道(4)、前太政大臣《さきのだいじょうだいじん》、平朝臣清盛《たいらのあそんきよもり》公とよばれた人にいたっては、そのありさままことに想像をこえ、形容の言葉もおよばぬばかりである。彼の先祖、桓武《かんむ》天皇第五の皇子一品式部卿《いっぽんしきぶきょう》、葛原親王《かずらはらのしんおう》の九代目の後胤《こういん》〔子孫〕讃岐守正盛《さぬきのかみまさもり》、その孫が清盛、刑部《ぎょうぶ》卿忠盛朝臣《ただもりあそん》の嫡男《ちゃくなん》である。葛原親王の御子《おんこ》高見《たかみ》の王は、無位無官のまま亡くなった。その御子高望《たかもち》の王のとき、初めて平《たいら》の姓を賜《たま》わり、上総介《かずさのすけ》になって臣下にくだった。高望王の御子は鎮守府《ちんじゅふ》将軍良望《しょうぐんよしもち》、のちに国香《くにか》と改めた。国香から正盛に至るまで六代は、諸国の国《こく》守《しゅ》であったが、まだ昇殿(5)はゆるされなかった。

殿《てん》上《じょう》の闇《やみ》打《う》ち

しかるに、忠盛《ただもり》がまだ備前守《びぜんのかみ》であったとき、鳥羽院《とばのいん》の御勅願寺得長寿院《おんちょくがんじとくちょうじゅいん》を造営献上し、三十三間堂を建て、一千一体の御仏《みほとけ》を安置し奉《たてまつ》った。供養《くよう》は天承《てんしょう》元年〔一一三二〕三月十三日である。褒美《ほうび》には、国守《こくしゅ》欠員の国を賜《たま》るとの仰《おお》せ、そのおり欠国となっていた但馬《たじま》の国〔兵庫県北部〕を賜《たま》わった。上皇《しょうこう》はなおお喜びのあまり、そのうえ禁裏《きんり》〔皇居、宮中〕の昇殿をゆるしたほどである。ときに忠盛三十六歳、ようやく雲客《うんかく》〔宮中に入れる人〕の地位にあがると、殿上《てんじょう》人《びと》〔宮中の清涼殿殿上の間《ま》に昇れる人〕たちはこれをそねみ、同年十一月二十三日、五節豊明《ごせちとよのあかり》の節会《せちえ》(6)の夜、忠盛を闇打《やみう》ちにせんとはかった。忠盛はこのことを耳にして、おのれは文官にあらず、武勇の家に生まれて、いま思わぬ恥辱《ちじょく》を受けるならば、家のためにも身のためにも遺憾《いかん》である。しょせんは身をまっとうして君に仕《つか》え奉れと古句にもあると、事前に準備をした。その夜は参内《さんだい》〔宮中に参上すること〕にさきだち、大きな鞘巻《さやまき》〔つばのない刀〕を用意し、束帯《そくたい》〔公事《くじ》に着る正装〕の下にだらしなく差して、灯《ひ》のほの暗いほうに向かって、やおらこの長刀を抜き放ち、頬《ほお》ひげにひきあて佇《とどま》っていると、刀は黒ひげにはえて氷のよう。その姿を見た人々は、思わずどきっとして目をそばだてる。殿の前庭には、忠盛の郎党《ろうどう》〔家来〕、左《さ》兵衛《ひょうえ》家貞《いえさだ》が、はいつくばって控えている。かれはもとおなじ平家の一門であった平《たいら》の木工助《むくのすけ》貞光《さだみつ》の孫で、新三郎《しんのさぶろう》大夫《たゆう》季房《すえふさ》の子。薄青の狩衣《かりぎぬ》〔公家・武家の一般に着る服〕の下に萌黄縅《もえぎおどし》〔薄緑色の糸でつづったもの〕の腹巻をつけ、欛袋《つかぶくろ》をつけた太刀《たち》を、すわとばかり小脇《こわき》にはさんでいた。蔵人《くらんど》の頭《とう》をはじめ人々大いに怪しみ、

「うつお柱より内、鈴の綱のあたりに、布衣《ほうい》〔無紋の狩衣〕の者のいるのは何者か。狼藉《ろうぜき》なり、はやく退出させよ」

六位の蔵人《くらんど》、この旨《むね》をつげると家貞は、

「先祖譜代《ふだい》の主《あるじ》備前守《びぜんのかみ》が、今宵《こよい》闇打ちに逢《あ》いたもうと聞き、その成り行きいか

があらんと、ここにまかりある身、退出はできませぬ」とばかり、小揺《こゆ》るぎもしない。忠盛の様といい、家人《けにん》〔家来〕の体《てい》といい、人々はかたずをのみ、手をだすどころの沙汰《さた》ではなかった。

やがて忠盛は、御前《ごぜん》の所望《しょもう》で舞を舞ったが、人々は急に拍子を変えて、「伊《い》勢《せ》瓶子《へいじ》は素瓶《すがめ》なりけり」〔伊勢産の徳利は（粗悪で）かめにしか使えない、の意〕と歌いはやした。平家の人々は、恐れ多くも桓武《かんむ》天皇の末裔《まつえい》とはいいながら、一時は都に住むこともすくなく、地下人《じげびと》〔殿上の間に昇れない人〕にばかりあまんじ、長年伊勢の国〔三重県〕に住みついていたので、伊勢の陶物瓶子《すえものへいじ》にことよせて伊勢《いせ》平氏《へいじ》と通わし、そのうえ忠盛の目が眇目《すがめ》〔やぶにらみ〕であったので素瓶とはやしたのであった。忠盛は挨拶《あいさつ》のしようもなく、御遊《ぎょゆう》もまだ終わらぬうちに退出しようとして、紫宸殿《ししんでん》のうしろの、人々の見ているところで、差していた刀を主殿司《とのもづかさ》にあずけて出た。待ち控えていた家貞が、さて、いかがでございましたとたずねる。こうであったと殿中での事がらをそのまま言いたいと思ったが、もしありのままに話せば、そのまま殿上までもきり込みそうな面《つら》魂《だましい》に見えたので、格別のこともなかったとすましておいた。

この五節《ごせち》のおりには、「白薄様《しろうすよう》、小宣旨《こせんじ》の紙、巻上《まきあげ》の筆、鞆絵《ともえ》書いたる筆の軸《じく》」などと、さまざまにおもしろいことばかり歌って舞うのが常《つね》であるが、以前、太宰権帥《だざいのごんのそつ》〔藤原〕季仲卿《すえなかのきょう》なる人あり、色あくまで黒く、当時の人は黒帥《こくそつ》とよんでいた。この人がまだ蔵人頭《くらんどのとう》であった時、五節に舞を舞ったが、その時も殿上人《てんじょうびと》たちは拍子を変えて、「あな、黒ぐろ、黒き頭《とう》かな、いかなる人の漆塗《うるし》りけん」と歌いはやしたのである。また、花山院《かさんのいん》の前《さき》の太政大臣《だいじょう》〔藤原〕忠雅《ただまさ》公がまだ十歳のころ、父の中納言忠宗卿《ちゅうなごんただむねきょう》に先立たれて孤児でいたのを、故中御門《なかのみかど》の藤《とう》中納言〔藤原〕家成《いえなり》卿が、当時はまだ播磨守《はりまのかみ》であったが、婿《むこ》に迎え、はでな暮らしをさせたので、これも五節で、「播磨《はりま》米《よね》は、木賊《とくさ》か、椋《むく》の葉か、人の綺羅《きら》を研《みが》くは(7)」とはやしたてた。昔はこうしたこともしばしばあったが、かくべつ事は起こらなかった。しかし、世も末の今は無事にはおさまるまい、気がかりなことよと人々は語りかわした。

はたして、五節が終わると、院中の公卿《くぎょう》、殿上人、一同が上申《じょうしん》して、

「およそ剣を帯《お》びて公宴に列し、随身《ずいじん》〔供〕をゆるされて宮中に出入するは、みな格式に定める礼に従うべきことで、詔勅《しょうちょく》〔詔は天皇の命、勅は仰せ〕による先例であります。しかるに、忠盛の朝臣《あそん》は、あるいは譜代《ふだい》の郎党《ろうどう》と称して、布衣《ほうい》の兵を殿上の小庭に召しおき、あるいは腰の刀を横へ差して節会《せちえ》の座に連《つら》なりました。この両条は尋常とは申せません。前代未聞《ぜんだいみもん》の狼藉《ろうぜき》であります。重なる罪状のがれがたく、早く殿上人の籍《せき》をけずり、解職すべきではありませぬか」とそろって訴え出たので、上皇は大いに驚き、ただちに忠盛を召してお尋ねになる。忠盛が申し開きするには、

「第一に、郎党が小庭に伺候《しこう》いたせし由《よし》の段は、まったく存知せぬところ。ただし近ごろ他の人々、われらに対し何やら相寄り企《たくら》まれるとの噂《うわさ》子細《しさい》ありげに感じられ、伝来の家人《けにん》漏れ聞き知ったか、主《あるじ》の恥辱《ちじょく》を救おうと、われらに知らせずひそかに伺候つかまつったとあれば、私の力にはおよばぬ次第。それがふらちでありますならば、かの家人を召し寄せ、差し出すでございましょう。次に刀のことは、あのおり、主殿司《とのもづかさ》にあずけおきました。これへお取り寄せにな

り、とくと御覧の上、罪の有る無しをお調べ願い上げます」

と謹《つつ》しんで奏上《そうじょう》する〔申し上げる〕。

「もっともなる忠盛の言葉」と上皇が、くだんの刀を取り寄せてみると、外は黒塗りの鞘巻《さやまき》であるが、中身は木刀に銀箔《ぎんぱく》をはりつけたものにすぎなかった。

「当座の恥辱をのがれるために、刀を帯《たい》するかのように見せかけたとはいえ、後日訴訟《そしょう》あるを予期して木刀を帯びた用意のほど、神妙である。弓矢にたずさわるほどの者の深慮遠謀《しんりょえんぼう》は、とくにかくありたいもの。また、郎党小庭に伺候の件は、一面、武士の郎党の慣らわしである。忠盛の罪にはあらず」

とて、かえって叡感《えいかん》〔天皇がよしと思うこと〕にあずかり、あえてとがめの沙汰《さた》はなかった。

鱸《すずき》

忠盛《ただもり》の子はそれぞれ皆諸衛《しょえ》の佐《すけ》〔各衛府《えふ》（役所）の次官〕になり、昇殿したが、もはや殿上《てんじょう》の交わりを、だれひとりきらうものはなかった。そのころ忠盛が、任国備前《びぜん》〔岡山県東部〕から都へ上ったところ、鳥羽院《とばのいん》が、明石《あかし》の浦はどんなであったかとお尋ねになった。そこで、

ありあけの月も明石のうら風に

浪ばかりこそよると見えしか

と申し上げると、鳥羽院は大いに感心して、のち、この歌を金葉集《きんようしゅう》に採《と》られた。忠盛はまた、院の御所に最愛の女房《にょうぼう》〔貴人に仕える女〕を持って、夜ごと通っていたが、ある夜、その女房の局《つぼね》〔部屋〕に、端に月を描いた扇を忘れて帰った。目ざとくそれを見つけた仲間の女房たちが、「これはどこから漏《も》れた月影か、さあ出所がはっきりいたしませぬ」などとひやかして笑うので、その女房は、

雲居《くもゐ》よりただもりきたる月なれば

おぼろげにてはいはじとぞおもふ(8)

と詠《よ》んだ。これを聞いて忠盛は、ますますかの女房を憎からず思った。薩摩守《さつまのかみ》忠度《ただのり》(9)の母が、この女房である。似るを友というが、そういった趣《おもむき》である。忠盛も風流を好み、かの女房もまた歌道にすぐれていた。

やがて忠盛は刑部卿《ぎょうぶきょう》になったを最後に、仁平《にんぴょう》三年〔一一五三〕正月十五日、齢《とし》五十八歳で亡《な》くなる。清盛《きよもり》は嫡男《ちゃくなん》であるから、その跡目《あとめ》を継《つ》いだ。保元《ほうげん》元年〔一一五六〕七月、宇治の左府《さふ》（藤原頼長《ふじわらのよりなが》）が乱を起こした当時、清盛は朝廷の味方となって先陣をつとめ、恩賞を賜《たま》わり、安芸守《あきのかみ》から播磨守《はりまのかみ》に栄進して、同三年には、太宰大弐《だざいのだいに》となった。ついで平治《へいじ》元年〔一一五九〕十二月、〔藤原〕信《のぶ》頼《より》が謀反《むほん》を起こした時も、朝廷の味方となり賊徒を討《う》ち平らげたので、勲功《くんこう》は一度ならず、恩賞は厚くすべきであると、翌年正三位《しょうさんみ》に叙《じょ》せられ、ひきつづき宰相《さいしょう》、衛府督《えふのかみ》、検非違使別当《けんびいしのべっとう》、中納言《ちゅうなごん》、大納言と、またたくまに昇進して、ついに大臣の位にいたった。左右大臣を経ずに、内大臣より太政大臣《だいじょう》従一位《じゅいちい》に進み、近衛《このえ》大将ではないが、兵仗宣下《ひょうじょうせんげ》〔供を召しつれるのを許されること〕を賜わり、随身《ずいじん》を召しつれ、また牛車輦車《ぎっしゃれんじゃ》〔輦車は人が引く車〕の宣旨《せんじ》をこうむって、乗車のまま、禁中に出入した。まるで摂政《せっしょう》、関白《かんぱく》に異《こと》ならぬ威勢であり、「太政大臣とは天子の師範にして天下の模範たり。国を治め、道を論じて明らかにし、その徳により、天地感応して、風雨時を得、寒暑おのずからやわらぐという人物である。ゆえにその人を得ずば、則《すなわ》ち闕《か》けても〔空席にしても〕よい」と令《りょう》にある。したがってまた、「則闕《そっけつ》の官」ともいう。すなわち、しかるべき人でなければ任《まか》すべき官ではないのであるが、この清盛入道相国《にゅうどうしょうこく》は、一天四海を掌中《しょうちゅう》に握り、とこういうもおよばぬ地位の人となっている。そもそも平家が、かように繁盛するようになったのは、ひとえに熊野権現《くまのごんげん》の御利益《ごりやく》ということである。

昔、清盛がまだ安芸守《あきのかみ》であった時、伊勢の国安濃《あの》の津より船で熊野へ参詣《さんけい》のみちすがら、おおきな鱸《すずき》が船中におどりこんだ。これを見て導者の山伏《やまぶし》が、「昔、周の武王《ぶおう》の船にも、やはり白魚がおどり入った。いかさまこの瑞祥《ずいしょう》は、熊野権現のあらたかな御神示、謹《つつ》しんで召し上がれ」と申したので、それまできびしく十戒を守り、精進潔斎《しょうじんけっさい》をして参詣するみちすがらであったが、みずから料理しておのれも食い、家の子郎党《ろうどう》たちにも食わしたのである。そのためか、その後は吉事ばかりがつづき、自身は太政大臣にのし上がり、また子孫たちの官途昇進の次第も、竜の雲に昇るよりさらに早かった。高望王《たかもち》以来、先祖九代の先例を凌駕《りょうが》すること、希代《きだい》のためしといってよい。

禿《かぶ》髪《ろ》(10)

清盛公《きよもり》は、仁安《にんあん》三年〔一一六八〕十一月十一日、齢《とし》五十一歳で病《やまい》におかされ、命ながらえるために、急に出家入道《にゅうどう》して、浄海《じょうかい》と名のった。その効験《こうげん》か、宿痾《しゅくあ》たちまち癒《い》えて、天寿を全《まっと》うした。出家したのちも栄耀《えいよう》はなお尽きず、人のつき従うさまは、吹く風が草木をなびかすよう、また降る雨がくまなく国土をうるおすがごとくに、だれひとりとして清盛公を仰ぎ敬《うやま》わない者とてなかった。六波羅殿《ろくはらどの》御一家の公達《きんだち》だと言いさえすれば、華族も英雄も、肩を並べ、面と向かいあう者はない。また、入道相国《しょうこく》清盛の妻の兄、平大納言時忠《へいだいなごんときただのきょう》卿のごときは、「平家一門にあらざる者は、人にして人にあらず」と高言《こうげん》を吐いた。このようなありさまなので、人は争うてこの一門の縁につながろうとする。烏帽子《えぼし》の折り方から、衣服の着こなしようまで、すべて六波羅ふうとさえいえば、世の人みなまねをする。いかなる賢王、賢主の政治であろうと、また摂政《せっしょう》、関白《かんぱく》の執政であろうと、世に相手にされぬ無法者などが、かげでなんということもなくそしり悪口を言うのは珍しくもないが、この清盛公の全盛時代には、平家のことをかりそめにも喋々《ちょうちょう》する者はなかった。それというのも、入道相国の考えで、十四から十五、六の童《わらべ》を三百人えらび、髪を禿《かぶろ》に切らせ、赤い直垂《ひたたれ》〔一般の平服〕を着せて召し使っていたが、この童たちがしじゅう、京都の町々いたるところを行きかえりしていて、平家のことをあしざまに口走る者があると、これを耳にした禿《かぶろ》がたちまち仲間に触れをまわして、その者の家に乱入し、私財諸道具を没収したうえ、当人を捕えて六波羅へ引き渡したからである。平家の専横《せんおう》を目にも見、心にも思っている者も、一人として言葉に出しあらわに言う者はない。六波羅殿の禿《かぶろ》とさえ言えば、道行く馬車《うまくるま》も皆よけて通った。まことに、長恨歌伝《ちょうごんか》の「禁門を出入すとも、姓名を問わず、京師《けいし》の長吏《ちょうり》これがために目を側《そば》む」(11)というありさまであった。

わが身の栄華《えいが》

入道相国《にゅうどうしょうこく》は、かく、ひとりわが身の栄華《えいが》をきわめたばかりでなく、一門ともども繁盛して、嫡子重盛《ちゃくししげもり》は内大臣の左大将《さだいしょう》、次男宗盛《むねもり》は中納言《ちゅうなごん》の右《う》大将、三男知盛《とももり》は三位《さんみ》中将、嫡孫維盛《ちゃくそんこれもり》は四位《しい》の少将と、すべて一門の公卿《くぎょう》十六人、殿上人《てんじょうびと》三十余人、諸国の受領《じゅりょう》、衛府《えふ》、諸司、合わせて計六十余人におよんだ。世に平家のほかには人なきがごときありさまであった。昔、聖武《しょうむ》天皇の御代《みよ》、神亀《じんき》五年〔七二八〕に、朝廷に初めて中衛《ちゅうえ》の大将が置かれ、大同《だいどう》四年〔八〇九〕に、中衛を近衛《このえ》と改められてから以来、兄弟で左右の大将をしめた例は、わずかに

三、四度にすぎぬ。文徳《もんとく》天皇の御代に、左に〔藤原〕良房《よしふさ》が右大臣兼左大将。右に良相《よしすけ》が大納言兼右大将。この兄弟は閑院《かんいん》の左大臣冬嗣《ふゆつぐ》の御子《おんこ》であった。朱《す》雀院《ざくいん》の御代には、左に〔藤原〕実頼小野宮殿《さねよりおののみやどの》、右に師資九条《もろすけくじょう》殿。これは貞信《ていじん》公の御子である。後冷泉院《ごれいぜいいん》の御代には、左に〔藤原〕教通大二条《のりみちおおにじょう》殿、右に頼宗堀《よりむねほり》河《かわ》殿。御堂《みどう》の関白道長《かんぱくみちなが》公の御子である。二条《にじょう》の院の御代には、左に〔藤原〕基《もと》房松《ふさまつ》殿、右に〔九条〕兼実月輪《かねざねつきのわ》殿。法性寺《ほうしょうじ》殿忠通《ただみち》公の御子である。これらは皆、摂政《せっしょう》、関白《かんぱく》の御子息ばかりで、普通の人にはその例がない。殿上《てんじょう》の交わりをさえきらわれた人の子孫で、禁色《きんじき》や直衣《のうし》(12)をゆるされ、綾羅錦繍《りょうらきんしゅう》の美衣を身にまとい、大臣大将を兼ね、兄弟で左右の大将にならぶなど、世は末代とはいえ奇怪なことである。そのほか、清盛公には、八人の女《むすめ》がいて、昔それぞれにしあわせに暮らしていた。一人は桜町《さくらまち》の中納言成範卿《しげのりのきょう》の奥方になるはずであったが、八歳の時に約束をしただけ、平治《へいじ》の乱以後変わって、花山院《かさんのいん》の左大臣〔藤原〕兼雅《かねまさ》公の奥方となり、若君たちを多くもった。余談であるが、この成範卿を桜町の中納言と申すわけは、この方が人にすぐれて風雅をよろこぶ人で、つねに吉野山をあこがれ、付近に桜を植え並べ、その中に家を建てて住んでいたので、毎年、春来るごとに桜咲き、見る人々がだれ言うとなく、このあたりを桜町と呼ぶようになったのである。桜花は通常、咲いて七日目には散りうせてしまうものであるが、成範卿がなごりを惜しんで天照大神《あまてらすおおみかみ》に祈ったところ、この桜町の桜は二十一日目まで散らずに残った。当時、主上《しゅじょう》〔天皇の尊称〕も賢君であらせられたので、神も神徳を輝かし、花にも心あって、二十日の寿命を保ったのであろう。さて清盛公の御女《おんむすめ》の一人は后《きさき》に立たれた。二十二歳で皇子生誕、皇太子となって、やがて位に即《つ》かれたので、院号をたまわり建礼門院《けんれいもんいん》と称した。入道相国の息女であり、しかも天下の国母である。そのしあわせについてくどくど申す必要はさらにあるまい。また一人は、六条の摂政基実《もとざね》公の奥方になった。この方は、高倉院《たかくらのいん》の天子御在位ちゅう、御母がわりとして、准三后《じゅんさんごう》の宣旨《せんじ》を賜《たま》わり、白河《しらかわ》殿といわれ、高貴の方である。別の一人は、普賢寺《ふげんじ》殿、すなわち摂政関白〔藤原〕基通《もとみち》公の奥方になった。また一人は、冷泉《れいぜい》大納言〔藤原〕隆房《たかふさ》卿の奥方。一人は七条修理大夫《しゅりのだいぶ》〔藤原〕信隆《のぶたか》卿の伴侶《はんりょ》となった。また安芸の国厳島《いつくしま》神社の巫女《みこ》を母とする息女は、後白河《ごしらかわ》法皇へ仕《つか》え、女御《にょうご》〔高位の女官〕のような地位にあった。そのほか、九条院《くじょういん》の雑仕《ぞうし》〔低位の女官〕常葉《ときわ》を母とする一人、この娘は花山院殿では上臈《じょうろう》〔高位〕の女房で、廊《ろう》の御方《おかた》という。日本秋津洲《あきつしま》〔本州〕はわずかに六十六カ国、平家の支配する国は三十余カ国。すでに国の半ばを越えている。そのほか、平家所有の荘園《しょうえん》や田畑は、どのくらいあるか数もわからぬ。綺羅《きら》を着飾る一門の人々満ちあふれて、禁裏殿上《きんりてんじょう》の間《ま》は花咲けるがごとく、顕貴《けんき》〔高貴な人〕群集して、平家の門前に市《いち》をなす。揚州《ようしゅう》の金《こがね》、荊州《けいしゅう》の珠《たま》、呉郡《ごきん》の綾《あや》、蜀江《しょっこう》の錦《にしき》、七珍万宝《しっちんまんぽう》ひとつとしてそろわぬものはない。まことに文選蕪城賦《もんぜんぶじょうふ》にいう、「歌堂舞閣《かとうぶかく》の基《もとい》、魚竜爵馬《ぎょりょうしゃくば》の翫物《もてあそびもの》」のありさまで、禁中も院の御所も、これには過ぎまいと見えた。

祇《ぎ》王《おう》

かく天下を掌中《しょうちゅう》におさめた入道相国《にゅうどうしょうこく》には、世のそしりをもはばからず、人のあざけりをもかえりみぬ、奇怪な行ないが多かった。たとえば当時、京都に名の聞こえた白拍子《しらびょうし》(13)の名手で、祇《ぎ》王《おう》、祇《ぎ》女《にょ》という姉妹がいた。刀自《とじ》という白拍子の娘である。その姉の祇王を清盛《きよもり》公が寵愛《ちょうあい》したので、妹の祇女もまた、世人のもてはやしようはひととおりではない。母の刀自にもよい家を造ってやり、毎月、米百石《こく》、銭《ぜに》百貫を仕送ったので、家内裕福、しごく楽しく暮らしていた。いったい本朝に白拍子が始まったのは、昔、鳥羽院《とばのいん》の御代《みよ》に、島《しま》の千歳《せんざい》、若《わか》の前《まい》なる二人が舞ったのが最初である。当初は、水干《すいかん》に立烏帽子《たてえぼし》、白鞘巻《しろざやまき》を差して舞い、男舞《おとこまい》といわれていた。ところがしばらくたつと、烏帽子と刀を廃し、水干だけを身につけた。それゆえ白拍子の名を得たのである。京中の白拍子たちは、祇王の幸福そうな様子を噂《うわさ》に聞いて、うらやむ者あり、そねむ者あり、

うらやむ女たちは、

「祇王御前《ごぜん》はなんとしあわせな方であろう。同じ遊び女《め》なら、たれしもあのようになりたいもの。さては、祇《ぎ》という文字を名につけたゆえ、あのようにめでたいのであろうか。さらばわたしたちもそれにあやかって……」

と、あるいは祇一、あるいは祇二とつけ、あるいは祇福、祇徳などとつけた者もあった。そねむ女たちは、

「なんの、名とか文字などによるわけがあろうぞ。幸福はただ前世から授《さず》かって生まれついてきたものを……」

とすねて、わざと祇の字を名につけようとはしない。

こうして三年たったころ、また京都に白拍子の名手がひとり現われた。加賀の国〔石川県南部〕の生まれ、名を仏《ほとけ》という。齢《とし》は十六とのことである。京都の人は、上も下も、昔から多くの白拍子は見たが、これほどじょうずな舞は見たことがないと、しきりにもてはやす。

ある時、仏御前《ほとけごぜん》は、

「わたしは、世にもてはやされてはいるが、当世栄《は》えめでたき平家太政《だいじょう》の入道清盛《きよもり》公に召されぬことばかりが心のこり。遊び女《め》のならいなれば、かまわぬはず。こちらより、おしかけてみようか」

とある時自分から、西八条の清盛の邸《やしき》へ伺《うかが》った。取り次ぎの者が、「いま都に名の聞こえた仏御前《ほとけごぜん》が参りました」と言上《ごんじょう》すると、清盛は気色をそこねて、

「なんと、そのような遊び女は、人に召されて来るものだ。かってに推参《すいざん》する法があるか。神であろうと、仏であろうと、祇王のおるところへは参ってはならぬ。早々に追い払え」

と言う。仏御前はすげないその言葉に、やむなく帰りかけたが、その時、祇王が清盛公に、

「遊び女が、自分から参りましたのは、世の常《つね》のならわし、それもまだ年端《としは》もゆかぬ者、たまたま思い立って参りましたものを、すげなく申されて帰すのはふびんでございます。いかばかりはずかしいことか、はた目にも気の毒です。わたくしもたずさわってきた道だけに、身につまされ、ひとごととも思われま

せぬ。たとえ、舞をごらんにならず、歌をお聞きにならずとも、道理をまげてお呼び戻しになり、せめてお目通りだけでもおゆるしのうえお帰しになれば、ありがたきお情けにぞんじます」

清盛もそこで、

「そなたがそれほどまでに申すなら、会うだけは会って帰そう」

と使いを出して召し戻した。仏御前は、すげなく断わられて車に乗って帰るばかりにしていたが、召されて戻る。清盛公が出てきて、

「いかに仏、今日、見参《けんざん》のつもりはなかったが、祇王がなんと思うてか、あまりに申しすすめるゆえ、こうして会うのだ。会うからには、声を聞かずに帰すわけにはいくまい。まず今様《いまよう》(14)をひとつ歌うてみよ」

仏御前は、かしこまりましたと、今様をひとつ歌った。

君をはじめて見る時は、千代《ちよ》も経《へ》ぬべし姫小松《ひめこまつ》、

御前《みまへ》の池の亀岡《かめおか》に、鶴《つる》こそ群れゐて遊ぶめれ、

とくりかえしくりかえし、三度歌った。それを見る人聞く人、みな耳目《じもく》をそば

だてて感心する。清盛もおもしろく思い、

「なるほど、巧《たく》みなものだ。この分では、舞もさだめしうまかろう。一番舞うてみよ。鼓打《つづみう》ちを呼べ」

とさっそく、鼓打ちに鼓を打たせ、舞を舞わせた。仏御前は、髪姿をはじめ、みめかたち美しく、声もよく、節回しも巧みな名妓《めいぎ》、いかで舞もこれに劣ろう。期待にまさるできばえだったから、清盛はそれに心を奪われ、たちまち仏に情をうつすようになった。仏御前は、

「これはまたなんとしたことでございましょう。もともとわたくしは、お召しもないのに参上した者。一度は出されましたのを、祇王御前のおとりなしで召し戻されましたものを……早々においとまを願いとうぞんじます」

「そのようなことまかりならぬ、祇王にはばかってそのように申すのか。その儀ならば、祇王にこそ暇をつかわす」

と清盛はゆるさない。仏御前は、

「どうしてそのようなことができましょう。祇王御前といっしょに召し置かれ

ますことさえはずかしゅうぞんじますのに、祇王御前をお出しになってわたくし一人を召し置かれましたら、御前のお心はいかばかりはずかしく、お気の毒にとぞんじます。のちのちまでもわたくしをお忘れなければ、召されてふたたび参りますゆえ、今日はおいとまをいただきとうぞんじます」

とかさねて辞退した。だが清盛は、

「ならぬ。されば祇王を、とくとく〔さっさと〕追い出せ」

と三度まで使いをやって催促した。祇王はもとより、いつかこのようなことのあるのを覚悟はしていたのであったが、さすが昨日今日のこととは思いもよらなかった。立ち去れとしきりにせかれるまま、部屋を掃《は》き清め、手落ちなく片づけて、泣く泣く立退《たちのき》のしたくをした。一樹のかげに宿り合い、同じ流れの水を掬《きく》す〔両手ですくう〕だけのいささかな縁《えにし》さえ、別離は悲しいものなのに、まして三年、住みなれたところなだけに、なごりも惜しく悲しく、涙があふれ出てとまらない。しかし、いつまでとどまっているわけにもいかないので、祇王も今はこれまでと立ちいずる砌《みぎり》、あとの形見にとも思ったのか、襖障子《ふすましょうじ》に歌を書きのこした。

萌《も》え出《い》づるも枯るるも同じ野辺《のべ》の草

いづれか秋にあはではつべき

さて、車に乗って、家へ帰り、襖の内に倒れ伏《ふ》し、祇王はただ泣くよりほかのことはなかった。母や妹がこれを見て、いかがなされたとたずねたが、祇王は口もきけぬありさま、召しつれてきた女にたずねて、はじめてそのわけを知った。そのうち、毎月仕送られていた米百石、銭百貫も今はとめられ、こんどは仏御前の身内の者たちが、代わって富貴《ふうき》の暮らしを楽しむようになった。都の人々はこのことを耳にして、「祇王は入道様からお暇が出て、帰ったそうな。ひとつ呼んで遊ぼうではないか」と、あるいは文《ふみ》をつかわす者あり、あるいは使いを立ててよこす者もあったが、祇王はいまさら人に会って遊び戯《たわむ》れる気にはなれない。手紙でさえ受け取りもせず、まして使いの者に接することはなかった。こうした世間の人々のあしらいを受けるにつけても、ますます悲しく、かいなき涙ばかりがこぼれる。

この年も暮れ、あくる年の春を迎えたころ、入道相国は祇王のもとへ、

「いかに祇王、その後はどのように過ごしておるか、仏御前があまりに所在なげに見ゆるゆえ、屋敷へ参って今様を歌い、舞など舞うて、仏の伽《とぎ》を勤めるよう」

という使いをよこした。祇王は返事もできず、涙をこらえていると、清盛はかさねて使者をさしむけ、

「なにゆえ祇王は返事をせぬか。参らぬのか。参らぬならば参らぬと申せ。この浄海《じょうかい》にも考えることがあるぞ」

と督促《とくそく》がきびしい。母の刀自《とじ》はこれを聞くと悲しくて、どうしてよいかもわからなかったが、泣く泣く祇王をいさめて、

「これ祇王、なんとか御返事申し上げるがいい。おしかりのほどが恐ろしければ」

祇王は涙を押《おさ》えて、

「参上する心があれば、やがてお伺《うかが》いするとも申し上げましょう。その心がな

ければこそ、なんとお答えしてよいかわかりませぬ。このたびのお召しに伺わなければ、考えることがあると言われるのは、さだめし、都の外へ追われるか、さもなくば命を召されるか、二つのどちらかに違いありますまい。たとえ都より追われるとも、いまさら嘆《なげ》こうとはぞんじませぬ。また命を召されても、惜しいわが身ではござりませぬ。一度いやな女と思われたお方に、二度と会いとうはござりませぬ」

と答え、やはり返事をしなかった。母刀自は重ねて、

「この国に住むからには、とにもかくにも入道殿の仰《おお》せにそむいてはなりませぬ。そのうえに、男女の縁というものは、前世からの約束ごとで、千年万年とちぎろうと、すぐに別れる仲もあり、かりそめと思うても、長く添いとげることもある。世に定《さだ》めなきは、男女の間のこと、ましてそなたは、この三年、入道殿に思われ、かわいがっていただいた。ありがたいお情《なさ》けと思わねばなりますまい。お召しに参らぬからとて、まさか命を召されることはあるまいが、都から追い出されないとはかぎらぬ。都から出されても、そなたたちは年若ゆえ、

どんな岩や木の間の暮らしにも堪《た》えてゆくことはできるであろうが、年老いた母のわたしには堪えられぬ。慣れぬ鄙《ひな》〔都の外の地、いなか〕の住まいを思うてみたばかりでも悲しいこと。どうかこの母を死ぬまで都に住まわせてくだされ。それがそなたの現世の孝行、後生《ごしょう》の追善《ついぜん》ではありませぬか」

とかきくどくので、祇王もせんかたなく、母の心にそむくまいと、泣く泣く清盛の邸《やしき》へ参上した。その心根こそ哀れである。しかし、一人で行くのはあまりにつらいと、妹の祇女《ぎにょ》を伴《ともな》った。そのほか、白拍子《しらびょうし》二人、総じて四人、一つの車に乗って、西八条へ参上した。かつて召し置かれていた部屋ではなく、はるか下部屋に座敷をしつらえて置かれた。祇王は、「これはまたなんというお仕打ち。わたくしになんのあやまちもないのに、捨てられ申すさえお恨《うら》みに思うものを、そればかりか座敷まで下げられるとは、なんと情けないことであろうか。これは、なんとしたものか」と考えこめば、人に知られまいと顔におしあてる袖《そで》のすきから、はらはらと涙がこぼれ落ちる。仏御前はその姿を見ると、気の毒さにこらえきれず、

「これはまた、どうしたことでございましょう。いつもこの部屋へお召しになっていたものを……どうぞこちらへお召しください。もしそれがかなわぬなら、わたくしにしばらくお暇をくだされませ。出て参って祇王御前にお目にかかりとうぞんじます」

と言ったが、清盛が、すべてその儀《ぎ》はまかりならぬと言うので、いたしかたなくそのままにしていた。しばらくして、清盛は祇王の心のうちも知らず、

「その後はいかが過ごしおるか。さて、仏御前があまりに寂しげに見ゆるによって、今様をひとつ歌うてみよ」

祇王は、かく参上したうえは、清盛の仰せにそむくまいと思って、落ちる涙を押えて、今様を一つ歌った。

仏もむかしは凡夫《ぼんぶ》〔まだ悟りをひらいてない者〕なり、われらもついには仏なり

いづれも仏性《ぶっしゃう》具せる身を、隔《へだ》つるのみこそ悲しけれ

と泣く泣く二度歌ったので、座につらなる平家一門の公卿《くぎょう》、殿上人《てんじょうびと》、諸大夫《しょだいぶ》

〔殿上人に次ぐ位の者たち〕、侍《さぶらい》にいたるまで、みな感涙《かんるい》を催した。清盛もおもしろげに聞いて、

「このごろの今様にしては感心の出来だ。それで舞も見とうなったが、今日はほかにも所用がある。この後は召さずとも、いつなりと参って、今様をも歌い、舞などをも舞って、仏を慰めよ」

と言う。祇王はとかくの返事もせず、涙を押えて退出した。

「参るまいと思いながら、母の心にそむくことができずにつらいお召しに応じて、二度までもはずかしい目にあった心憂《う》さ。このままこの世にながらえおれば、ふたたびこうした憂き目にあうかもしれませぬ。それよりいっそ今身を投げてしまおうと思います」

と祇王が言えば、妹の祇女《ぎにょ》がこれを聞いて、

「姉様が身投げをなさるなら、わたくしもいっしょに身を投げましょう」

と答える。母の刀自《とじ》は、姉妹の話を聞くと、悲嘆《ひたん》のあまり思案も浮かばず、涙ながらにさとして言うには、

「まことに、そなたの恨《うら》むのもむりはない。こんなことになろうとも思わず、そなたをいさめて西八条へ参らせたことが悔《く》やまれてなりませぬ。しかし、そなたが身を投げれば、妹の祇女も共に身を投げると申します。二人に先立たれては、老いさらぼえた母ひとり、生きていてもなんのかいがあろうぞ。わたしもともども身を投げましょう。だが、まだ寿命の来ぬ母に身を投げさせることは、五逆罪[15]だというではありませぬか。この世は仮の宿なれば、恥じても恥じても別に何事でもありませぬ。ただあの世を無間《むげん》地獄[16]の長い闇《やみ》に、過ごさねばならぬことこそ心憂いかぎり。この世はとにかく、あの世まで、地獄道へ落ちるとは、なんと悲しいことであろうか」

　母がさめざめとかきくどけば、祇王も涙にかきくれて、

「ほんとうにそうなれば、五逆罪は疑いございませぬ。わたくしも一度は恥をみたことの口惜しさに、身を投げようと申しましたが、自害は思いとどまりましょう。けれども、こうして都に住めば、またしてもつらい目にもあいましょうから、いっそ都の外に、世を捨てようと思います」

祇王は二十一歳で尼《あま》になり、嵯峨《さが》の奥なる山里に柴《しば》の庵《いおり》をむすんで、念仏を唱《とな》えて暮らすようになった。妹の祇女も、「姉様と死を共にと約束したわたし、姉様が出家をなさるなら、わたしも遅れはとりませぬ」と十九歳で姿を変え、姉とひと所に籠《こも》って、後世《ごせ》の菩提《ぼだい》を願う身となった。母の刀自もこれをみて、若い娘たちさえ姿を変えて尼となったのに、老い衰えた母ひとり、白髪をつけていてなんになろうぞと、四十五歳で剃髪《ていはつ》し、二人の娘と同じ庵で、後世の菩提を願い、ひたすらに念仏三昧《ざんまい》の生活をおくることになった。

こうして春も過ぎ、夏も長《た》けた。秋の初風が吹き初《そ》めて、男星女星が一年に一度出会うという七夕《たなばた》(17)の空をながめながら、天の川をわたる梶《かじ》の葉に、願いごとを書きつけるころとなった。夕日が西の山の端《は》に隠れるのを見ても、日の沈むところは西方浄土《さいほうじょうど》、いつかはわたしたちもあの西方浄土に生まれかわって、物思いもせずに暮らせるであろうと、過ぎ去った昔のつらかったことなど思い出して、尽きぬ涙にくれることもある。黄昏《たそがれ》どきも過ぎたので、竹の編戸を閉じ、燈火《ともしび》をかすかにかきたてて、親子三人が念仏を唱えていたところに、竹の

編戸をほとほととたたく音がした。尼たちは、思わぬことにぎょっとして、

「いくじのないこのわたしたちの念仏をさまたげようと、魔物がきたのでありましょうか。昼日中にさえ、人ひとりたずねこぬ山里の柴の庵に、夜ふけてだれが参りましょうか。ささやかな竹の編戸ですから、あけなくとも押し破るはたやすかろうに。されば、こちらから編戸をあけてやり、もし無慈悲に命をとろうとする者ならば、年ごろおすがり申している弥陀《みだ》の誓いを固く信じて、南無阿弥陀仏の名号《みょうごう》を唱えて恐れまい。あるいはまた、名号を唱えるわたしたちの声をたずねてこられた菩薩《ぼさつ》たちの御来迎《ごらいごう》なら、願うところ幸い、三人手に手をとって浄土へお供いたしましょう。善《よ》し悪《あ》しいずれにしろ、心構えて、念仏を怠《おこた》りなさるな」

とたがいに心をいましめて、こわごわ竹の編戸をあけてみると、魔物ではなく、思いがけなくも、仏御前《ほとけごぜん》であった。祇王が、

「あれ、いかに、仏御前と見受けますが、夢か、現《うつつ》か……」

と言葉をかけると、仏御前は涙を押えて、

「このようなことを申せば、過ぎしことを事新しく申し上げるようでございますが、申し上げなければ、人の情《なさ》けも世の道理も知らぬわが身となってしまいまする。もともとわたくしは、みずから屋敷へ推参いたせし身、一旦《いったん》は退《しりぞ》け出されたものを、あなた様のおとりなしで召し返されたのでございます。ところが女の身のふがいなさ、自分の身が自分の心のままになりませず、あなた様を追い出して、代わりにわたくしがあとにとめられたことのはずかしさ、身のつらさ。これを見るにつけても、いつかはまたわが上にめぐり来ることと思われ、入道殿のおぼしめしもうれしくは思われず、またあなたが襖障子《ふすましょうじ》に、『いづれか秋にあはで果つべき』と書きおかれたお言葉、まことにその通りだと心にひしと感じておりました。いつぞやあなたが屋敷に召されて、今様をお歌いなされたときも、つくづくと浮かれ女の身のつらさを、思い知らされました。そののちは、いずこへお住まいかぞんじませんでしたが、このほど噂《うわさ》によれば、母子お三人様姿を変え、ごいっしょに念仏されている由《よし》、聞くにつけてもうらやましゅうぞんじて、いつもおいとまを願い申しましたが、入道殿はいっこうにおゆるしになりませぬ。ひとり思いあわせてみますと、この世の栄華は夢の中の夢、楽しみ栄えたとてなんになりましょう。人の身に生まれ出ることはむずかしく、仏の御教《みおし》えにあう機会もめったにはございません。このたび地獄におちましたなら、いかに生まれ変わり死に変わりましても、ふたたび人間界に浮かび上がることはむずかしゅうございます。老少不定《ろうしょうふじょう》〔老人と若者のどちらが先に死ぬかわからない〕の世の中ですから、年が若くともたのみにはなりませぬ。出る息のはいる間も待つ暇とてもなく、かげろうや稲妻よりも、なおはかない命――いちじの栄華を誇って、後生《ごしょう》知らずと言われんも悲しく、今朝ひそかに屋形を抜け出して、このような姿になって参りました」

とかぶっていた衣《きぬ》をとりのけたのを見ると、緑の黒髪をそり落として、尼の姿に変わっている。

「このように姿を変えて参りましたからは、これまでの罪をおゆるしくだされ、ともどもに念仏称名《しょうみょう》して、あの世で一つ蓮《はちす》の台《うてな》に暮らせるよう〔極楽浄土へ行けるよう〕、お願いいたします。もし、それもおゆるしなければ、これからどこへなりともさまよい行き、いかな苔《こけ》の筵《むしろ》、松が根にも倒れ伏《ふ》して、命のあるかぎり念仏を唱《とな》え、極楽往生《ごくらくおうじょう》の本懐をとげたいと、心をきわめて参りました」と顔に袖《そで》をおしあて、さめざめとかきくどく。祇王は涙をおさえて、

「かほどまで思い立たれたとは、夢にも知らず、憂世《うきよ》の定めと身の不運を思いあきらめればよいものと、ともすれば、あなた様のことのみ恨めしくぞんじられてなりませんでした。そのため極楽往生の本懐をとげるさわりとなり、今生《こんじょう》も後生も中途半端な、救われがたい気持でおりましたが、あなた様の変わったお姿を見て、いままでの恨みも露《つゆ》と消えうせ、おかげでわたくしの極楽往生疑いありませぬ。あら、うれしや。わたくしが尼になったことすら、世に珍しきことのように人も言い、わたくしもそう思っておりましたが、それは世を恨み、身を嘆《なげ》いた上でのこと。あなた様の出家にくらべれば、もののかずならず。今ははや恨みなく、嘆きもなし。わずか十七歳のお身で、穢土《えど》〔浄土に対しての現世をいう〕をいとい、浄土を願おうと思いさだめられたは、真実の大道心、まことの善知識《ぜんちしき》〔人を仏道にみちびく者〕と申しましょう。では、ともに心をあわ

せ、極楽往生を祈ろうではありませぬか」

四人はそれより同じ庵《いおり》に暮らし、朝夕、仏前に花や香《こう》を供《そな》え、一心不乱に浄土を願ったので、たがいに死期の早いおそいの違いこそあれ、四人の尼ともみな、極楽往生の素懐《そかい》〔もとからの願い〕を遂げたということである。それゆえ、後白河法皇《ごしらかわほうおう》御創建の長講堂《ちょうこうどう》の過去帳にも、「祇王、祇女、仏、刀自らが尊霊」と、四人いっしょに書きおさめられてある。げに、哀れともいうべきであろう。

二《に》代《だい》の后《きさき》

昔から今にいたる間、源平両氏は朝廷の命のまま、王化《おうか》〔王の徳による治世〕にしたがわないで、自然《じねん》〔しぜんに〕朝威《ちょうい》〔天皇の権威〕を軽んずる者どもに対しては、両氏たがいに打ち懲《こ》らしめ、ために世の乱れることもなかったが、保《ほう》元《げん》の乱に源為義《みなもとのためよし》が斬《き》られ、平治《へいじ》の乱におなじく源義朝《よしとも》が誅《ちゅう》せられてからは、源氏の末々、あるいは流され、あるいは失われて、いまは平家の一門ばかりが繁栄して、他に頭をもたげる者がない。このありさまでは、いかなる末代に至ろうとも、世は平穏と思われた。ところが、鳥羽院崩御《とばのいんほうぎょ》ののちは、兵乱つづきで、死罪、流刑《るけい》、闕官《けっかん》〔免官〕、停任など、日常のことのように行なわれ、海内《かいだい》〔国内〕不穏で世間がおちつかぬ。とくに、永暦《えいりゃく》、応保《おうほ》〔一一六〇―六三年〕のころからは、後白河院《ごしらかわいん》の側近者を主上《しゅじょう》のほうよりとがめ、主上の近習《きんじゅ》〔側につかえる者〕を院のほうからとがめるという次第で、上下の人心不安におののき、淵《ふち》にのぞんで薄氷を踏む思いをつづけている。主上、上皇御父子《しょうこうおんふし》の間には、なんの御隔《へだ》りもあるべきはずではないのに、思いのほかなることが相継《あいつ》いで起こる。これも末代澆季《ぎょうき》の世〔乱れた世の中、末世〕となって、人々が悪事ばかりに走るようになったからであろうか。院の仰せを主上が常《つね》にこばみおしかえされる中で、ことに驚くべく、世の非難の的となった事件がある。それは、故近衛《このえの》院《いん》の后《きさき》に、大炊御門《おおいのみかど》右大臣〔藤原〕公能《きんよし》公の女《むすめ》で、太皇太后宮《たいこうたいこうぐう》と申す方があり、先帝に先立たれてのち、宮中の外、近衛河原《このえかわら》の御所に、移り住んでいた。皇太后の身なので、目だたぬよう、御所に閉じこもって、じみな暮らしをされている。永暦のころは、御年《おんとし》二十二、三にもなられていただろうか、女のさかりを少し過ぎた年ごろともいわれるが、天下第一の美人という聞こえが高く、主上は好《す》き心《ごころ》をおこされ、ひそかに勇力のある近侍《きんじ》〔側にはべる者〕にいいつけて、この皇太后の宮《みや》へ艶書《えんしょ》を送った。大宮《おおみや》はもとより、聞き入れる心はない。すると主上は、思いつめた一途な気持をむきだしにして、后《きさき》として入内《じゅだい》する〔儀式のために内裏へ入る〕よう、右大臣家の宣旨《せんじ》を賜《たま》わった。このような宣旨は、異例のことなので、諸公卿《くぎょう》たちはよりあって評議を開いた。各自意見をのべて、

「まず異国の先例を問えば、唐土《とうど》〔中国・唐の国〕の則天《そくてん》皇后(18)は、唐の太宗《たいそう》の后、高宗《こうそう》皇帝の継母であった。太宗崩御ののちに高宗の后に立たれたが、それは異国の先例であって、別段の話だ。本朝にあっては神武《じんむ》天皇よりこのかた、人皇《にんのう》〔神代でなく、神武以降の天皇〕七十余代に至るまで、いまだ、二代《にだい》の后に立たせられるという例《ためし》を聞かぬ」

そう、一同に異議をうったえた。上皇もまた、そのようなことはよろしくな

いと、内裏《だいり》に申されたのであったが、主上は、

「天子に父母なし(19)という。われ十善の戒を守りし功徳《くどく》により、いま万乗《ばんじょう》の位〔すなわち天皇〕にある。これしきのこと、などか、わが思いにまかせぬわけのあるはずがあろう」

と情をはり、やがて御入内の日を宣下《せんげ》したので、上皇のお力もおよばぬこととなってしまった。

大宮はこのことを聞くと、涙に沈み、先帝逝去《せいきょ》の久寿《きゅうじゅ》二年〔一一五五〕の秋のはじめ、おなじ野原の露《つゆ》と消えるか、それとも出家遁世《とんせい》の境涯にでもはいっておれば、今このような悲しい話を聞かずにすんだであろうに、と嘆《なげ》く。父の大臣《おとど》がなだめて、

「世に従わざるをもって狂人とす、という言葉がある。勅命《ちょくめい》すでに下った上は、とこう申す余地はあるまい。かくなりし上は、一刻もはやく参内《さんだい》するが上策。あるいは皇子御誕生になって、そなたは国母とあがめられ、愚老は外祖と仰がれる瑞相《ずいそう》〔めでたいしるし〕となるやもしれず、もしそうなったあかつきは、こ

れひとえに愚老を助ける無上の孝行と申すもの」

としきりに説くが、大宮は返事もしなかった。大宮はそのころ、なんとなき御《おん》手習いのおりに、

　　うきふしにしづみもやらで河竹《かはたけ》の
　　　世にためしなき名をやながさん⑳

としたためたが、世にどうしてこれが漏《も》れたのか、あわれに優しい例として、人々はたがいに語りあった。はやくも御入内《じゅだい》の日となり、父の大臣や供の公卿たちは、飾り車の準備などに意気ごむのであったが、大宮は気の進まぬ出立《しゅったつ》であるから、すこしも急ごうとしない。小夜《さよ》も半《なか》ばを過ぎてから、ようやく御車《おんくるま》にたすけ乗せられた。入内ののちは、麗景殿《れいけいでん》に住み、主上にはひたすら、朝政に精励なさるようおすすめする。かの紫《し》宸殿《しんでん》の皇居には、支那の古聖賢の像を描いた障子《しょうじ》が立ててある。伊尹《いいん》、第伍《ていご》倫《りん》、虞《ぐ》世南《せいなん》、太公望《たいこうぼう》、甪里《ろくり》先生、李勣《りせき》、司馬《しば》、手長《てなが》・足長・馬形《うまがた》の障子、また鬼の間《ま》には、李広《りこう》将軍の姿を生けるがごとく写した襖《ふすま》障子がある。尾張守《おわりのかみ》小野道風《おののみちかぜ》が、七廻賢聖《しちかいげんじょう》の障子に銘を書き直し

たというも、もっともなことと思えるほどのりっぱさ。あの清涼殿《せいりょうでん》の画図の襖障子には、昔、巨勢金岡《こせのかなおか》が描いた遠山の有明の月もあるという。故近衛院がまだ幼主にていらせられたそのかみ、なんとなき御手《おん》慰みのおりに、この画図の障子に落書きをなさって、有明の月を曇らされたのが、さながら当時のままに残っているのを御覧になり、大宮は、先帝の昔を恋しく思われたのか、

思ひきや憂《う》き身ながらにめぐり来て
おなじ雲居《くもゐ》の月を見んとは

故院と大宮との御仲のむつまじさのほどもしのばれ、大宮のいまの御境遇が、同情にたえない。

額《がく》打《う》ち論

やがて永万《えいまん》元年〔一一六五〕の春ころより、主上《しゅじょう》御病気の噂《うわさ》が立ったが、夏

の初めになると、ことのほかに重態となられた。そこで、大蔵大輔《おおくらのたゆう》伊吉兼盛《いきのかねもり》の息女がお産みになった主上の第一皇子で、二歳になった方がいられたのを、皇太子にお立てすると取沙汰《とりざた》あるうち、同年六月二十五日、急に親王の宣旨《せんじ》が下り、その夜ただちに御譲位《じょうい》あらせられたので、これまた、なんとあわただしきことかと、世人もとまどうようなありさまであった。時の学識者たちが話し合うに、わが国で童帝の例を調べてみると、清和《せいわ》天皇は九歳で文徳《もんとく》天皇から御位をつがれた。そのときは、かの周公旦《しゅうこうたん》が成王《せいおう》に代わって天下に君臨し〔周の武王が亡くなると幼帝の成王が立ったが、実権は武王の弟・周公旦が握っていた〕、しばらく政治万端の指導にあたった例になぞらい、外祖父藤原良房《ふじわらのよしふさ》公が幼帝の補佐となられた。これが摂政《せっしょう》の初めである。また、鳥羽院《とばのいん》は五歳、近衛院《このえのいん》は三歳で皇位につかれたが、そのときも世間では、いつ御親政となるか知らないが、あまりに御幼少すぎるとさわがしかったのに、このたびは二歳にならせられたばかりである。先例のないことで、世間の口のうるささは、物さわがしいというどころのことではなかった。そのうち永万元年七月二十七日、二条天皇はついにおかくれになった。御齢《おんとし》二十三。つぼみの花が散ったようなものである。玉の簾《すだれ》、錦《にしき》の帳《とばり》のうち、後宮《こうきゅう》〔皇后・皇妃や女官〕の方々はみな悲しみの涙にむせぶ。さっそくその夜、広隆寺《こうりゅうじ》の東北、蓮台野《れんだいの》の奥、船岡山《ふなおかやま》〔京都市北区〕に葬り奉《たてまつ》った。ところが御葬送の夜、延暦《えんりゃく》、興福《こうぶく》両寺の衆徒《しゅと》〔僧たち〕が、額打《がくう》ち論という事件をひき起こして、たがいに乱暴をはたらくにいたった。一天の君崩御《ほうぎょ》の場合、御墓所《ごむしょ》へお送りするときの作法には、奈良、京都二京の衆徒が、ことごとく供奉《ぐぶ》〔随行〕して、御墓所のまわりに自分の寺々の額《がく》を立てるというならわしがある。順序として一番に聖武《しょうむ》天皇の御勅願寺《ごちょくがんじ》〔願って建てた寺〕、東大寺《とうだいじ》の額を立てる。これにはだれも、異論のあるはずはない。二番に淡海公《たんかいこう》藤原不比《ふじわらのふひ》等《と》の御願寺というので興福寺の額を打つ。京都の寺では、興福寺に向かいあって、まず延暦寺の額を打つ。その次には、天武《てんむ》天皇の御勅願寺の跡で、教待和尚《きょうだいかしょう》、智証大師《ちしょうだいし》の創立になるものとして園城寺《おんじょうじ》の額を打つ。ところが延暦寺の衆徒は、どうした了見か先例を破って、一番の東大寺、二番の興福寺をこえたその上位に、延暦寺の額を打った。それで興福寺の衆徒が、この無法な処置をかれこれと僉議《せんぎ》していると、おなじ興福寺の衆徒の中に、西金堂《さいこんどう》の堂衆《どうしゅ》で、観音房《かんのんぼう》、勢至房《せいしぼう》という、音に聞こえた悪僧二人いたが、観音房は黒糸縅《くろいとおどし》の腹巻に、白柄《しらえ》の長刀《なぎなた》の蛭巻《ひるまき》〔柄に籐《とう》や銀を巻いた部分〕を握り、勢至房は萌黄《もえぎ》縅の鎧《よろい》に、黒漆《くろうるし》の太刀《たち》をとって、つと走り出でるなり、やにわに延暦寺の額を斬《き》り落として打ちくだき、うれしや水、鳴るは滝の水、日は照るとも、絶えず蕩《とう》たりと、延年舞《えんねんまい》の歌をうたってはやし立てながら、さっさと興福寺の衆徒の中にまぎれこんでしまった。

清《きよ》水《みず》寺《でら》炎上

延暦寺《えんりゃくじ》山門の衆徒《しゅと》がこの仕打ちに対して腕力沙汰《ざた》を用いたならば、興福寺《こうぶくじ》の衆徒もまたかならず手向かいしたに違いないが、他に何かもくろんだことでもあったのか、一言もむくいず静まりかえっていた。天子崩御《ほうぎょ》されたからには、心なき草木までも、うれいの色につつまれているのが当然であろうに、この争闘のあさましさに、貴賤《きせん》の人々みな肝《きも》を消す思いで四方へ退散した。同じ月二十九日の正午ごろ、延暦寺山門の衆徒が大挙して山を下り、都へ向かったという噂《うわさ》が飛んだので、武士、検非違使《けんびいし》は急遽西坂本《きゅうきょにしざかもと》におもむいてさえぎりとめたが、衆徒たちはものともせずに押し破って都へ乱れ入った。それにまただれが言い出したものか、後白河院《ごしらかわのいん》が延暦寺の衆徒に命じ、平家を追討《ついとう》するという風評がおこったので、武士たちは内裏《だいり》に参上し、四方の陣を警固する。平家の一門はみな六波羅《ろくはら》へはせ集まる。後白河院も急いで六波羅へ御幸《ごこう》になるという騒ぎとなった。清盛《きよもり》はその時まだ大納言の右大将であったが、この風評にひどく恐れ騒いだ。小松殿《こまつどの》〔平〕重盛《しげもり》が、何によってただいま、さようなことのあるべきはずなし、しずまれしずまれと制したが、兵《つわもの》どもいたずらにののしり騒ぎたてて、なかなかしずまりそうもない。しかし山門の衆徒は、六波羅へは押し寄せないで、さもない清水寺《きよみずでら》に殺到してくると、仏閣僧房一棟《ひとむね》も残さず焼き払った。これは先のお弔《とむら》いの夜にうけた会稽《かいけい》の恥を、すすがん〔以前に受けた恥をそそぐ、の意。中国・戦国時代の故事による〕ためだった。清水寺は興福寺の末寺であったからである。清水寺が烏有《うゆう》に帰した〔（とくに火災で）すべてなくなること〕あくる日の朝、だれのしわざであろう、観音火坑《かきょう》変じて池となるはいかに(21)、と札《ふだ》に書いて、大門の前に立てた者がある。するとまたそのあくる日には、歴《りゃく》劫《こう》不思議力およばず〔永く（歴劫）人知ではかれぬもの（不思議）は人の力ではどうしようもない〕、と返しの札が立っていた。衆徒が山に引きあげると、後白河院も六波羅より還御《かんぎょ》になる。お供についていったのは重盛卿《しげもりのきょう》だけで、父の清盛卿はついてゆかなかった。やはりまだ院に心をゆるさず、用心したものと思われる。重盛卿が上皇《しょうこう》を御送りして帰ってくると、父の大納言《だいなごん》清盛は、

「後白河院がこの六波羅に御幸遊ばされたということは、考えてみればゆゆしいことだ。かねてから下心あってたくらむところあるからこそ、こういう噂がたつ。それにつけても、ゆめゆめゆだんはなるまいぞ」

と言う。重盛は答えて、

「さようなことは、けっして態度や御様子やお言葉に出されてはなりませぬ。

そうした様子に人々が気がつけば、ことさら院を警戒するのは、当方に何やら手落ちがあるようにとって、結果はかえって悪くなります。それよりもこの機会に、よくよく叡慮《えいりょ》〔天皇のお考え〕を尊重して人のためになるよう情けをほどこせば、かならずや神明三宝《しんめいさんぼう》〔神明は神、三宝は仏・法・僧〕の加護がありましょう。さすれば父上も、恐れはばかるところないではありませぬか」

と言いすてて座を立った。清盛は、

「重盛はさてもおおようなものよ」

と言ったばかりである。後白河院は還御ののち、御前にあまた伺候《しこう》する近臣たちに対して、

「さてもふらちなことを言い触らす者がいるものだ。われにおいては、露《つゆ》ほども考えたことのないものを」

と仰《おお》せられた。そのとき西光《さいこう》法師という院中のきけ者が、おそばにあって言うには、

「天に口なし、人をもって言わせよとあるとおり、平家に過分のふるまいが多

いから、これは天の計らいかもしれませぬ」

人々はこれを聞くと、とほうもないことを言う。壁に耳あり。恐ろし、恐ろしとささやきあった。

東宮立《とうぐうだ》ち

さて二歳の天子、六条天皇《ろくじょう》は御即位にはなったが、その年は諒闇《りょうあん》(22)であったから、御禊《ごけい》も大嘗会《だいじょうえ》(23)も行なわれない。そのころはまだ東の御方《おんかた》と申された建春門院《けんしゅんもんいん》が、お生みになった後白河院《ごしらかわのいん》の皇子に五歳になられるお方があって、太子《たいし》に立てられるという噂《うわさ》だったが、同じ年十二月二十四日、この皇子に親王の宣旨《せんじ》が下った。あくる年、改元あって仁安《にんあん》となる。仁安元年〔一一六六〕十月八日、昨年親王の宣旨を受けられた皇子が、東三条の御殿で東宮《とうぐう》〔皇太子〕にお立ちになった。新東宮は主上《しゅじょう》の伯父《おじ》にあたり六歳、主上は東宮の甥《おい》で三歳、長幼が転倒している。もっとも寛和《かんな》二年〔九八六〕に一条院が七歳で位につき、三条院は十一歳で東宮にお立ちになったこともあるから、先例がないというわけでもない。六条天皇は二歳で皇位をうけ、ようやく五歳になられたばかりの二月十九日、東宮に御位を譲って新院となった。まだ御元服《げんぷく》もなされないうちに、太上《だいじょう》天皇の尊号を贈られる。このようなことは唐土《とうど》にせよ本邦にせよ、初めてのことであろう。仁安三年三月二十日、新帝は大極殿《だいこくでん》で御即位せられる。のちに高倉《たかくら》天皇と申される。この君の御即位は、いよいよ平家の栄華《えいが》を思わさせる。御《おん》母の建春門院は、入道相国清盛《にゅうどうしょうこくきよもり》の北《きた》の方《かた》〔奥方〕、八条の二位殿の御妹である。また、平大納言時忠《へいだいなごんときただのきょう》卿も、この建春門院の御兄であり、主上の外戚《がいせき》にあたる。それゆえ時忠卿は何かにつけて、新帝の執権《しっけん》職のように見えた。当時の叙位任官はすべてこの時忠卿の計らいにまかせられた。ちょうど漢土《かんど》で楊《よう》貴妃《きひ》が寵愛《ちょうあい》されたとき、そのゆかりから楊国忠《ようこくちゅう》が栄えたようなものである。世の評判、時の栄華、これ以上のものはなかった。入道相国も天下の政治については大小を問わずこの時忠卿にはかったので、当時の人々は時忠卿を、平関白《へいかんぱく》という異名で呼んでいた。

殿下《てんが》の乗合《のりあ》い

さて、嘉応《かおう》元年〔一一六九〕七月十六日、後白河上皇《ごしらかわしょうこう》は御出家あそばされた。とはいえ御出家ののちも、万機《ばんき》〔種々すべて〕の政務を執《と》られていたので、院も内裏《だいり》も区別がない。院中で側近に仕《つか》える公卿殿上人《くぎょうてんじょうびと》、はては上下の北面《ほくめん》の武士たち〔院の御所を守る。くわしくは注25参照〕も、官位俸禄《ほうろく》は皆身にあまるばかり。しかし、人の心の常《つね》として、なおもそれに飽き足りずに、ああ、あの者がいなくなれば、かの国の国守《こくしゅ》の地位があく。この人が死ねば、その官につける、などと、気の置けぬ者同士で、よりより話し合うようなありさまだ。後白河法皇《ほうおう》も内々、

「昔より代々、朝敵を平らげた者は多いが、いまだかつてこの平家ほど、おご

りをきわめた例をきかぬ。貞盛《さだもり》、〔藤原〕秀郷《ひでさと》が将門《まさかど》を討《う》ち、〔源〕頼義《よりよし》が〔安倍《あべの》〕貞任《さだとう》、宗任《むねとう》を滅ぼし、〔源〕義家《よしいえ》が〔清原〕武衡《たけひら》、家衡《いえひら》を攻めたおりにも、恩賞はわずかに、国守の地位を与えられたにすぎなかった。ひとり清盛ばかりが、かく心のままにふるまいおるのは、思えばけしからぬ次第。しかしこれも世は末となり、王法《おうぼう》尽きたゆえであろう」

と、嘆《なげ》かれたが、適当な機会がないので、平家のおごりを戒《いまし》められることもなく、平家もまた、かくべつ皇室をお恨《うら》みするということもなかった。とこうしているうち、ここに世の乱れはじめる根本となった事件がおこった。去る嘉応《かおう》二年十月十六日、小松殿重盛《こまつどのしげもりのきょう》卿の次男新三位中将資盛《しんざんみのちゅうじょうすけもり》卿が、その時はまだ越前守《えちぜんのかみ》で十三歳であったが、おりしも雪がまだらに降り残り、枯野の景色がまことにおもしろかったので、若侍たちを三十騎ばかり召しつれ鷹狩《たかがり》に出かけた。蓮台野《れんだいの》や、紫野《むらさきの》、右近《うこん》の馬場〔いずれも京都〕のあたり、多くの鷹を据えさせて鶉《うずら》、雲雀《ひばり》を追い立て追い立て、ひねもす狩り暮らして、たそがれどき六波羅《ろくはら》へ帰って来た。時の摂政《せっしょう》は松殿《まつどの》とよばれた藤原基房《もとふさ》公であったが、中御門東《なかのみかどひがしの》洞院《とういん》の御所から参内《さんだい》の途中、郁芳門《ゆうほうもん》から内裏《だいり》へはいろうとして、東洞院の大路を南へとり、大炊御門《おおいのみかど》の大路を西へ牛車《ぎっしゃ》を進めて行くと、はからずも、大炊御門猪熊《いのくま》で、資盛《すけもり》の一行とばったり出会《でくわ》した。松殿の随身《ずいじん》たちが、「何者ぞ。殿下の御出《ぎょしゅつ》に下馬《げば》せぬとは、狼藉《ろうぜき》至極。馬から降りろ、降りろ」といきりたって叫んだが、世を誇り勇む一門の御曹司《おんぞうし》、しかも従者《ずさ》の侍たちは、二十歳《はたち》にみたぬ若者ばかりなので、礼儀作法をわきまえている者は一人もない。殿下の御出であろうと頓着《とんちゃく》なく、下馬の礼をとるどころか、しゃにむに駆け破って通ろうとするので、暗さは暗し、すこしも太政入道《だいじょうにゅうどう》の孫とは気づかず、また中には見知った者があっても素知らぬふりして、資盛卿をはじめ侍《さぶらい》たちをみな馬からひきずりおろして、さんざんな目にあわせた。資盛卿はほうほうの体《てい》で六波羅へ帰りつき、祖父の入道相国《しょうこく》にこの次第を訴えた。入道は激怒して、

「たとえ摂政殿下であろうと、この浄海《じょうかい》入道の身内とあらば遠慮ありてしかるべきに、かような幼き者に、恥辱《ちじょく》をあたえられるとは、くやしきかぎりじゃ。かかることからして、とかく人に侮《あなど》られるもととなる。このことについて、殿

下に思い知らせないではすまされない。なんとしても、恨みを晴らさずにおこうや」

とののしりたてれば、重盛卿はそれを押《おさ》えて、

「いや、わが子が恥辱をおうたとて、親の私はすこしも苦しくはぞんじません。これが頼政《よりまさ》、光基《みつもと》などという源氏の者どもなれば、まことに平家一門の恥辱とも言いましょう。むしろこの重盛の子ともあろう者が、殿下のお通りに出会《でくわ》して下馬もせぬとは、まことに不心得のいたり、おとがめをうけるは当然の処置です」

とばかり、この時の従者の若侍たちを集めて、

「今後のこともある。よくよく注意したがよい。殿下へは私のほうから、無礼をわびておこう」

とさとして彼らを帰した。

その後清盛は重盛卿に無断で、田舎出《いなかで》の侍の無骨者ぞろいで入道の仰《おお》せのほかに世にこわいものはないという、難波《なんば》、妹尾《せのお》をはじめ総勢六十余人を召し寄

せ、

「来《きた》る二十一日に殿下の御出《ぎょしゅつ》があるはず。どこでもよいから途中に待ち伏せして、前駆《せんく》の随身《ずいじん》どもの髻《もとどり》〔髪をたばねた部分〕を切り落として、資盛の恥《まぶ》をそそげ」

と命じた。侍どもは皆かしこまって引きさがる。そんなこととは夢にも知らず殿下は、主上《しゅじょう》が明年行なわれる御元服《げんぷく》、御加冠、拝官の議定《ぎじょう》のため、その夜は禁中の御宿直所《おんとのいどころ》に泊まりこむつもりで、平素の御出よりいちだん改まったおしたくで、こんどは待賢門《たいけんもん》よりはいろうと、中御門《なかのみかど》の大路を西へと通りかかると、猪熊堀川《いのくまほりかわ》のあたり甲冑《かっちゅう》をよろうた六波羅の兵、三百騎あまりが待ち伏せていて、殿下の行列を前後から取り囲み、一度にどっと鬨《とき》の声をあげると同時に、今日を晴れと着飾った随身どもを、かしこに追いかけ、こなたに追いつめ、思いきって侮辱《ぶじょく》を加えた上、一人一人の髻をみな切り落とした。随身十人ちゅうの一人、右近衛《うこんえ》の府生《ふしょう》、武基《たけもと》も髻を切られた。中でも、藤蔵人大夫隆教《とうくらんどのたゆうたかのり》の髻を切り落とす際、平家の武士たちは、これは、うぬが髻を切るのではない。殿下の身替りだと思え、とどなりちらした。そして、殿下の車の中へ、弓の先を突っ込み、簾《すだれ》をかなぐり落とし、牛の胸当《むながい》や鞦《しりがい》を切り放ち、乱暴のかぎりをつくして凱歌《がいか》をあげ、六波羅へ帰って報告すると、清盛は、ふむ、でかした、と喜んだ。このおり、因幡《いなば》の先使《さいつかい》〔国守の新任を訓示する使い〕で、鳥羽《とば》の国久丸《くにひさまる》という男が殿下の牛車に付き添っていたが、下臈《げろう》に似合わぬさかしい男で、むざんな様に荒らされた牛車を、どうにか仕つくろい、殿下を乗せて中御門の御所へ帰った。あまりのことに殿下は、束帯《そくたい》の袖《そで》であふれる涙を押さえながら、あさましい行列の姿で帰ってきた様子は、言うに忍びないくらいである。いまさらことわるまでもないが、大織冠《たいしょっかん》藤原鎌足《かまたり》公や淡海不比等《たんかいふひと》公はもとよりのこと、良房《よしふさ》公、基経《もとつね》公よりこのかた、摂政関白がかかる目にあったためしは、いまだ聞いたことがない。これぞ、平家悪行《あくぎょう》の初めである。小松殿はこのことを知ってひどく恐縮し、乱暴を働いた武士たちに対して、たとえ入道殿が、いかなる命《めい》を下そうとも、何ゆえ我の耳に入れず、取り計らうぞ、としかりつけ、残らず勘《かん》当《どう》してしまった。また資盛《すけもり》に対しては、

「自体、資盛がよろしくない。梅檀《せんだん》は双葉《ふたば》より芳《かん》しと申すに、はや十二、三歳にもなって、礼儀知らずのふるまいにおよび、このような大事をひきおこして、いたずらに入道殿の悪名《あくみょう》の種をまくとは、この上もない不孝者である。罪はおまえ一人にあるぞ」

そしていっときの間、資盛を伊勢の国に追い下した。その公平な処置に、君臣ともこの大将をほめたということである。

鹿《しし》の谷《たに》

こうした事件があったため、主上《しゅじょう》御元服《げんぷく》の御定《おんさだ》めは、その日はとりやめとなり、同月二十五日に法皇の御所、法住寺《ほうじゅうじ》殿上で行なわれた。摂政《せっしょう》殿もそれとともに、同年十一月九日に、前もって宣旨《せんじ》をうけ、十四日、太政《だいじょう》大臣に昇進する。やがて、同十七日には慶《よろこ》びの祝宴が催《もよお》されたが、盛んなのは平家ばかり、世間の評判ははなはだおもしろくない。さるほどにこの年も暮れ、嘉応《かおう》の三年目〔一一七一〕を迎えることになった。正月五日主上は御元服あって、同十三日に法住寺殿へ行幸《ぎょうこう》なされた。元服を待ちかねておられた法皇や建春門院《けんしゅんもんいん》は、初めて冠を召された主上のお姿を、いかばかりかわいらしくおぼしめされたことであろう。入道相国《にゅうどうしょうこく》の娘が、新しく女御《にょうご》として入内《じゅだい》した。芳紀《ほうき》〔若い娘の年齢の美称〕十五歳、法皇の養女という資格になっている。またそのころ、内大臣、左《さ》大将《だいしょう》だった妙音院《みょうおんいん》太政大臣師長《もろなが》公が、大将を辞任されることになった。順位からいえば、徳大寺《とくだいじ》大納言実定卿《しっていのきょう》が、その後任にあたるのであるが、花山院《かさんのいん》の中納言兼雅《ちゅうなごんかねまさ》卿がその後任たることを望み、さらに、故中御門《なかのみかど》の藤《とうの》中納言家成《いえなり》卿が三男、新大納言成親《なりちか》卿もひたすらその官位を所望している。この成親卿は、法皇のお気にいりだったので、それを頼みに願望成就《じょうじゅ》の祈禱《きとう》をいろいろやり始めた。まず、石清水八幡宮《いわしみずはちまんぐう》に百人の僧を籠《こも》らせ、大般若経《だいはんにゃきょう》全巻を七日間にわたって読誦《どくじゅ》させたところ、そのさなかに、付近にあった甲良《こうら》大明神前の橘《たちばな》の木に、男山《おとこやま》の方向から山鳩《やまばと》が三羽飛び来たって、たがいに争いついばみあって死んだ。

「鳩は八幡大菩薩《はちまんだいぼさつ》の一の使いとも言われるのに、宮寺にこのようなふしぎのあるのは何事か」

というので、時の検校《けんぎょう》、匡清法印《きょうせいほういん》が宮中に奏上《そうじょう》すると、こはただごとならず、とばかり、さっそく神祇官《じんぎかん》で御占《みうら》が行なわれる。重き御慎《おんつつ》しみ、と卦《け》が出た。ただし、これは君主の御謹慎にはあらず、臣下の慎しみなり、ということだった。それにもかかわらず、新大納言はまだあきらめかね、昼は人目が多いので夜中をえらび、中御門烏丸《からすまる》の自邸から上賀茂《かみかも》別雷《わけいかずち》神社へ、七夜つづけて参詣《さんけい》した。七晩目の満願の夜、新大納言は邸《やしき》へ帰り、夜参りの疲れにすこしまどろむと夢を見た。いつの間にか身はまた賀茂の社前にあると思うと、御宝殿の扉が開いて、

桜花《さくらばな》賀茂の川かぜうらむなよ
　散るをばえこそとどめざりけれ

その和歌を朗唱《ろうしょう》する気高い声がした。しかし、大納言はこの夢のお告げにも懲《こ》りずに、くだんの御宝殿うしろの杉の洞《ほこら》に壇《だん》をしつらえ、一人の僧を籠《こも》らせ

て、吒幾爾《だぎに》という密宗の外法《げほう》を百日間行なわせた。ところがある時、一天にわかにかき曇り、雷鳴しきりに響きわたるかとみるまに、その大杉に雷が落ちて火がつき炎々と燃え上がって、社殿まであやうく類焼しそうになった。そこで神官たちがおおぜいはせ集まり、ようやく火を消しとめたうえ、邪法《じゃほう》を行なう僧を追い出そうとしたが、私は当社に、百日参籠《さんろう》の大願をたてたが、今日で七十五日、まだ百日に満たないから、どのようなことがあろうと、ここを立ちのくわけにはゆかぬ、と僧ががんばって動かない。しかたなくこのことを内裏《だいり》に奏上して裁断を仰ぐと、社法に従って追い出せ、と宣旨が下った。それをたてに神官たちは、白杖《しらつえ》を手にとって動かぬ僧の首筋を打ちすえ、一条の大路から南のほうへ追い払った。神は非礼を受けず、とあるに、この新大納言は非望の祈禱《きとう》など行なったから、このような不祥事《ふしょうじ》が起こったわけだ。

ところで、そのころの叙位《じょい》、除目《じもく》(24)は、院や主上のお考えによるわけではなく、また摂政《せっしょう》、関白《かんぱく》の裁定にかかるのでもない。まったく平家の専断になっていたから、後任の左大将には花山院《かさんのいん》はもとより、順番にあたる徳大寺ものぞかれて、当時大納言の右大将であった、入道相国の嫡男《ちゃくなん》、小松殿重盛《こまつどのしげもり》が左大将にうつり、次男の中納言宗盛《むねもり》が、上位の数人を越えて一躍右大将に任ぜられる無法をあえてした。後任となるべき徳大寺殿は、大納言の筆頭で華族ちゅうの英雄であり、才学に長じすぐれ、家の嫡男でもあった。それゆえ重盛ばかりでなく、次男の宗盛にまで追い越されては、まことに無念であったろう。さだめて出家でもさされるかと、人々は内々噂《うわさ》しあっていたが、当人はしばらく世のなりゆきを見ようと言って、大納言をやめ籠居《ろうきょ》して〔邸にこもって〕しまった。新大納言成親《なりちか》卿は、「徳大寺や花山院《かさんのいん》に官位を越されたのであればまだしも、宗盛やからの下位にたつのは、いかにしてもがまんがならぬ。よしさらば平家を滅ぼして本懐をとげよう」と不敵な考えを起こしたのは恐ろしいかぎりだった。この成親卿の父君は成親の年には、せいぜい中納言にすぎなかったのに、成親はその末子で位は正二位《しょうにい》、官は大納言に上り、大国を数多く受領して、子息縁者は朝恩に誇っている。なんの不足があって、かかる考えを起こしたものであろう。まさしく天魔に魅入られたものというほかはない。平治《へいじ》の乱の時にもこの卿は、越後守《えちごのかみ》兼右近衛中将として〔藤原〕信頼《のぶより》卿に味方したので、元来なら死罪に処せられるはずであったのを、小松殿のとりなしで、やっと首がつながったのであった。しかるにその恩を忘れて、同志の者のほかはだれ知らぬところに兵具《ひょうぐ》を準備し、軍兵《ぐんぴょう》を味方に集め、あけくれ、いくさのしたくに余念がなかった。東山《ひがしやま》の麓《ふもと》の鹿谷《ししのたに》というところは、うしろは三井寺《みいでら》にまでつづき、要害無比の城《じょう》郭《かく》をなしている。ここに俊寛僧都《しゅんかんそうず》の山荘があるを幸い、たびたび同志が集まっては平家討滅《とうめつ》のはかりごとを練《ね》っていた。ある夜、後白河《ごしらかわ》法皇もこの山荘に御《ご》幸《こう》になった。故少納言入道信西《しんせい》の子息、浄憲《じょうけん》法印もその節お供をしたが、酒宴の席で人々の語り合う話を聞き、

「用心なされたがよい。おおぜいの人々が聞いていれば、今にも世間にもれて、天下の大事となろうものを」

と注意すると、成親卿は顔色を変えて立ち上がる拍子に、前にあった瓶子《へいじ》〔徳利〕を狩衣《かりぎぬ》の袖《そで》にひっかけて倒した。それを見られた法皇が、あれは、なんとした、と仰《おお》せられる言葉に、大納言は、それと気がつき、平氏《へいじ》が倒れました、

と申し上げる。法皇は思わず笑いだされてごきげんよく、者ども、ここへ参って猿楽《さるがく》を舞え、と言われると、平判官康頼《へいはんがんやすより》がつと立って、

「ああ、あまりに瓶子（平氏）が多く候《そうろう》ゆえ、酔いて候《そうろう》」

俊寛僧都がすかさず、その言葉を受けて、

「さて、その瓶子をばいかがいたさん」

すると、このたびは西光法師《さいこうほうし》が、

「ただ首をとるにはしかじ」

と立って受けつぎ、瓶子の首を打ち欠いて席に戻った。浄憲法師はあまりに露骨なふるまいに、あきれはてて、口もきけない。ただただ恐ろしいことと思うばかり。

さてこの企《くわだ》てに味方する人々は、近江《おうみの》中将入道蓮浄《れんじょう》 俗名成正《なりまさ》、法勝寺《ほっしょうじ》の執《しゅ》行《ぎょう》〔寺務をつかさどる人〕俊寛僧都《しゅんかんそうず》、山城守基兼《やましろのかみもとかね》、式部大輔正綱《しきぶのたゆうまさつな》、平判官康頼《へいはんがんやすより》、宗判官信房《むねはんがんのぶふさ》、新平判官資行《しんぺいはんがんすけゆき》、武士では源氏多田蔵人行綱《ただのくらんどゆきつな》をはじめとして、北面《ほくめん》の武士[25]が多かった。

俊寛《しゅんかん》の沙汰《さた》　鵜川軍《うかわいくさ》

そもそもこの法勝寺《ほっしょうじ》の執行俊寛僧都《しゅぎょうしゅんかんそうず》というのは、京極《きょうごく》の源大納言雅俊《げんだいなごんがしゅん》卿《のきょう》の孫、木寺《こでら》〔仁和寺《にんなじ》系の一寺〕の法印寛雅《かんが》にとっては子である。祖父の大納言は、元来、弓矢とる家柄ではないのであるが、ひどく根性の曲がった人物で、三条坊門京極の自邸の前を、めったに人も通さない。いつも中門《ちゅうもん》に立っていて、歯をくいしばりぷりぷりおこってばかりいた。このような恐ろしい人物の孫であるからか、この俊寛もまた僧の身ながら、気性もたけだけしく傲慢《ごうまん》な人で、よしなき謀反《むほん》に加わったものでもあろう。また新大納言成親《なりちか》卿は多田蔵人行綱《ただのくらんどゆきつな》を召して、

「このたびの企《くわだ》てには、御辺《ごへん》〔あなた〕を一方の大将と頼んでいる。首尾よく成功した場合は、国でも荘園でも、御辺の望むところにまかせる。まずこれを、

弓袋《ゆぶくろ》の料にでもせられよ」

と白布五十反《たん》を贈った。安元《あんげん》三年〔一一七七〕三月十五日、妙音院殿《みょうおんいんどの》が太政大臣《だいじょう》に転じたのを機会に、小松殿重盛《こまつどのしげもり》が大納言定房《さだふさ》卿を越えて、内大臣になった。その大臣就任の大饗宴《だいきょうえん》が催《もよお》されたが、大臣にして大将を兼ねるとはめでたきわみといってよい。主賓《しゅひん》には、大炊御門《おおいのみかど》右大臣経宗《つねむね》公がなられたという。本来ならば、一の上《かみ》の左大臣を主賓に迎うべきところであるが、保元《ほうげん》の乱に父宇治《うじ》の悪左府《あくさふ》〔藤原〕頼長《よりなが》が、左大臣にして謀反《むほん》をくわだてた悪例があるので取りやめになった。また御所を警衛する北面《ほくめん》の武士というものは、上古にはなかったものである。白河院の時代に、初めて置かれて以来、御所警固の衛府《えふ》の武士が多くなった。為俊《ためとし》と盛重《もりしげ》は幼時から、今犬丸《いまいぬまる》、千手丸《せんじゅまる》と呼ばれ仕《つか》えていたが、この両人は北面の武士の中でも、ならぶ者なき利者《きけもの》〔すぐれた人物〕であった。鳥羽院《とばのいん》の時代にも、季教《すえのり》、季頼《すえより》の父子そろって仕えていたが、平常奏上《そうじょう》や院宣《いんぜん》の取次ぎをするほどに、重用《ちょうよう》されていたということである。しかし当時はまだ、身分を越えてふるまうことはなかったようだ。ところが、当代北面の武士どもは、もってのほかに増長して公卿《くぎょう》、殿上人《てんじょうびと》をこととをもせず、下っぱの北面から五位以上の北面に昇り、さらに殿上の交わりをゆるされる者さえ少なくない。このようなありさまなので、おのずとおごりの心がついて、つまらぬ謀反の企《くわだ》てなどに与《くみ》したのであろう。その中でも、故少納言入道信西《しんせい》のもとに使われていた師光《もろみつ》、成景《なりかげ》という者があった。師光はもと阿波国司《あわのこくし》庁の役人、成景は京の者で、素姓《すじょう》いやしい下郎《げろう》である。もとは足軽《あしがる》めいた賤役《せんえき》とか、台所の賄方《まかないかた》などに働いていたらしいが、小才がきくので院に召し使われるようになり、師光は左衛門尉《さえもんのじょう》、成景は右衛門尉、さらにそろって衛門府《えもんふ》の靫負尉《ゆきえのじょう》にまで昇った。信西が平治《へいじ》の乱の巨魁《きょかい》として殺されたとき、二人は故主の罪の責をとってともに出家し、左衛門入道西光《さいこう》、右衛門入道西敬《さいけい》となったが、その後も院の御所の御倉《みくら》のあずかりをつとめていた。この西光の子に師高《もろたか》という者がいる。これも父に劣らぬ利者《きけもの》で、検非違使《けんびいし》の五位尉《ごいのじょう》にまで経《へ》のぼり、あまつさえ安元元年〔一一七五〕十二月二十九日、追儺《ついな》の叙任日(26)に加賀の国司に任命された。加賀に赴任して国政をとる間、非法、非礼をほしいままにするばかりか、神社仏閣、権門勢家《せいけ》の所領の荘園をみだりに没収したりして、さんざんわがままを働いた。たとえかの周の召公《しょうこう》ほどの仁政を行なうことはできなくても、せめて事穏やかに政《まつりごと》を行なうべきであるのに、心のままにふるまってかえりみない。同じ安元二年の夏、彼の弟近藤判官師経《こんどうはんがんもろつね》が、兄の代理をつとめる目代《もくだい》(27)となった。この師経が赴任の時、加賀の国府《こくふ》〔国司の役所のある所〕近くの鵜川《うかわ》という山寺で、寺僧たちがおりから湯を沸《わ》かしてゆあみをしているところを通りかかった。すると師経はいきなり寺に乗り込んで、僧たちを追い払い、自分がゆあみすると、こんどは従者を下馬させて、馬を洗わせた。寺僧がいきりたって、

「昔からこの寺は、国司庁の者の立ち入らぬ所である。前例によって、早々この所を立ちのかれたい」

とそう迫ると、師経は、かえって居丈高《いたけだか》になり、

「これまでの目代は、先例なぞに従ったであろうが、この師経にかぎり、その方《ほう》たちのさしずはうけぬ。ただ国法に従わせるまでだ」

それを聞くと寺僧たちは、腕ずくで師経らを追い出しにかかった。目代方は

さらばとばかり、寺院の中にまで乱入しようとする。そこでなぐり合い押し合いが始まっている間に、師経が秘蔵の馬の脚を折ってしまった。こうなると騎《き》虎《こ》の勢いで、たがいに弓に矢をつがえ剣をふるって、射ち合い斬《き》り合いの乱闘となった。数刻闘争ののち夜になると、師経はかなわぬと思ったものか、そのまま引きあげた。その後、国府の武士、役人、総勢一千余騎を召集して鵜川へ押し寄せ、坊舎という坊舎を一棟残らず焼きはらった。この鵜川寺は、加賀の白山《はくさん》の末寺である。そこで智釈《ちしゃく》、学明《がくめい》、宝台房《ほうだいぼう》、正智《しょうち》、学音《がくおん》、土佐阿闍梨《とさのあじゃり》などの老僧を先達《せんだつ》に、白山三社八院の衆徒《しゅと》二千余人、一同にたちあがって同年七月九日の暮れがた、目代師経の館《やかた》へひしひしと押し寄せた。しかし、すでに日が暮れたので、いくさは明日と定め、攻撃せずに野陣をはる。露《つゆ》ふきむすぶ秋風は、鎧《よろい》の射向《いむけ》の袖《そで》〔左袖〕をひるがえし、雲井《くもい》を照らす稲妻は、甲《かぶと》の星をきらめかす。その猛勢にたまらず、師経はひそかに夜逃げして京に帰った。衆徒の僧兵はそれとは知らずに、あくる朝の六時を期していっせいに、どっと鬨《とき》をあげたが、城の館からはなんの反応もない。人を入れて様子を探らせると、みな逃げてしまったという報告である。そこで衆徒もやむなく引きあげた。この上は比叡山延暦寺《ひえいさんえんりゃくじ》へ訴え出ようということになり、白山中宮《ちゅうぐう》の神輿《しんよ》〔みこし〕を飾り振りたてて、叡山へ押し寄せてきた。八月十二日の正午のころ、神輿が比叡の山麓東坂本《さんろくひがしざかもと》につくと間もなく、北国の方より雷鳴がとどろきわたって、都をさして鳴動して行った。それとともに白雪紛々として地をおおい、比叡山上となく京の都となく、常緑樹のこずえまで、いちめん白妙《しろたえ》の天地と変わった。

願《がん》立《だ》て

その間に白山《はくさん》の衆徒《しゅと》は神輿《しんよ》をかついで山を登り、客人《まろうと》の宮《みや》に納め奉《たてまつ》る。客人の宮というのは白山妙理権現《みょうりごんげん》のことで、いわば白山中宮《ちゅうぐう》の神とは父子の間柄になっている。衆徒の訴えが通るかどうかは知らぬが、生前御父子《おん》であらせられたこの二神は、はからずもこうして対面をとげられ、さぞかし御満足だったに違いない。浦島太郎が七世をすぎて、その孫におうたことにもすぎ、また釈迦《しゃか》の子羅睺羅《らごら》が、霊山《りょうぜん》に父をたずねて、相まみえた喜びにもまさったことであろう。山門三千の衆徒寄り合い、山王七社の神官袖《そで》をつらね、時々刻々の読経《どきょう》祈念《ねん》、そのさかんなるさまは言葉に尽くせぬ。さるほどに山門の大衆《だいしゅ》〔多数の僧たち〕は、国司加賀守《かがのかみ》師高《もろたか》を流罪《るざい》に処し、目代《もくだい》判官《はんがん》師経《もろつね》を禁獄《きんごく》する〔獄に監禁する〕よう、朝廷に奏上《そうじょう》するが、いっこう御裁許《さいきょ》の沙汰《さた》がないので、責任の地位にある公卿《くぎょう》、殿上人《てんじょうびと》らは、

「どうか早く、御裁断なされればよい。昔から山門の訴えは格別で、大蔵卿《おおくらのきょう》為房《ためふさ》、太宰権帥《だざいのごんのそつ》季仲《すえなか》のような重臣たちでさえ、山門の訴えによって流罪に処せられた。まして師高のごときは、物の数にもはいらぬ。処分するのに、なんの子細があろうか」

と内々話し合っているが、大臣《たいしん》は禄《ろく》を重んじていさめず、小臣《しょうしん》は罪に恐れて申さず、というとおり、表だってはだれもみな、口を閉じてだまっている。

「加茂《かも》川の水、双六《すごろく》の賽《さい》、山法師《やまぼうし》〔比叡山《ひえいさん》の僧・僧兵〕、これぞわが心にまかせ

ぬ、三つのものだ」

と白河院《しらかわのいん》も山門大衆の横暴を、嘆《なげ》かせられたとのことである。鳥羽院《とばのいん》の時も、越前《えちぜん》の平泉寺《へいせんじ》を、山門の末寺としたのは、院が比叡山に深く帰依《きえ》していたため、よぎなく非をば理にして、院宣《いんぜん》を下したもうたのであった。それゆえ太宰権帥大江匡房卿《おおえのまさふさ》が法皇にむかって、もし山門の衆徒が、日吉《ひよし》の神輿をかつぎだして内裏《だいり》の外陣へ押し寄せ、強訴《ごうそ》におよんだならば、上《かみ》にはいかがあそばされますかとお尋ねすると、山門の訴訟《そしょう》とあれば、黙ってきくとどけるよりほかはあるまいと仰《おお》せられた。去る嘉保《かほう》二年〔一〇九五〕三月二日、美濃守《みののかみ》　源《みなもとの》義綱朝臣《よしつなあそん》が、美濃の国に新たにおこした荘園を取り上げようとしたおり、比叡山に久しく住む円応《えんおう》という僧を殺害した。そこで日吉の社司、延暦寺《えんりゃくじ》の寺官等三十余人が、奏状をささげて外陣へやってきた。後二条《ごにじょう》の関白師通《もろみち》は、これを大和源氏《やまとげんじ》の中務《なかづかさの》　権少輔《ごんのしょう》頼治《よりはる》に命じて防がせた。頼治の郎党《ろうどう》の放った矢で、その場に射《い》殺《ころ》された者八人、傷ついた者十余人、残りの社寺の神職役僧たちは、これに驚き皆四方へ逃げ去った。これを怒って山門の僧正《そうじょう》、僧都《そうず》、律師《りっし》など、僧綱《そうごう》の上位にある者が、こぞって山を下り、都へはいるという知らせがあったので、武士、検非違使《けんびいし》庁の者ども西坂本《にしざかもと》にはせ向かい、これらを追い返した。すると山門では、訴訟の通らないのに業《ごう》をにやして、日吉の神輿を比叡山の根本中堂《こんぽんちゅうどう》へ振りかつぎ上げて、その前で五百巻の大般若経《だいはんにゃきょう》を七日間読誦《どくじゅ》しつづけ、後二条関白師通《もろみち》を呪詛《じゅそ》した。願結びの日の導師には、その時まだ供奉《ぐぶ》といった仲胤《ちゅういん》法印が高座にのぼって鐘をうち鳴らし敬《うやま》って申すに、

「われらが幼き菜種《なたね》の二葉《ふたば》のうちよりお育て奉った神たち、後二条の関白殿《かんぱくどの》に、鏑矢《かぶらや》一つ放ちあてたまえ。大八王子《だいはちおうじ》権現《ごんげん》」

その呪詛の句を高らかに唱《とな》えて祈願すると、その夜奇怪なことが起こった。八王子の御社《おんやしろ》から鏑矢がうなりをたてて、都のほうへ飛んでゆく夢を見た者がある。そしてその翌朝、後二条の関白邸の格子《こうし》扉《ど》を開いてみると、しとど露《つゆ》にぬれて、いま山から採りたてたばかりといった樒《しきみ》〔モクレン科の常緑小高木。実《み》は有害〕が一枝、扉前につっ立っている。それから日吉山王の咎《とが》をうけ、師通は重い病いの床《とこ》に臥《ふ》すようになった。母である大殿《おおとの》師実《もろざね》の妻、北の政所《まんどころ》はたい

そう驚き嘆《なげ》かれ、いやしい下女の様《さま》になりを変えて、日吉神社に七日七夜の参籠《さんろう》をした。まず表だっての願立てとしては、芝田楽《しばでんがく》百番、百個の一物《ひとつもの》〔祭礼の行列などに使うつくりもの〕、競馬、流鏑馬《やぶさめ》、相撲《すもう》を各百番、百座の仁王講《にんのうこう》、百座の薬師講〔それぞれ、仁王経、薬師経を講読する法会〕、一搩手半《いっちゃくしゅはん》〔手指の長さでいう単位で、約三六センチ〕、の薬師像を百体、等身の薬師像を一体、それに釈《しゃ》迦阿弥陀《かあみだ》の像をそれぞれ造立《ぞうりゅう》して供養した。また心中ひそかに、三つの願いを立てられた。政所の心のうちのことであるから、だれも知ろうはずはないのに、満願の七日目の夜、おりから社参にきた多数の詣《もう》で人《びと》の中で、陸奥《みちのく》の国からはるばると都へのぼってきた童子の巫子《みこ》が、夜半ごろ急に気絶した。そこで離れた所へ移して手当をすると、ほどなく息を吹き返し、立ち上がって舞い歌をかなでる。人々ふしぎなことよと見ているうち、半ときばかりして山王権現《さんおうごんげん》が童子にのりうつり、さまざまの恐ろしい託宣《たくせん》をする。

「諸人衆生《しゅじょう》たしかにうけたまわれ。大殿の北の政所は、今日にて七日間わが宮《みや》居《い》にこもり、三つの願をたてた。一つは、わが子関白の命をお助けくだされば、下の籠《こも》り堂《どう》のいやしき者どもの中にまじり、一千日のあいだ朝夕つかえ申さんと言う。大殿の政所として、世をはばかりなく過ぎてきた心にも、子を思う道に迷い下人《げにん》乞食《こつじき》に伍《ご》して宮仕《みやづか》えせんとは、殊勝の心不憫《ふびん》の至りである。二つは、大宮の端殿《はしどの》から八王子《はちおうじ》の御社《おんやしろ》まで、回廊を造営して献上するとのこと。照る日、雨の日社参する三千人の衆徒《しゅと》の苦労が察しられたが、回廊ができればどんなに助かるかわからない。三つは、八王子の御社で毎日、法華《ほっけ》問答講を変わることなく行なうとある。これら三つの立願はいずれもおろそかならぬものだが、初め二つはともかくとしても、最後の法華問答講ばかりはかならず勤めてほしいと思う。ただし、このたびの訴訟は別にむずかしいことでもないのに御裁許がなく、神官、宮仕《みやじ》の者射殺《いころ》され、大衆僧侶も多く傷つき、泣いてうったえるのが深く心にとめられて、いつの世になっても忘れられようとも思われない。彼らの身にうけた矢は、みな和光垂跡《わこうすいしゃく》のわが膚《はだえ》にあたりしものを、偽《いつわ》りと思うならばこれを見よ」

と、膚《はだ》ぬぎになられたのを見ると、左の脇の下に土器《かわらけ》ほどの大きな口がひらいて肉がえぐりとられている。

「かかるありさまなれば、いかに祈るとも、一生の命まで、助けるわけにはゆかぬ。法華問答講を変わらず行なうということであれば、三年は命を延ばしてやろう。それでも不足だというならばわが力には及ばないことだ」

と言いすてて、山王権現は童子のからだを離れられた。関白師通《もろみち》殿の母御は立願《りつがん》の事はかたく胸に秘して、だれにももらさなかったから、もとより童子の知ろうはずはなく、これこそ童子の口をかりた、まごうかたなき権現のお託宣と思えば、心にしみ胆《きも》に銘じてかたじけなくなり、

「たとえ一日が片時であろうとも、ありがたくぞんじますのに、ましてや三年も命をお延ばしくださるとは、ひたすら感泣《かんきゅう》にたえませぬ」

とて、涙を押《おさ》えて山を下った。その後、紀伊国《きのくに》の関白の領所、田中庄《たなかのしょう》を永代《えいたい》、八王子の御社へ寄進した。こうした理由からして、今の代にいたるまで、八王子の御社では毎日、法華問答講が変わらずつづけられているという話だ。ところするうち後二条《ごにじょう》の関白殿は、病《やまい》もしだいに快方に向かい、もとのからだとな

った。上下とも喜びあっている間に、三年は夢の間にすぎ、永長《えいちょう》二年〔一〇九七〕となる。その六月二十一日、関白殿の頭に悪性の瘡《かさ》〔できもの〕ができて、うち臥《ふ》せったが、七日目の二十七日、三十八の齢《とし》で亡くなった。心たけく理の勝《まさ》った、性格の強いお方だったが、いまわのきわになると、やはりひどく命を惜しまれたが、もっともな次第である。四十にもならずに、父大殿に先立たれたのは、気の毒でならない。かならずしも父のほうが先に死なねばならぬとは限らないが、生死《しょうじ》の掟《おきて》にしたがうが世の習いで、万徳円満な仏や、菩薩《ぼさつ》となった大士《だいじ》たちでも、こればかりはどうにもならない。慈悲具足《ぐそく》の〔慈悲心をそなえている〕山王権現は、衆生《しゅじょう》に利益《りやく》を与える方便であられるから、場合によっては咎《とが》をあたえないとも限らないようだ。

御輿《みこしぶ》振り

ところで、山門の衆徒《しゅと》は、国司加賀守師高《かがのかみもろたか》を流罪《るざい》に処し、目代近藤判官師経《もくだいこんどうはんがんもろつね》を下獄《げごく》〔獄にはいり刑に服すこと〕させようとたびたび奏上《そうじょう》におよんだが、御裁許がなかったので、日吉《ひよし》の祭礼をとりやめ、安元《あんげん》三年〔一一七七〕四月十三日辰《たつ》の一点である午前八時、十禅師権現《じゅうぜんじごんげん》、客人《まろうと》、八王子《はちおうじ》三社の神輿《しんよ》を飾りたて、内裏《だいり》の門外へかつぎあおりたててきた。下松《さがりまつ》、切堤《きれづつみ》、加茂《かも》の川原、糺《ただす》、梅ただ、柳原、東北院《とうぼくいん》のあたり一帯に、神官、宮仕《みやじ》、平《ひら》僧、賤役《せんえき》の寺僧などが満ちみちて、その数いくらとも知れないほどだ。神輿は一条の大路を、西へと進み入ってきたが、神宝燦然《さんぜん》として天にかがやき、日月地に降りたかと驚かれるばかり。朝廷では源平両家の大将に命じて、内裏四方の陣頭をかため、衆徒の乱入を防がさせた。平家は、小松の内大臣左大将重盛《ないだいじんさだいしょうしげもり》が、その軍勢三千余騎、大宮表《おおみやおもて》の陽明《ようめい》、待賢《たいけん》、郁芳《ゆうほう》の三門を固める。弟宗盛《むねもり》、知盛《とももり》、重衡《しげひら》、伯父《おじ》頼盛《よりもり》、教盛《のりもり》、経《つね》盛《もり》らは、西および南の門を守る。源氏は、大内《たいだい》守護の任にある源三位《げんざんみ》頼政《よりまさ》が、郎党《ろうどう》渡辺《わたなべ》の省《はぶく》および授《さずく》を先頭に、その勢わずか三百余騎で、北の門、縫殿《ぬいどの》の陣を固めた。守るべき陣場は広いのに、兵の数がすくないため、人影はまばらにしか見えない。山門の衆徒はここの防備の手薄なのにつけこみ、北の門、縫殿の陣から神輿をかつぎこもうとする。頼政卿《よりまさのきょう》もさる者だから、その勢を見ると、たちまち馬から飛んで降り、冑《かぶと》をぬぎ手を洗いきよめて、うやうやしく神輿を拝した。従兵らも、みなそれにならう。そのあとから頼政は、衆徒へ使いを出して申し入れをした。使者は渡辺長七唱《わたなべのちょうじつとのう》という者で、唱《とのう》のその日のいでたちは、麴塵《きちん》の直垂《ひたたれ》に、小桜《こざくら》を黄に染めかえした鎧《よろい》をつけ、赤銅《しゃくどう》作りの太刀《たち》を佩《は》き、二十四さした白羽の矢を背に負い、滋籐《しげどう》の弓〔びっしりと籐で巻いた弓。注63参照〕を小脇にして、ぬいだ冑を高紐《たかひも》にかけ、神輿の前にぬかずいて言うには、「しばらくしずまり候《そうら》え。源三位殿より衆徒の人々へ、申すことあり。このたびの山門の訴訟《そしょう》はまことにむりならず、勝訴のほど疑いあるべからず。しかるに御裁断遅々《ちち》としてはかどらざるは、よそ目にも歯がゆくぞんぜられ候《そうろう》。神輿を内裏へ入れ奉《たてまつ》ること、もっともには候えども、我らがあけた陣より入れ奉らば、山門の大衆こそは頼政の無勢に目じりを垂れてつけこみしぞと、京わらべの口の端《は》にものぼり申そう。我らとしても陣を開いて、神輿を入れ申せば、宣旨《せんじ》にそむくに似たり。さりとてふせぎ矢つかまつれば、年ごろ信仰する権現に見放されて、今後長く弓矢の道に利運ありとも思われず。彼といい是《これ》といい、頼政にとっては迷惑至極。県《あがた》の門頭には小松殿が、多勢の軍兵にて固めおられる。同じくばそのほうより、入れ奉られてはいかがならん、とのことにて候」

唱《とのう》のこの申し条に、神職や宮仕《みやじ》の人々、しばらくためらう間に、若い衆徒や悪僧たちは、そんなことにかまわず、すぐにこの門から入れてしまえと、ののしる者が多かったが、その時老僧の中から、三塔一の論議者として聞こえた、摂津《せっつ》の律師豪運《ごううん》が進み出て、

「かの者が申し条は、一々もっともである。神輿を先立てて訴訟いたすからには、おおぜいの中を打ち破ってこそ、後代への聞こえもよい。ことにも頼政卿は、六孫王《ろくそんおう》〔清和《せいわ》源氏の祖である、清和天皇の孫・源経基《みなもとのつねもと》のこと〕このかた源氏

嫡々《ちゃくちゃく》の正統、弓矢をとってまだ不覚をとったためしがなく、覚えの人であるうえに歌道にもすぐれている。近衛院《このえのいん》御在位のころ、臨時の歌会が行なわれ、題は深山《みやま》の花とあった時、人々はみな詠《よ》みなやんでいたところ、頼政卿は、

深山木《みやまぎ》のその梢《こずゑ》とも見えざりし
　桜ははなにあらはれにけり

という名歌を詠んで、御感《ぎょかん》にあずかったと承《うけたま》わる。それほど風雅のたしなみある人に、いかでこの際心《こころ》ない恥辱《ちじょく》を与えられようか。この陣から引っ返そう」と提議すると、数千の大衆《だいしゅ》先陣より後陣まで、一同にもっともだと賛成した。それで衆徒は東の方、待賢門《たいけんもん》から神輿を入れようとすると、たちまち待ちかまえていた武士どもに散々に矢を射かけられてくずれおち、十禅師《じゅうぜんじ》の神輿にも、多数の矢がたった。神官や宮仕は射殺《いころ》され、衆徒もおびただしく傷をうけて、泣き叫ぶ声は梵天《ぼんてん》〔仏教でいう欲界の上の世界〕にまでとどいて、堅牢地神《けんろうじしん》〔大地を守護する神〕も驚くであろうと思われるばかり。山門の大衆は神輿を陣外にふり捨て、置き去りにして、ほうほうのていで、延暦寺《えんりゃくじ》の本山へと帰ってい

った。

内裏《だいり》炎上

その夕、蔵人左少弁兼光《くらんどのさしょうべんかねみつ》に命じて、諸公卿《くぎょう》を集め、院の殿上《てんじょう》で評議があった。大衆《だいしゅ》が捨てていった神輿《しんよ》の処理についてである。さる保安《ほうあん》四年〔一一二三〕七月、神輿が京にはいった際は、天台座主《てんだいざす》に命じて、赤山《せきさん》の社《やしろ》に入れ奉《たてまつ》った。また、保延《ほうえん》四年〔一一三八〕四月の場合は、祇園《ぎおん》の別当《べっとう》〔長官〕に命じて、祇園の社へ入れた。今度も保延の例によったほうがよいというので、祇園の別当権《ごんの》大僧都澄憲《だいそうずちょうけん》にさしずさせ、日暮れがた祇園の社に納めさせた。神輿に立った矢は、祇園の神官たちに抜かせた。山門の大衆が日吉《ひよし》の神輿を振りたてて、禁門《きんもん》〔皇居〕の陣の近くまで押し寄せてきたことは、永久《えいきゅう》以来治承《じしょう》まで〔一一一三―八一年〕六度ある。そのつど朝廷では武士をして防がせたが、神輿に矢をたてたのは、今度が初めてである。

「霊神が怒りだすと、災《わざわ》いが地に降ってくるというのに、何か起こらなければいいが。恐ろしいことだ」

と人々は語りあっている。同じ月の十四日、夜半のころ、山門の大衆《だいしゅ》がふたたびおびただしく山を下って、京へ押し寄せると聞き、主上《しゅじょう》は夜のうちに輿《こし》に召されて、院の御所である法住寺殿《ほうじゅうじどの》へ行幸《ぎょうこう》され、難をお避けになった。中宮《ちゅうぐう》その他の宮々は御車《おんくるま》を召して、よそへ行啓《ぎょうけい》になる。関白殿をはじめとして太政大臣《だいじょう》以下の公卿殿上人《くぎょうてんじょうびと》は、われもわれもとそのお供をする。小松《こまつ》の大臣重盛《おとどしげもり》は、直衣《のうし》に矢を負ってお供した。嫡子権亮少将維盛《ちゃくしごんのすけじょうしょうこれもり》は、束帯《そくたい》に平籙《ひらやなぐい》の姿である。そのため宮中の上下、貴賤《きせん》の京市民、騒ぎふためくことひととおりではない。

また山門のほうでは、神輿を射られ、神官宮仕《みやじ》は射殺《いころ》され、多数の衆徒《しゅと》が傷ついたというので、この際は思いきって大宮、二の宮より講堂、中堂をふくめて、あらゆる僧坊をば一挙に焼き払い、僧侶は山野に放浪しようと、三千の衆徒がこぞって議決した。これにたいして法皇《ほうおう》は、衆徒の訴訟《そしょう》には特別の考慮を払うであろうと仰《おお》せられたので、山門の僧綱《そうごう》たちは、この叡慮《えいりょ》を伝えて衆徒の軽挙をいましめようと登山したが、大衆は山から西坂本《にしざかもと》に下ってきて、僧綱たちを追い返した。それで今度は、当時まだ左衛門督《さえもんのかみ》であった平大納言時忠《へいだいなごんときただのきょう》卿を上使にたてた。それと知った衆徒は、大講堂の庭に群がり集まって会合を開き、時忠卿をひっ捕えて、きゃつの冠を打ち落とし、縛《しば》りからめて湖に沈めてしまえ、などとののしりあい、形勢がすこぶる穏やかでない。それと見てとった時忠卿は、衆徒へ使者をたてて、しばらくしずまり候《そうら》え、大衆へ申すべき旨《むね》があるとて、小硯《こすずり》と懐紙《かいし》を取り出し、何やら一筆したためて衆徒へ送った。開いてみると、

「衆徒のみだりに悪をいたすは、悪魔の所行《しわざ》。明王《みょうおう》の制止を加うるは、善果の冥護《みょうご》」

と文《ふみ》みじかに書かれてあった。大衆はこれを見ると感心して、

「道理もっともじゃ。この上はとやかく、時忠を責める要はない」

そして会合をとき、それぞれ谷々へさがって、坊へと引き揚げた。一紙一句

をもって三塔三千の衆徒の憤《いきどお》りをしずめ、使命を全《まっと》うしておのれの恥辱《ちじょく》をもまぬがれた手ぎわは、あっぱれなものである。山門の衆徒は強訴《ごうそ》ばかりもっぱらにしているのかと思ったら、このように物の道理を解することもあると、世人は感心した。

同じ二十日の日、花山院権中納言忠親卿《かさんのいんごんちゅうなごんただちか》を上卿《しょうけい》〔公事《くじ》をつかさどる上席者〕として、国司加賀守師高《かがのかみもろたか》を免官して尾張《おわり》の国井戸田《いどた》へ流し、目代近藤判官師経《もくだいこんどうはんがんもろつね》を禁獄《きんごく》した。また神輿に矢を放った武士六人も獄に下された。これらはいずれも小松殿の侍《さぶらい》である。

同じく二十八日の夜、戌《いぬ》の刻《こく》ごろ（午後十時ごろ）樋口富小路《ひぐちとみのこうじ》から出火して大火となった。おりから東南の風激しく、燃え上がった炎は、大きな車輪のようにまわり渦まいて、西北の斜め方向に、三町五町を一飛びして燃え広がってゆくそのありさま、恐ろしさたとえようもない。あるいは具平親王《ぐへいしんのう》の千種殿《ちくさどの》、または北野天神《きたのてんじん》の紅梅殿《こうばい》、橘逸勢《きついっせい》〔たちばなのはやなり〕の蠅松殿《はいまつ》、鬼《おに》殿、高松殿、鴨居《かもい》殿、東三条、冬嗣大臣《ふゆつぎのおとど》の閑院《かんいん》殿、昭宣公《しょうぜんこう》の堀川殿、これらをはじめに昔よりの名所《などころ》三十余カ所に公卿《くぎょう》の家ばかりでも十六カ所、そのほか殿上人、諸大夫《だいぶ》の家々はいうまでもなく、ついには大内裏《たいだいり》へも飛火して、朱雀門《しゅじゃくもん》から応天門《おうでん》、会昌門《かいしょう》、大極殿《だいこくでん》、豊楽院《ぶらくいん》、諸官司八省、朝所《あいたんどころ》など、あっという間に灰燼《かいじん》に帰してしまった。家々の日記、代々の文書《もんじょ》、伝来の珍宝、数をつくして燃えうせる。その損費はいかばかりであったろう。焼死者数百人、牛馬の類《たぐい》にいたっては数が知れない。なにさまこれはただごとならず、山王権現《さんおうごんげん》のとがめに疑いなく、比叡山《ひえいさん》から大猿の群二、三千匹がほども手に手に松火《たいまつ》をともして駆けくだり、京都じゅうを焼き払うと夢見た人もあった。

大極殿は清和《せいわ》天皇の御代《みよ》、貞観《じょうがん》十八年〔八七六〕に焼けたのが最初で、同じ十九年正月三日、陽成院《ようぜいいん》の御即位の礼は、豊楽院《ぶらくいん》で行なわれた。その後、元慶《がんぎょう》元年〔八七七〕四月九日に起工、同二年十月八日に落成した。ところが、後冷《ごれい》泉《ぜい》院の御代、天喜《てんぎ》五年〔一〇五七〕二月二十六日、また焼失して、治暦《じりゃく》四年〔一〇六八〕八月十四日にふたたび起工したが、竣功《しゅんこう》にいたらぬうち、後冷泉院が崩御《ほうぎょ》になった。後三条院《ごさんじょう》の御代、延久《えんきゅう》四年〔一〇七二〕四月十五日にいたってようやくできあがり、文人は詩をささげ、楽人は楽を奏して、盛大に遷幸《せんこう》し儀式が行なわれたが、今またこのように焼失してしまっては、末世のことではあるし国力も衰えているので、今世の再建はついに不可能となった。

巻の二

座《ざ》主《す》流し

治承《じしょう》元年〔一一七七〕五月五日、天台座主明雲大僧正《てんだいざすめいうんだいそうじょう》は、公請僧《くじょう》として宮中の法席に連なる資格を取りあげられた上、蔵人《くらんど》を使者につかわして、如意輪《にょいりん》の御本尊を取りあげ、朝家護持僧の役目も解任してしまった。検非違使《けんびいし》庁の役人をもって、このたび神輿《しんよ》を振りたてて内裏《だいり》へ押しかけた、衆徒《しゅと》の張本人の罪を問わんがためである。加賀の国には座主の領地があった。国司師高《もろたか》がこの領地を取りあげたのを根にもち、大衆《だいしゅ》をそそのかして訴訟を起こさせたため、あやうく朝家の一大事になるところであった、と西光《さいこう》法師父子が讒奏《ざんそう》〔天皇や法皇に、事実をまげて悪口を伝えること〕したことにより、法皇が激怒されたのだ。それで張本人の明雲は、重罪に処せられるだろうというもっぱらの噂《うわさ》。明雲僧正も法皇のごきげんが悪いと知って、座主の印と鍵を返し、座主の職を辞された。同じ五月の十一日、鳥羽院《とばのいん》の第七皇子、覚快《かっかい》法親王が明雲に代わって、天台座主になられた。この方は青蓮院《しょうれんいん》の大僧正行玄《ぎょうげん》の御弟子である。あくる十二日、明雲は職禄を没収された上、検非違使二人をもって井戸につるし、水火の責《せ》めが行なわれるだろうという噂がたった。そこでまたもや山門大衆《だいしゅ》が、都へ押しかけて来るとの風評がおこなわれ、京じゅうがまた一騒動する。十八日に、太政大臣《だいじょうだいじん》以下の公卿《くぎょう》十三人が参内《さんだい》して、上卿《しょうけい》の座席で、前座主処分の評議があった。当時はまだ左大弁《さだいべん》の参議だった八条中納言長方《ちゅうなごんながかたのきょう》卿が、末座から進み出て、「明法博士《みょうぼうのはかせ》〔法律の専門家、大学寮の教授〕の法文《ほうもん》によれば、死罪一等を減じて遠流《おんる》せらるべしとあるが、明雲大僧正は顕密《けんみつ》両宗を兼学して、行をただし律を守り、かつは大乗妙経《だいじょうみょうきょう》を主上《しゅじょう》に、菩薩浄戒《ぼさつじょうかい》を法皇に授け奉《たてまつ》った。御経《おんきょう》、御戒《おんかい》の師であるこの僧正を重罪に処せられては、神仏の照覧《しょうらん》もいかがかと思われる。還俗《げんぞく》と遠流は、ひかえられてしかるべきではないか」とはばかるところなく申したてた。

席につらなる公卿たちは皆、この長方の意見に同意したが、法皇の憤《いきどお》りが深いので、結局遠流ということに決められた。太政入道清盛公《きよもりこう》も、このことについて上申しようと院に参上したが、法皇は風邪気味を口実にして御前《ごぜん》に召されないので、心ならずも退出した。僧を処罰する場合のならわしとして、僧正の出家免状をとりあげて還俗させ、大納言大輔藤井松枝《たゆうふじいのまつえだ》という俗名をつけられた。この明雲はかたじけなくも、村上天皇の皇子具平《ともひら》親王の六代目の末孫、久我《こがの》大納言顕通《あきみち》卿の御子《みこ》である。まことに学殖といい徳行といい、天下にならぶ者なき高僧なので、君臣から尊ばれ、天台座主のほかに、天王寺《てんのうじ》、六勝寺《ろくしょうじ》の別当《べっとう》をも兼ねていた。しかし、陰陽頭安倍泰親《おんようのかみあべのやすちか》は前から、あれほどの知者が明雲と名のっておられるのは解《げ》せぬ。上に日月の光をならべ、下に雲がある、と難じていた。天台座主になられたのは仁安《にんあん》元年二月二十日。三月十五日に御拝堂の儀式を行ない〔『天台座主記』によれば、それぞれ仁安二年（一一六七）二月二十日、四月十三日〕、中堂《ちゅうどう》の宝蔵を開くとさまざまのなかに、方一尺〔約三〇センチ四方〕の箱があって、白い布で包まれていた。一生不犯《ふぼん》〔仏戒を守り、男女の交わりをしないこと〕の座主がその箱をあけて見ると、黄紙《おうし》に書いた文書一巻が出てきた。伝教大師《でんぎょうだいし》が未来の座主の名を、あらかじめ記しておいたものである。代々の座主は自分の名の書かれてあるところまで見ると、それから先は見ずに、もとのように文書を巻きかえしておくのが慣例になっている。明雲もまたそうされたことであろう。このようにあらかじめその名を記されていたほどの尊い方であったが、前世の宿業《しゅくごう》は免《まぬ》かれられず、嘆息《たんそく》のほかはない。二十一日、伊豆の国へ流されることになった。西光父子の讒言《ざんげん》のため、人々のとりなしもむなしくなってしまったわけである。その日かぎり都から追い出すとのことで、追立《おったて》の役人が白川《しらかわ》の御坊《ごぼう》に出向いてそこを追いだした。僧正は泣く泣く坊を出て、粟田口《あわたぐち》のほとり、一切経谷《いっさいきょうだに》の別院にお入りになる。山門では、われわれの日ざす敵《かたき》は、けっきょく西光法師父子だというので、父子の名字を書き、根本《こんぽん》中堂《ちゅうどう》に安置してある十二神将《じゅうにしんしょう》のうち、金毘羅《こんぴら》大将の左足の下に踏ませ、十二神将、七千夜叉《しちせんやしゃ》、一刻も早く、西光法師父子が命を取らせたまえと叫びのろったのは、聞くからに身の毛がよだつ話である。同月二十三日、一切経の別院を出て、伊豆の配所におもむかれた。一山を統《す》べておられたほどの僧正が、護送役人の馬の先に蹴立《けた》てられながら、今日をかぎりに都を離れ、関の東へ流されてゆく心中を思いやると気の毒でならない。大津《おおつ》の打出《うちで》の浜にさしかかれば、叡《えい》山《さん》にそびえたつ文殊楼《もんじゅろう》の軒端《のきば》が白々と見上げられるが、二度とは目をやらずに、顔に袖《そで》を押し当ててむせび泣かれる。長老、碩徳《せきとく》〔徳の高い人〕の多い山門の中から、当時僧都《そうず》であった澄憲法印《ちょうけんほういん》がなごり惜しんで、粟津《あわづ》まで見送られ、そこでいとまを申し上げると、僧正は法印の情に感じて、年来心中に秘めていた天台相伝《そうでん》、一心三観《いっしんさんかん》の奥旨《おうし》を特に法印に授けた。この法は釈迦如来《しゃかにょらい》が説き、波《は》羅奈国《らないこく》の馬鳴比丘《めみょうびく》、南天竺《なんてんじく》の竜樹菩薩《りゅうじゅぼさつ》と経《へ》て、代々相継《あいつ》ぎ伝えてきたものである。わが国は東海に偏在する粟粒《あわつぶ》のような小国、かつは濁った世の末とは申せ、澄憲が尊き法《のり》の血脈をうけて、法衣《ほうえ》の袖をしぼりながら都へ帰ったことは、尊しとせなければならぬ。ところで山門の衆徒は、このことで立ち上がり、評議して言うには、義真和尚《ぎしんかしょう》の初めよりこのかた天台座主五十五代、いまだかつて、流罪に処せられたという例を聞かぬ。当山の由来を尋ねれば、延暦《えんりゃく》のころ〔十三年（七九四）〕、桓武《かんむ》天皇が都をここに定められ、伝教《でんぎょう》大師は叡山《えいさん》に登って、四明《しめい》の教法をしかれて以来、女人禁制の山として、三千人の僧侶が居をしめている。峰には読誦《どくじゅ》の年も古く、山王《さんおう》七社は山麓《さんろく》にあって、霊験《れいげん》日に新たなものがある。かの天竺《てんじく》の霊山《りょうぜん》は、王城の東北にあって、大聖《だいしょう》釈尊の住む幽邃《ゆうすい》の地、この叡山も同じく、帝都の鬼門にそばだって、護国の霊地となり、代々の賢王知臣も当山で仏戒を受けている。末世とはいいながら、かかる恥辱《ちじょく》をこうむるとは、いかにしても看過しがたい、とおめき叫ぶほどもあらせず、全山の大衆ことごとく、どっとばかり東坂本《ひがしざかもと》へはせくだって、十禅師権現《じゅうぜんじごんげん》の前でさらに評議をひらいた。

一行阿闍梨《いちぎょうあじゃり》の沙汰《さた》

「我らはこれより粟津《あわづ》へ向かって、座主《ざす》を奪いかえし、遠流《おんる》をとめ申そうと存じたてまつるが、護送の役人、武士どもの従いおることとて、たやすく取り奉《たてまつ》ることとおぼつかなし。この上は山王権現《さんおうごんげん》の御力《おんちから》にすがり、はたして無事取り返しうるものならば、一つしるしをお示しあらせたまえ」

このように議定《ぎじょう》して、老僧らが肝胆《かんたん》をくだいて祈ると無動寺《むどうじ》の法師乗円律師《じょうえんりっし》が使っている童《わらべ》で、鶴丸《つるまる》という十八歳になる者が、にわかに狂いだして五体に汗をかき、苦悶《くもん》の声をあげて、

「十禅師権現《じゅうぜんじごんげん》こそ、われに乗り移りたもうた。末の世とはいえ、いかで当山の座主《ざす》をば他国にうつせようぞ。とこしえに心苦しい限りである。座主が流されては、われ、この麓《ふもと》に鎮座するともなんになろう」

と、両方の袖《そで》を顔にあて、さめざめと泣きだした。大衆《だいしゅ》は怪しんで、まことそ

の言葉が十禅師権現のお告げならば、我らが験《しるし》をまいらせるゆえ、違《たが》わずもとの持ち主に返したまえと老僧ら四、五百人、手に手に持っていた数珠《じゅず》を、十禅師権現社の大床の上へほうり投げた。すると、かの物狂いの童が、走り回って数珠を拾い集め、一人のまちがいもなく、それらをもとの主《ぬし》に返した。神明《しんめい》の霊験《れいげん》あらたかなことに、大衆はこぞって両手を合わせ随喜《ずいき》の涙をこぼすとともに、さらば押しかけて奪いとれとばかり、雲霞《うんか》のごとく群がりたってはせ向かう。あるいは道を志賀辛崎《しがからさき》の浜にとり、あるいは舟で山田矢橋《やばせ》の湖上をおし渡る者あり。この勢いに、さしもいかめしげにみえた護送、警固の者どもは、みなちりぢりに逃げうせてしまった。

大衆は、前座主の置かれた近江《おうみ》〔滋賀県〕の国分寺に参上すると、明雲《めいうん》はひじょうに驚いて、

「勅勘《ちょっかん》をうけた者は、月日の光にだにあたらず、とさえ言われているのに、まして即刻都より追い下せと院宣《いんぜん》や宣旨《せんじ》があったからには、一刻の猶予《ゆうよ》もゆるされまい。衆徒《しゅと》はただちに帰山さすべきだ」

と寺院の端近く出て言われるには、三公大臣《だいじん》〔太政・右・左の大臣〕の家に生まれて僧となり、叡山四明《えいさんしめい》の寂境《じゃっきょう》に隠れてから、広く天台の教義を学んで、さらに顕密《けんみつ》両宗をきわめた。願うはただ山門の興隆ばかりで、国のための祈りもおろそかにはせず、衆徒をはぐくむ志《こころざし》も浅くはない。さだめし大宮二宮の両所、山王《さんおう》権現も照覧《しょうらん》したもうことと思われる。わが身にあやまちなく、無実の罪によって遠流《おんる》の重科をうけたのであるから、世の人、神仏をも、いささかも恨《うら》む気持はない。まことにはるばるとこの所まで、たずね来たりし大衆の芳志《ほうし》こそは、生々世々にも報じつくしがたい、と香染《こうぞめ》の衣《ころも》の袖《そで》も絞《しぼ》りあえぬほどに泣きたまえば、大衆もまた鎧《よろい》の袖に涙を払いかねた。さて、お迎えの御輿《おんこし》を前に据《す》えて、お早く召されたまえと申し上げると明雲は、以前は大衆三千の貫首《かんじゅ》〔天台座主の別称〕であったが、いまは流人の身として、知僧学侶《がくりょ》のかつぐ輿に、なんで乗られよう。もししいてとあれば、藁沓《わらぐつ》を足にくくりつけ、大衆とともに歩いて帰る、と言って輿に乗ろうとはしない。その時西塔《さいとう》の住僧で、戒浄房《かいじょうぼう》の阿闍梨《あじゃり》祐慶《ゆうけい》という、身の丈《たけ》七尺〔約二一〇センチ〕もある荒くれ坊主が、あらく鉄をつづった黒革縅《くろかわおどし》の鎧を草摺《くさずり》〔鎧の胴の下にたれた部分〕ながく着て、甲《かぶと》を法師原《ほうしばら》〔法師たち〕に持たせ、白柄《しらえ》の大長刀《おおなぎなた》を杖《つえ》につき、大衆の中を押しわけおしわけ明雲の前に現われ出てきたが、怒りの巨眼を見ひらいて、明雲をしばらくにらみつけ、さような御心《おんこころ》なればこそ、かかる目にあわれる。ただとくとく輿に召されよ、と言えば、明雲は恐ろしさのあまりあわてて輿に乗る。衆徒は前座主を奪い返したうれしさに、いやしき法師はおいて、修学《しゅがく》のよき僧ばかりをえらび、輿をかつがせて山を登る。くだんの祐慶は先棒《さきぼう》をかつぎ、他の者が交替しても彼ばかりは替《かわ》らず、長刀《なぎなた》とともに輿の轅《ながえ》を砕《くだ》けるほどに握りしめ、さしも険《けわ》しい東坂を、まるで平地でも歩むように登ってゆく。大講堂の前に輿をかき据えて評議をひらき、粟津へおもむいて貫首を奪い返してきたが、すでに勅勘をこうむって流罪となった人を、ふたたび座主にいただくのはどうであろうか、ということになった。

戒浄房祐慶が、この時また進み出て、

「当山は日本無双の霊地、国家鎮護の道場である。山王の御威光盛んにして、仏法王法に優劣はない。されば衆徒の意見のりっぱさもならぶものなく、いやしい法師どもさえ軽んぜられることがない。いわんや知恵高くして、三千衆徒の座主であり、徳行重くして、一山の大和尚《だいわじょう》である方が、罪なくして罪をうけることは、ただに山門、洛中《らくちゅう》の憤《いきどお》りであるばかりでなく、また興福寺《こうぶくじ》、園城寺《おんじょうじ》など、他寺のあざけりを招くことになりはしないか。いま、我らが顕密《けんみつ》の主《あるじ》を失って、学僧の多数が長く蛍雪《けいせつ》の功を怠《おこた》るようになっては一大事である。しかずこの祐慶を張本人として、禁獄《きんごく》、遠流《おんる》に処し、あるいは首をはねられよ。これぞわが今生《こんじょう》の面目、冥土《めいど》へのみやげとなろう」

その言葉といっしょに両眼から涙がほとばしり流れるのを見て、数千の大衆は皆もっともだと同意した。この事以来、祐慶は時の人々によって怒房《いかめぼう》と呼ばれ、弟子の慧慶《えけい》律師は、子怒房《こいかめ》といわれるようになった。

山門の大衆は前座主の明雲を、東塔《とうとう》の南谷《みなみだに》、妙光房《みょうこうぼう》へ入れた。仏の権化《ごんげ》といわれる高僧も、災厄《さいやく》ばかりは避けえないと思われる。昔、大唐《だいとう》の一行阿闍梨《いちぎょうあじゃり》は、玄宗《げんそう》皇帝の御持僧《ごじそう》であったが、玄宗の后《きさき》、楊貴妃《ようきひ》と浮名がたった。昔も今も、大国も小国も、人の口ほどうるさいものはない。一行阿闍梨は、根も葉もないことだったのに疑いをかけられて、果羅国《からこく》へ流された。その国へゆくのに、通路が三つある。林地道《りんちどう》といって、皇帝の行幸路。幽地《ゆうち》道というのは、一般庶民の通行路。暗穴道《あんけつ》は、重罪の囚人を送る道。一行阿闍梨は大罪を犯した者として、この最後の道をとらされた。七日七夜の間、行けども行けども日月の光を見ることがなく、人一人通らぬ闇《やみ》の道で、ただただ行歩《こうほ》に踏み迷うばかり。周囲《まわり》は森々《しんしん》たる深山、ときおり谷間に鳴く鳥の声をかすかに耳にするぐらいで、苔《こけ》にしめった法衣《ほうえ》の袖をかわかすひまもない。しかし、無実の罪で遠流となった身を、天もあわれみたもうたか、九曜《くよう》の星〔日月火水木金土の七曜星と羅睺《らご》星・計都《けいと》星〕を空に輝かして、一行阿闍梨の行く手を照らした。一行阿闍梨はうれしさのあまり、右手の指をかみ切り、流れる血潮《ちしお》で左のたもとに九曜の星を写した。これが和漢両国で、真言《しんごん》の本尊とされている九曜曼陀羅《くようまんだら》の縁起《えんぎ》である。

西光《さいこう》が斬《き》られ

山門の大衆《だいしゅ》が前座主《ざす》を奪い返したと聞いて、後白河法皇《ごしらかわほうおう》がおこられているところへ、西光《さいこう》法師がまかり出てきて、昔から山門大衆が強訴《ごうそ》におよぶ段は、今にはじまったことではないが、ことに今度のことは、言語道断沙汰《さた》のかぎり、きびしく御裁断あってしかるべし。もしとがめずに看過するようなことがあれば、今後は御威令も行なわれぬことになろう、と申し上げた。

西光は今にもわが身の滅びることに気づかず山王《さんおう》の神慮のほども省《かえ》りみないで、ただ法皇をたきつけ、御心《おんこころ》をなやますようなことばかり言う。まことに讒《ざん》言《げん》の臣は国を乱る〔乱す〕というが、叢蘭《そうらん》〔群生するラン〕茂《しげ》からんとすれども秋の風これを破り、王者明らかならんとすれども讒臣《ざんしん》これを闇《くろ》うすとは、このことであろう。法皇は新大納言成親卿《しんだいなごんなりちかのきょう》以下側近の者に命じて、叡山《えいざん》に攻め寄せると聞き、王土に生まれて幾度ならず院宣《いんぜん》にそむき刃向かうのは、さすがにおそれ多いと、山門大衆の中にもひそかに、王命に服従しようとする者もあると知って、妙光房《みょうこうぼう》におかれている明雲《めいうん》は、大衆が二つに分かれ、またどんな憂《う》き目《め》にあうことであろうと、不安な感じをいだかれたが、ふたたび彼にたいして、流罪《るざい》の沙汰《さた》はなかった。

成親新大納言は、山門のこの騒ぎで、平家転覆の陰謀をいちじ押《おさ》えていた。さまざまと内相談をしたり準備をはかったりしているが、見せかけばかりでこの陰謀が成功しようとは思われない。有力な武士の味方として頼まれていた多《た》田蔵人行綱《だのくらんどゆきつな》は、軍事に通じておるだけに、とてもこの企《くわだ》ては成功しないと、はやくも見きりをつけたものか、弓袋《ゆぶくろ》の料にと贈られた布を、直垂《ひたたれ》の帷《かたびら》に仕立てて一族郎党《ろうどう》に着せてしまい、目をしばたたいて思案に暮れていたが、つらつら平家の繁盛《はんじょう》ぶりを見ていると、今これを倒すのは容易なことではない、もしこの企てがもれるようなことがあれば、武将行綱の首がまっさきに飛ぶ。他人の口からもれて、そんなことにならない先、寝返りをうって身の安全を計ろうと思いつき、同じ五月二十九日の小夜《さよ》ふけがた、行綱は入道相国《にゅうどうしょうこく》の西八条の邸《やしき》へ

参って、

「行綱こそ、申し上ぐべきことあって、まかりでました。入道殿にお取り次ぎくだされ」

と言うを聞いて清盛《きよもり》が、

「常《つね》には来たこともない者が、見えたのは何事であろう。盛国《もりくに》、うけたまわってまいれ」

と、主馬判官《しゅめのはんがん》をききにだした。すると行綱は、人づてでは困るというので、入道みずから中門《ちゅうもん》の廊へ現われてきて行綱に問うた。

「夜もだいぶふけた刻限であるのに、今ごろ何事じゃ」

「昼は人目もしげきことゆえ、夜にまぎれて参りました。近ごろ院中の人々が、兵具《ひょうぐ》をととのえ軍兵《ぐんぴょう》を集められたことを、なんと聞こし召されておりまするか」

清盛は平然として、

「さればよ。法皇が山門を攻める、お考えであろうが」

行綱は清盛のそば近くにじり寄り、声をひそめて、

「さようなことではございませぬ。目ざすは御当家のことと承《うけたまわ》りました」

「して、法皇もそれを御承知の上でのことか」

「いうまでもございませぬ。執事の別当《べっとう》成親卿が、軍兵を召集したのも、院宣《いんぜん》をたてに取ってのこと……」

それから一味の康頼《やすより》はこれこれ、俊寛《しゅんかん》はしかじか、西光の仕儀はこのように、などと実際よりはおおげさにしゃべり散らして、行綱は入道の前をひきさがった。清盛入道はたちまち大声を出して、侍《さぶらい》どもの名を呼びたて呼びたて、顔の気色《けしき》ただならぬものがある。行綱はなまなかのことを言い出して、証人に引き出されてはたまらぬとにわかに空恐ろしくなり、だれも追う者もいないのに、急ぎ袴《はかま》の腿立《ももだち》をとり、まるで広野に火を放った科人《とがにん》のようなここちで門外へ逃げだした。

清盛はその後、筑後守貞能《ちくごのかみさだよし》を召して、

「当家を倒さんとする謀反《むほん》のやからが、京内に満ちみちている。急ぎ人々に触れをまわし、侍どもを呼び集めよ」

仰《おお》せをうけた貞能《さだよし》は、ただちにはせめぐってこのことを触れ知らせた。右大将宗盛《むねもり》、三位中将知盛《さんみのちゅうじょうとももり》、頭《とう》の中将重衡《しげひら》、左馬頭行盛《さまのかみゆきもり》以下一門の人々、甲冑《かっちゅう》をおび弓矢をたずさえ、続々とはせ参じる。軍兵も雲霞《うんか》のごとく群がり集まって、その夜のうちに入道相国が西八条の邸に、およそ六、七千騎がほども詰めたかと見えた。明くれば六月一日である。まだ朝も暗いうちに、清盛は、阿倍資成《あべのすけなり》を呼んで、

「院の御所へ参り、大膳大夫信業《だいぜんのだいぶのぶなり》を呼び出して、新大納言成親卿以下近習《きんじゅ》の人々、わが一門を滅ぼして、『天下を乱さんとする謀反《むほん》の企《くわだ》てがあるという。一人一人からめとって、糾問《きゅうもん》をとぐるであろう。院にはよもや、このことごぞんじあるまい』と、かようにしかと申せ」

資成《すけなり》はすぐ御所へ駆けつけて、信業《のぶなり》を招きこの旨《むね》を告げると、信業顔色《がんしょく》をうしない、御前《ごぜん》へまかり出て院に奏聞《そうもん》した〔申し上げた〕。法皇は御心中に、あわれ彼らの内々図《はか》ったことが、はやもれたか、それにしても、これはなんとしたことぞとつぶやかれるばかりで、とかくのはっきりした御返事がない。資成が

走り帰って入道相国に、このことを報告すると、

「それ見よ、行綱はまことのことを申したのだ、彼が知らせてくれなんだら、この浄海《じょうかい》の身は安穏にはすまなかったであろう」といって、それより筑後守貞能、飛騨守景家《ひだのかみかげいえ》を召して、当家を傾けんとする謀反人どもを、一人残らずからめとれと下知《げじ》した。両人かしこまって二百余騎三百余騎、ここやかしこへ押し寄せ押し寄せからめとる。

入道相国は走り使いの雑色《ぞうしき》〔雑役をつとめる者〕を、中御門烏丸《なかのみかどからすまる》の新大納言の邸《やしき》へやって、打ち合わせたきことあるから、至急立ち寄られたい、と申し入れさせた。大納言はわが身のこととはつゆ知らず、これはきっと、法皇が山攻めなされる御計画を、申しなだめるつもりなのであろうが、なんとしても法皇の御憤《おんいきどお》りが深く、とてもだめにちがいない、と思案しながら、清くしなやかな袍衣《うわぎ》をゆるりと身にまとい、目もさめるほどの華麗な車に乗り、侍を三、四人召し連れ、雑色や牛飼《うしかい》にいたるまで、いつもよりりっぱな行装をととのえさせて門を出たが、これぞ最後とは、あとになって思い知られた。

西八条近く来てみると、清盛の屋敷にいたる四、五町〔一町は約一〇九メートル〕の間、すきまもなく軍兵が充満している。さてもおびただしき軍兵の集まり何事であろう、と胸騒ぎを感じたが、門前で車をおり門内にはいると、ここにも軍兵がぎっしりとならんでいる。中門《ちゅうもん》の入口には猛者《もさ》のつわものどもが、あまた待ちかまえていて大納言をとって押え、ひっくくるかどうか清盛に伺《うかが》いをたてると、入道は簾《すだれ》のなかから成親を見て、それなりにと言われるまま、十四、五人の侍が大納言を中にとり囲み、手をとって縁の上へ引っぱり上げ、一間《ひとま》のなかに押し込めてしまった。大納言は夢ごこちで、何がなにやらさっぱりわけがわからない。供の侍たちは、おおぜいの軍兵たちにおし隔《へだ》てられて、ちりぢりになってしまった。雑色や牛飼はぎょうてんして、牛も馬もその場に捨てておき、みな逃げ帰ってしまった。そのうち、近江《おうみの》中将入道蓮浄《れんじょう》、法勝寺執行《ほっしょうじしゅぎょう》俊寛僧都《しゅんかんそうず》、山城守基兼《やましろのかみもとかね》、式部大輔正綱《しきぶのたゆうまさつな》、平判官康頼《へいはんがんやすより》、宗《むね》判官信房《のぶふさ》、新平判《しんぺい》官資行《すけゆき》もつかまって、連行されてくる。

西光《さいこう》法師はこの報を耳にすると、さてはと察して、馬に鞭《むち》うち、院の御所へとはせつける。その途中、六波羅《ろくはら》の武士どもが西光を見つけて、「西八条殿よりのお召しぞ。いざ参れ」と言えば西光は、「奏上《そうじょう》すべきことあって、院の御所へ参るもの。用はてなばおっつけ参上つかまつる」と逃げんとしたが、「にっくい坊主めが、何を奏上することがある」と言うなり西光を馬から引きずり落とし、ひっくくって西八条の清盛邸へひきずって来た。西光は最初からの陰謀加担者なので、ことに容赦《ようしゃ》なく縛《しば》りあげ、屋敷の内庭にひき据えた。清盛は広間の大床《おおゆか》に突っ立って、しばらくは物も言わず西光をにらみつけていたが、「おのれ、にっくき奴。わが家を傾けんとする謀反人が、そのざまを見よや。それ、しゃつをここへ、ひき寄せてこい」

そう呼ばわるなり、沓《くつ》ばきのまま、西光の顔をむんずと踏みつけた。

「おのれのような下司《げす》下郎が、院に召し使われて、なるまじき官職にへのぼり、父子ともども分《ぶん》にすぎたふるまいにおよぶと思うたに違《たが》わず、天台座主を流罪に申し立て、そればかりかわが家を倒さんとする謀反のやからに、よくもくみしおったな。何事もありのままにぬかしおれ」

西光も、もとより不敵、大剛《だいこう》の人間だから、色も変えず、悪びれたふうもなく庭上に起きなおって、清盛をあざ笑いながら、

「院中におそば近く仕《つか》える身として、執事の別当成親卿が軍兵を催されるとあれば、与《くみ》せぬわけにはまいらぬ。たしかに同意いたした。しかし聞きずてならぬは、他人は知らずこの西光の前で、よくもぬけぬけと言われしものよ。そもそも御辺《ごへん》こそは、故刑部卿《ぎょうぶきょう》忠盛《ただもり》の嫡子《ちゃくし》にして、十四、五までは宮中に出仕もゆるされず、故《こ》中御門《なかのみかど》藤中納言家成《いえなり》卿のもとへ出入りしていたのを、京童《きょうわらんべ》は、あれこれ高足駄《たかあしだ》の高平太《たかへいた》と言いはやしていたものだ。ところが保延《ほうえん》のころ〔元年（一一三五）〕、海賊の頭目《とうもく》三十余人をからめとった功労として、四位を賜《たま》わり兵衛佐《ひょうえのすけ》となったのをすら、人は分にすぎると言った。殿上《てんじょう》の交わりをさえきらわれた者の子孫が、太政大臣《だいじょう》にまで成り上がった御辺をこそ過分と申せ、われらのように侍の家に生まれて、国司、検非違使《けんびいし》になるは珍しからず、何が過分であろう」

とはばかりなく言い放つ。清盛は激怒のあまり、口もきけずに黙していたが、

やがて、

「こやつの首を、たやすくは斬《き》るな。きびしく問い調べて子細《しさい》を明らかにした上、河原にひいて首をはねよ」

と命じた。松浦太郎俊重《まつらのたろうとししげ》がうけたまわって、手足をはさみ締《し》めつけて責《せ》め問えば、西光はもとより隠そうとする心はなく、拷問《ごうもん》もきびしかったので、白紙四、五枚にわたる事実を述べ、その後口を裂けとのことで口を裂かれ、五条西の朱《しゅ》雀《じゃく》で斬首《ざんしゅ》された。彼の嫡子前加賀守師高《かがのかみもろたか》は、職をはいで尾張《おわり》の井戸田《いどた》へ流したのち、同国の住人小胡麻《おぐま》の郡司《ぐんじ》維季《これすえ》に命じて討《う》たせた。次男の近藤《こんどう》判官師経《もろつね》は投獄されていたが、獄からひき出して殺した。その弟左衛門尉《さえもんのじょう》師衡《もろひら》と郎党三人も、おなじく首をはねられた。これらの父子はいずれも、とるにたらぬ身分から出世して、かかわるべきでないことに身をつっこみ、罪なき天台座主を流罪におとしいれたりして、前世の果報も尽きはてたのであろう。たちどころに山王大師《さんおうだいし》の神罰をこうむり、かかる憂《う》き目《め》を見ることになった。

小《こ》教訓《ぎょうくん》

新大納言《しんだいなごん》〔成親《なりちか》〕は、一間《ひとま》の内に押し込められて、汗にぬれ、「ああ、こうなったのは日ごろの謀事《はかりごと》が、もれ伝わったからに違いない。だれがもらしたのであろうか。もらした者は北面《ほくめん》の武士どもの中にでもいるのではあるまいか」などと、絶えず思いつづけている。すると、うしろで荒々しく足音が鳴り響いたので、すわ、命をとりに武士どもが参ったかと思ったが、そうではなく、清盛《きよもり》が板敷きを音高く踏み鳴らして、大納言のすわっている背後の襖障子《ふすましょうじ》を、さっと開いて現われたのであった。荒絹の法衣《ほうえ》の短めなのを着て、後ろの張りた白の大口袴《おおくちばかま》を踏みつけてはき、聖柄《ひじりづか》の刀をしどけなく腰に差し、ひどく怒った気色《けしき》で、大納言をしばらくにらまえてから、

「そもそも、御辺《ごへん》は、平治《へいじ》の乱のときにすでに誅《ちゅう》せらるべき身であったが、小《こ》松の内府《だいふ》〔重盛〕がわが身に免じてと命を請《こ》うたので、なんとか首がつながっ

たのだ。そのことをなんと思うか。しかるに、その恩を忘れて、なんの遺恨《いこん》があって、わが一門を滅ぼそうとはかったか。恩を知るを人といい、恩を知らぬを畜生というぞ。当家の運命いまだ尽きざるにより、御辺をここへ迎えたが、日ごろの企《たくら》みの一部始終を、しかじかこの場で聞かしてもらおう」

と、詰め寄った。大納言は、

「御家を倒そうと企んだなどとは、まったく根も葉もないこと。いかさま、だれかの讒言《ざんげん》であろう。よくよく詮議《せんぎ》をされるがよい」

と白《しら》をきる。清盛はその言葉を終わりまでは言わせず、「だれかいないか、だれか」と叫ぶ。すると、つと貞能《さだよし》がまかりでた。「西光《さいこう》の白状を持って参れ」と命じて取り寄せ、それを手にとると、入道《にゅうどう》は二、三度くりかえして声高に読み聞かせて、

「ええい、にっくい奴、これでもまだ申し開きがあるか」

と大納言の顔にその白状をさっと投げつけて、襖障子をぴしゃりとしめて部屋を出たが、なおも腹を据《す》えかねて、「経遠《つねとお》、兼康《かねやす》」と呼びたてた。難波次郎《なんばのじろう》経

遠、妹尾太郎兼康《せのおのたろう》が前へ控えると、

「あの男を引きずり出して、庭につき落とせ」

　さすがに二人は、

「小松殿のおぼしめしはいかがでござりましょうか」とためらうと、入道は、

「よしよし、おぬしらは内府の命《めい》を重んじて、この入道の申しつけは軽んずる所存とみえる。そうあってはいたしかたない」と言うので、さからっては悪いと思ったのか、二人は立ち上がって、大納言の左右の手をとって、庭へ引き落とした。入道はここちよげにそれをながめ、

「取って伏《ふ》せて、喚《おめ》かせい〔わめかせろ〕」

と仰《おお》せつける。二人は大納言の左右の耳にそっと口をあてて、

「わざとお声を立てられませ」とささやいて引き伏せると、大納言は二声三声わめいた。その様子は地獄で、この世からきた罪人を、生前の罪をはかろうと業《ごう》の秤《はかり》にかけ、あるいはそれを写そうと、浄頗梨《じょうはり》の鏡(28)にひき向かわせ、罪の軽《けい》重《ちょう》にしたがって、獄卒の阿防羅刹《あほうらせつ》が責苦《せめく》を与えるのも、これにはまさるまいと

思われるほどであった。蕭何《しょうが》と樊噲《はんかい》は囚《とら》われ、韓信《かんしん》と彭越《ほうえつ》は殺されて、その肉を塩辛《しおから》にされた。また鼂錯《ちょうそ》は殺されて、周亜夫《しゅうあふ》、魏其侯《ぎきこう》は罪に処された。この蕭何、樊噲、韓信、彭越、これらはみな高祖《こうそ》〔前漢の初代皇帝、劉邦《りゅうほう》〕の忠臣であったが、「小人《しょうじん》の讒言《ざんげん》によって禍敗《かはい》〔過失や失敗〕の恥を受ける」とは、このようなことをいうのであろうか。新大納言はわが身がこのような目にあうにつけても、子息の丹波《たんばの》少将成経《なりつね》をはじめ、その他の幼い者たちが、どのような憂《う》き目《め》にあうことかと、想像するだに心細くなった。これほど暑い六月のさなかに、装束さえもゆるめることができず、堪《た》えがたさに、胸がこみあげてくるここちがして、汗も涙もきそいあって流れる。「それにしても、小松殿がお見すてになることはあるまい」と頼みに思ってみるが、だれにたよってこの身の窮状《きゅうじょう》を申し伝えたものであろうか、その方法も思いうかばぬ。

小松《こまつ》の大臣《おとど》は、善悪何事につけて騒がぬ人であったから、その後ずっと日がたってから、嫡子《ちゃくし》の権亮《ごんのすけ》少将維盛《これもり》を、車の後ろに乗せて、衛府《えふ》の役人を四、五人、随身《ずいじん》二、三人を召しつれただけで、軍兵《ぐんぴょう》は一人も供につけず、おちつきはらった様子でやって来た。清盛はじめ、一門の人々は、みな、意外の面もちでこれを見た。小松大臣《こまつのおとど》が中門のところで、車から降りようとすると、そこへ貞能《さだよし》がつと走り寄って、

「これほどの大事に、なにゆえ軍兵《ぐんぴょう》の一人をも召しつれになりませぬか」

と言上《ごんじょう》すると、大臣は、

「大事とは天下の大事だけを言えばよい。かような私事《わたくしごと》を大事ということやある」

と言った。武装した兵どもも、皆その言葉で動揺したように見えた。それから大臣は、大納言を閉じこめたのはどの部屋であろうかと、ここかしこの襖《ふすま》を引きあけ引きあけして捜しているうちに、襖の上に、蜘蛛《くも》の巣のように材木を打ちたがえた一間《ひとま》があった。さてはここかとあけてみると、はたして大納言が押しこめられている。涙にむせび、うち伏して、顔も上げずにいるので、「いかがなされました」と声をかけると、やっと気がついて、いかにもうれしそうな様子である。地獄で地蔵菩薩《じぞうぼさつ》にあった罪人も、かくやと思われるばかりで哀れ

であった。

「何事ならん、今朝よりこのような目におうておりまする。しかしながら御辺《ごへん》がおられるからには、かならず助命あることと、そればかりを頼みに思うておりました。平治のときすでに死罪に行なわれるはずであったのを、御恩で首をつないでいただいたのみか、身分は正二位《しょうにい》の大納言にまで経《へ》のぼり、齢《とし》もはや四十を越えるまで生きながらえました。この御恩はいつの世になっても報じ尽くしようがありませぬが、このたびもまたかいなきわが命をどうか助けてくだされ。助命の沙汰《さた》をうけたまわれば、その後は出家入道して、どのような片山《かたやま》里《ざと》にもこもり住んで、ただ一筋に後世菩提《ごせぼだい》の勤めをいたしましょう」

　小松大臣は、

「閉じこめはいたしても、御命《おんいのち》を失いまいらすまでは、よもいたしますまい。たとえさようなことになろうとも、この重盛《しげもり》があるかぎりは、命に代えても御助命申し上げましょう。安心めされ」

と大納言を慰めて、父清盛入道の前へ行き、

「大納言を失いまいらすことは、よくよくお考えあってしかるべきかとぞんじます。なぜかと申すに、大納言は、先祖の修理大夫顕季《しゅりだいぶあきすえ》が、白河院《しらかわのいん》に召し使われてよりこのかた、かの一門に前例のない正二位の大納言にまで経のぼり、しかも当代、法皇より無上の御寵愛《ごちょうあい》をうけておられる方、その大納言の首をはねるは、いかがなものか。都の外へ追放するだけで、じゅうぶんではありませぬか。北野の天神菅原道真公《すがわらのみちざね》は、時平《しへい》大臣〔藤原時平〕の讒奏《ざんそう》によって、西海道《さいかいどう》の波に憂《う》き名《な》を流し、西の宮の大臣源高明《みなもとのたかあきら》公は、多田満仲《ただまんじゅう》の讒奏によって、山陽道《さんようどう》の雲に恨《うら》みをよせました。いずれも無実にして、流罪に処せられました。このことはそれぞれ、醍醐《だいご》、冷泉《れいぜい》両帝のおんあやまちであったと伝えられております。昔の賢王にさえ、なおかかるあやまちがあるものを、いわんや、われらは凡人の身、いかなる誤りを犯すともかぎりませぬ。すでに大納言を召し捕られたからは、いそいで首をはねずとも、なんら懸念《けねん》はありますまい。刑の疑わしきは軽くせよ、功の疑わしきは重くせよ、と古書にもあります。こと新しく申すようながら、この重盛はかの大納言の妹を妻とし、維盛《これもり》もまた大納言の婿《むこ》。親戚ゆえにかくは申すとおぼしめされるやもぞんじませぬが、けっして、さようなことではございませぬ。ただ君のため、国のため、家のためを思えばこそ申し上げる次第。昔、故少納言入道信西《しんせい》が執権《しっけん》でありしとき、本朝では、嵯峨《さが》天皇の御代《みよ》に、右兵衛督藤原仲成《うひょうえのかみふじわらのなかなり》を死罪に処してより、以来保元《ほうげん》まで二十五代の間、たえて久しく行なうことのなかった死罪をはじめて行ない、また宇治の悪左府頼長《あくさふよりなが》の死骸《むくろ》を掘り起こして、検分するなどのことがありましたが、これはあまりにむごい御政治。古人もまた、死罪を行なえば、海内に謀反《むほん》の輩《ともがら》絶えず、と申しておりますが、それにつけても思い起こすは、二年おいて平治《へいじ》の御代にふたたび世が乱れ、こたびは信西の死骸が埋められてあったのを信頼《のぶより》が掘り起こし、頭《こうべ》をはねて、都大路を梟首《さらしくび》にしていたと申すこと。保元に信西の行なった所業がいくほどもたたぬうち、はやくもその身に報《むく》い来たかと思えば、まことに恐ろしく感ぜられます。大納言は格別、頼長、信西のごとく朝敵ではございませぬゆえ、それだけにお慎《つつ》しみが肝要かとぞんぜられます。栄華《えいが》もじゅうぶんにおきわめになられた父上には、もはや思い残すこともございますまいが、このうえは、子々孫々にいたるまでわが一門の繁盛《はんじょう》こそ願わしい。父祖の善悪はかならず子孫におよぶ、とのこと、積善《しゃくぜん》の家に余慶《よけい》あり、積《せき》悪《あく》の門《かど》には余殃《よおう》とどまる〔善行を積めば福が、悪行を積めばわざわいが、その報いとして子孫におよぶ〕、とも申します。いかが考えようとも、今夜大納言の首をはねることは、お控えください」

言葉をつくしていさめると、入道も、なるほど理《ことわり》だと思ったのであろう、死罪は思いとどまった。その後、小松大臣は中門に出て来て、武士たちに向かって、

「入道殿の仰せなればとて、軽々しくあの大納言を斬ってはならぬぞ。入道殿はいつも腹立ちまぎれに乱暴をふるまうが、のちには、かならず悔《く》やまれるが常《つね》だ。早まってあやまちをおかせば、そのままには捨ておかぬ。その時になってわれを恨《うら》むな」

ときびしく戒《いまし》めた。兵具《ひょうぐ》に身を固めた武士どもは、みな歯の根もあわず、恐れおののいた。

「それにしても今朝経遠《つねとお》と兼康《かねやす》の、大納言への無情な仕打ちは、かえすがえすもふとどきである。いずれはこの重盛の耳にはいろうに、なぜはばからぬ。片《かた》田舎《いなか》の武士どもがふるまいではある」と言われて、難波次郎《なんばのじろう》も妹尾太郎《せのおのたろう》も、いたく恐れ入った。大臣はかように訓示をして、小松殿へ帰った。

一方、大納言の供についていた侍《さぶらい》たちは、中御門烏丸《なかのみかどからすまる》の邸《やしき》へ急ぎ戻って、この話を伝えたので、奥方をはじめ邸の女房たちは、皆声を惜しまず、泣きわめいた。

「少将殿をはじめ、若君さま方も、皆、召し捕られると承《うけたまわ》りました。急いで、いずくになりと、お忍びになられては」と侍が言えば、奥方は、

「このようなことになってしまっては、あとに生き残って、無事でいたからとてなんになりましょう。大納言殿とともに一夜の露《つゆ》と消えることこそ本望です。それにしても、今朝をかぎりのお別れとは、こんな悲しいことがありましょうか」

と衾《ふすま》〔寝具〕をかぶって泣き伏した。はやくも武士どもが近づいたと知らせが

あったので、死を覚悟したわが身にはどうでもよいようなものの、このままじっとして、われながらはずかしい、つらい目にあうのもさすがに堪《た》えがたいからと、十歳になる女の子と、八歳になる男の子とを同じ一つの車に乗せて、いずこをさすともなく走り出た。とはいえ、いつまであてもなく車を走らせてもおれないので、大宮《おおみや》大路をのぼって、北山《きたやま》のあたりの雲林院《うんりんいん》へ行って身を隠すことにした。送ってきた者たちは、その辺の僧坊に奥方たちを降ろすと、わが身かわいさに、皆、いとまを請《こ》い帰って行った。奥方のもとに残ったのは幼い子どもたちばかり、見舞いにたずねて来る者もない。奥方の心のうちが推《お》しはかられて哀《あわ》れである。暮れゆく影を見るにつけても、大納言のはかない命も今宵《こよい》かぎりかと思いやられて、消え入るばかりの思いであったろう。京の邸には女房《にょうぼう》や侍がおおぜいいたが、物をかたづけるでもなく、門さえしめない。廏《うまや》には多数の馬がならんでいたが、飼葉《かいば》をやる者もない。夜が明ければ、馬や車が門前に立ちならび、邸では賓客《ひんきゃく》が座をつらね、遊びたわむれ舞い踊り、世間へのはばかりもあらばこそ、近所の人々は大きな声ではものも言えず、びくびくしていたのも、いまは過ぎにし昨日のこと、一夜の間に変わるありさまは、盛《じょう》者必衰《しゃひっすい》の理《ことわり》が、目の前にいまぞ現われたのである。「楽しみ尽きて哀《かな》しみ来たる」と書かれた、江相公大江朝綱《ごうしょうこうおおえのともつな》の筆の跡が、今こそ思い知られる。

少将乞請《しょうしょうこいう》け

丹波《たんばの》少将成経《なりつね》は、その夜たまたま院の御所法住寺殿《ほうじゅうじどの》に宿直《とのい》して、まだ退出しないでいると、そこへ大納《だいな》言《ごん》の侍《さぶらい》どもがあわただしくはせ参じて、大納言が召《め》し捕《とら》われたことの次第を言上《ごんじょう》した。少将が、「これほどの大事を、などや宰相《さいしょう》殿より今になるまで、知らせて来ないのか」と問う間もあらず、つづいて宰相からの使者が到着する。宰相というのは、入道相国清盛《にゅうどうしょうこくきよもり》の弟で、邸《やしき》は六波羅《ろくはら》の正門の脇《わき》にあり、したがって、世間から門脇《かどわき》の宰相と呼ばれている方。丹波少将の舅《しゅうと》である。

「何事でありましょうぞ、けさ西八条殿より、ただちに少将殿をばお連れ申せとの仰《おお》せ……」

少将は伝言の意味がわかっている。そこで、法皇側近の女房《にょうぼう》たちを呼び出して、

「昨夜、なんとなく物騒がしいけはいを感じたが、さては例の山法師《やまぼうし》が山からおりてきたのかなどと、よそごとのように思っていたところ、なんとこの成経が身の上の災禍《さいか》であったぞ。今夕、父大納言は斬《き》られるとの由《よし》ゆえ、この成経とて同罪であろう。いま一度御前《ごぜん》へまかり、叡顔《えいがん》を拝したいと思うものの、かかる身となってはそれも恐れ多い」

と言う。女房たちが急ぎ御前へ参って、この成経の言葉を奏上《そうじょう》すると、法皇は、今朝の入道相国の使いと思い合わせて、さてはとうなずき、

「内々謀《はか》ったことが漏《も》れ聞こえたか、ともあれ、成経をいま一度これへ」

との意向であったので、少将は御前へ参上した。法皇は涙を流されるばかりで、言葉もない。少将もまた涙にむせぶばかりで口がきけぬ。やがて、少将が退出

すると、法皇はその後ろ姿をはるかに見送って、

「末の世とは情けないものだ。これをかぎりに二度とは会えまい」

ととめどなく涙を流す。少将が戻って来ると、院中の人々は、局《つぼね》の女房たちまで、なごりを惜しんで袂《たもと》にすがり、袖《そで》をぬらさぬ者とてなかった。少将が舅の宰相のもとへ行くと、お産の近い少将の奥方は、今朝から、この嘆《なげ》きが身重《みおも》のやつれに加わって、命も消え入らんばかりのここちで少将を迎えた。少将は、院の御所を出るときから、すでに涙があふれてとまらないのに、奥方のこの風《ふ》情《ぜい》を見ると、ますます身のおきどころもなげなせつない様子である。少将の乳《う》母《ば》に、六条という女房がいて、

「お乳をさし上げに参ったのがはじめで、産湯《うぶゆ》のときからあなた様をお育て申し上げましたが、月日のたつにつれ、わが年とるは苦にならず、ただただあなた様の御成人ばかりうれしく、かりそめの勤めのつもりが、いつのまにやら二十一年、その年月《としつき》片時もおそばを離れずお仕《つか》え申し、院の御所や内裏《だいり》に参上あそばして、お帰りの遅くなられるをさえ、心配いたしておりましたものを、今《いま》

西八条へお越しになれば、このさきどのような憂《う》き目《め》におあいあそばすことかと、思うだに心細うてなりませぬ」

「そのように嘆くな、宰相がおられるからには、命ばかりは請《こ》い受けてくださろう」

少将はそう言って慰めたが、六条は、人目もはばからずに泣きもだえた。

そうしているうち、西八条からしきりに使者が来てせき立てるので、宰相は、ともかく出かけて行くよりほかはない、行けば行ったでなんとかなろう、と邸《やしき》を出る。少将も宰相の車の後《しり》に乗って行く。保元《ほうげん》、平治《へいじ》以来、平家の人々は楽しみ栄える一方であった。憂《うれ》いや嘆きというものはかつて味わったこともなかったのに、この宰相のみは、よしなき婿《むこ》のため、こうした悲嘆《ひたん》の目にあったのである。西八条のほとりで車をとめ、まず取り次ぎをこうと、少将を門の内へ入れてはならぬとの達しなので、やむなく近くの侍の家におろしておいて、宰相ひとり門内へはいった。とり残された少将を、いつのまにか武士たちが、四方からとり囲んで、厳重に守護する。少将は、あれほど頼みに思っていた宰相と離れてしまったので、さぞかしその胸中は心細かったことであろう。宰相は中門《ちゅうもん》にいたが、清盛は、出て対面しようともしない。しばらくして宰相は源大夫判官季貞《げんだゆうはんがんすえさだ》を通じて、

「この教盛《のりもり》は、よしなき者の縁者となったことばかり、かえすがえすも悔《く》やまれてなりませぬが、さりとて今となっては、どういたしようもありませぬ。連れ添わせた娘は今身ごもっているうえに、今朝よりこのたびの嘆きが重なり、いまにも命絶えんばかりのありさま。教盛がこうしておりますからには、けっしてまちがいはいたさせませぬ。哀《あわ》れとおぼしめして少将をしばらく私にあずけてはくださるまいか」

と申し入れた。季貞がこの旨《むね》を清盛に伝えると、なんと、あの宰相の物をわきまえぬにもほどがある、とうけあわず、すぐには返事をしない。だがしばらくたつと清盛は、

「新大納言成親卿《なりちかのきょう》以下近習《きんじゅ》の者たちは、わが一門を滅ぼして、天下を乱そうと企《くわだ》てた。少将はその大納言成親の嫡子《ちゃくし》ではないか。宰相との縁故はともかく、

そうたやすくはゆるされぬ。もしこの謀反《むほん》が遂《と》げられたとすれば、宰相とても安穏にはおられまいに、と伝えよ」

清盛の言葉を季貞《すえさだ》が戻って来て伝えると、宰相はいかにも落胆《らくたん》のおももちで、

「保元、平治よりこのかた、たびたびの合戦《かっせん》にも、相国殿の命に代わる覚悟でつねづねのぞみ、また今後とても、一門にあたる荒風は、まずまっ先にこの教《のり》盛《もり》が防ぐ所存でありますものを。また、たとえこの身こそは老いたりとはいえ、血気の息子どもも多いゆえ、一方のお固めにも役立ちましょうに。さりながら、この教盛がそのように思うておりましても相国殿が、しばらく成経《なりつね》をあずかろうとの願いをおゆるしくださらぬは、いちずにこの教盛を二心《ふたごころ》ある者とおぼしめしてのことか。心をゆるせぬと思われては、浮世にあってもかいがない、それよりいとまをいただいて出家入道し、紀伊の高野《こうや》か粉川《こかわ》のほとりにでもこもり、ひたすら後世菩提《ごせぼだい》の勤めをいたそう。よしなき浮世の交わりだ。浮世にあればこそ望みも生じ、その望みがかなわないといって恨《うら》みも起こる。かかる浮世はいとといすて、仏の道にはいるにしくはない」

と言う。そこで季貞はふたたび清盛の前へ参り、宰相殿は、もはや世を捨《す》てて、出家入道なさらんとの覚悟でおられますぞ。ともかくもよろしきようお許らいください、と言上した。清盛は驚いて、

「いやはや、出家入道までしようとは、思いつめたものだ。さほどにまで申すなら、少将をしばらくあずけ置くと伝えておけ」

季貞からこの言葉を聞いて宰相は、

「ああ、持つまじきものは子どもだ。わが子の縁にひかれずば、こうまで心を砕《くだ》くまいに」

と言って退出した。少将は、宰相を待ち受けていて、さていかがでございましたか、と尋ねる。宰相は、

「入道は憤《いきどお》りのあまり、ついに対面もなさらぬ。どうしてもゆるせぬとしきりに申されるので、私は出家入道するとまで言ったが、そのゆえであろうか、それほどまでに申すならしばらく御辺《ごへん》をこの教盛にあずけると申された。だがいつまでもこのままですもうとは思われぬ」

「では、この成経《なりつね》は、御恩によって、しばし命ながらえましたか。それにつけても父大納言のことを、なにかお聞きになられましたか」

「いやいや、御辺のことを申すのがやっとのこと、そこまではとても、思いもよらなかった」

聞いて少将は涙をはらはらと流した。

「命が惜しいのは、いま一度父に会いたいと思うがため。父大納言が斬《き》られては、成経ひとり、命ながらえたとてなんのかいがありましょうぞ。親子ともども一つところで、どのようにでもなされたまえと申し上げていただきとうござります」

宰相は、いかにも苦しげな様子で、

「いやいや、御辺の助命を願うだけが、やっとのことであった。父君のことまでは、とても思いおよばなかったが、しかし今朝がた、内大臣《うちのおとど》がいろいろと言上《ごんじょう》されて、父君のこともしばらくは安心してよいとの由《よし》聞いている」

と言うと、少将は、その言葉を聞きもあえず、泣く泣く掌《て》を合わせて喜んだ。

子でなければ、だれがわが身をさしおいて、これほどまでに喜ぼう、まことの情愛は親子の仲にこそある、持つべきものは子である。と、さきほどは、持つまじきものは子どもだと思った宰相であったが、こんどはそう思い直すのであった。かくて二人は、今朝出かけたときとおなじように、ひとつ車で帰宅したので、邸《やしき》では女房や侍たちが寄り集まって、まるで死者がよみがえりでもしたかのように、一同うれし涙で迎えた。

教訓《きょうくん》

太政入道清盛《だいじょうにゅうどうきよもり》は、これほどにおおぜいの者を召し捕《とら》えても、まだまだ胸がおさまらないのか、はやくも、赤地の錦《にしき》の直垂《ひたたれ》に、黒糸縅《くろいとおどし》の腹巻の銀の金具を打った胸板をぴたりと身に着け、先年安芸守《あきのかみ》であった時、参拝のおりに霊夢を授《さず》かり、厳島《いつくしま》大明神から現実《うつつ》に賜《たま》わったところの銀《しろがね》の蛭巻《ひるまき》まいた小長刀《こなぎなた》の、いつも枕もとに離さず立ててあるのを、小脇《こわき》にはさみ、中門《ちゅうもん》の廊へ出た。なみなみならぬ気色《けしき》である。貞能《さだよし》、と呼びつけると、筑後守《ちくごのかみ》貞能は、木蘭地《むくらんじ》の直垂に、緋縅《ひおどし》の鎧《よろい》を着て、清盛の前にかしこまって控えた。清盛が言うには、

「いかに貞能、おまえはこのことをなんと思うか。保元《ほうげん》の乱のときには、平右《へいう》馬助忠正《まのすけただまさ》をはじめ、一門のなかばを過ぎる者たちが、新院に味方した。新院の第一皇子重仁《しげひと》親王は、亡父刑部卿《ぎょうぶきょう》忠盛殿《ただもりどの》が養育申し上げた方であるから、お見すて申すは心苦しかったが、故鳥羽院《とばのいん》の遺言にしたがって、後白河院《ごしらかわのいん》の味方となり、先駆けをつとめたのだ。これがまず第一の奉公である。次に、平治《へいじ》元年〔一一五九〕十二月、信頼《のぶより》、義朝《よしとも》が謀反《むほん》をはたらき、院、主上二方《しゅじょうふたかた》を幽閉して大内《たいだい》〔大内裏の意〕にたてこもり、天下暗闇《くらやみ》となったと見えたが、その時もこの入道は、身をすてて謀反人どもを追い散らし、経宗《つねむね》、維方《これかた》を捕えるまで、いくたびか院のためにあたら命を失うところであった。されば院には、人がなんと申そうと、わが一門を七代までは、見すてることができぬはずだ。それを、成親《なりちか》という無用のちょっかい者、あるいは西光《さいこう》という下賤《げせん》の無法者の言葉にそ

そのかされ、わが一門を滅ぼそうと企《たくら》むとは心得ぬ。今後も讒奏《ざんそう》する者があれば、当然追討《ついとう》の院宣《いんぜん》を下すとおぼゆるぞ。朝敵となったあとでは、いかに悔《く》ゆとも益はない。その前に、しばらく世が静まるまで、法皇を鳥羽の北殿《きたどの》へ移し参らすか、さもなくば、この西八条へなり、御幸《ごこう》を願おうと思うが、どうか。そうともなれば、さだめし北面《ほくめん》の者どもが、矢の一つも射かけてくるであろう。その用意せよと侍《さぶらい》どもに触れてまわれ。入道はもはや、院への奉公は思いきった。馬に鞍《くら》をおけ。鎧《よろい》を出せ」

主馬判官盛国《しゅめのはんがんもりくに》は、急いで小松《こまつ》殿へ駆けつけて、一大事とばかり注進におよぶと、重盛《しげもり》は、盛国の言葉を聞きもあえず、

「おお、それではもはや、成親卿《なりちかのきょう》の首をはねられたか」

と性急に尋ねた。

「さようではありませぬが、入道殿は鎧を召され、侍《さぶらい》どもも皆いで立ち、ただいま法住寺《ほうじゅうじ》殿へ攻め向かおうと勢ぞろいしております。法皇を、しばらく鳥羽の北殿へ移し参らすか、さもなくば西八条殿へ御幸を願うかとのことながら、

内々は九州のほうへ流し奉《たてまつ》ろうとのお考えかと思われます」

重盛は、まさかそのようなことはあり得まいとは思うものの、今朝の剣幕からは、あるいはさような気違いじみたこともやりかねないと不安になり、ただちに西八条へ車を走らせた。門前で車から降り、中にはいってみると、入道が腹巻を着けているばかりか、一門の公卿《くぎょう》、殿上人《てんじょうびと》数十人が、おのおのとりどりの直垂《ひたたれ》に、思い思いの鎧を着て、中門の廊に二列になって着座している。そのほか、諸国の国司や衛府《えふ》その他諸役人たちが、縁にあふれ、庭にもひしと居並んでいた。旗竿《はたざお》などを引き寄せ引き寄せ、馬の腹帯を固め、兜《かぶと》の緒《お》を締《し》め、いまにも一同、出立《しゅったつ》せんばかりの気配である。そこへ重盛が、烏帽子《えぼし》、直衣《のうし》に、大紋《だいもん》模様指貫《さしぬき》の袴《はかま》の端をとって、さわさわと衣《きぬ》ずれの音を立てながらはいってきた光景は、まことに異様であった。

清盛は伏目《ふしめ》がちになって、やあ、また例によって大臣《おとど》の聖人面《づら》がはじまった。今日こそ大いに意見をしてやろう、と思ったが、さすがにわが子ながら、内には五戒〔仏教にいう五つの禁戒〕をまもって慈悲を第一とし、外には五常《ごじょう》〔儒教にいう五つの道徳。仁義礼智信）を乱さぬ礼儀正しい人柄なので、烏帽子、直衣の彼の姿に、腹巻を着けて会うのは、やはり気はずかしく思ったか、襖《ふすま》を少ししめて、そのかげで腹巻の上に荒絹の衣《ころも》を、あわててひっかけたが、胸板の金具がちらちらと露見するのを隠そうとして、衣の胸もとをしきりにかき合わせた。重盛は、弟の宗盛《むねもり》卿の上座についた。清盛も重盛も何も言わずに黙っていたが、しばらくして清盛が言いだした。

「成親卿の謀反は、物の数ではない。すべて法皇の御企《おんたくら》みである。その法皇を、しばらく世をしずめるあいだ、鳥羽の北殿へ移し参らすか、あるいはここへでも御幸を願おうと思うが、卿はどう考える」

重盛は、聞きも終わらず、はらはらと涙をこぼした。清盛が驚いて、どうしたのかと尋ねると、重盛は涙をおさえて、

「ただいまの仰《おお》せを承《うけたまわ》れば、御運もはや末かと思われました。人の運命の傾くときは、かならず悪事を思い立つもの。また御様子を拝見するに、まことに正気の沙汰《さた》とは思われませぬ。いかにわが国が辺地粟散《へんちぞくさん》の（へんぴな地に散らば

った粟粒《あわつぶ》のような」小国とはいいながら、天照大神《てんしょうだいじん》の御子孫が国の主《あるじ》となられ、天児屋根命《あまのこやねのみこと》の御末《おんすえ》が朝政をつかさどりてこのかた、太政大臣の官にのぼった人が甲冑《かっちゅう》をつけたためしはありませぬ。第一、礼儀にそむいたふるまいではありませぬか。ことに父上は出家のお身、三世の諸仏が解脱《げだつ》の袈裟《けさ》を脱ぎすてて、たちまちに甲冑をよろい、弓矢を負うとは、これ内には破戒無慚《むざん》の罪を招くばかりか、外には仁義礼智信の五道に悖《もと》ることであります。子としておそれ多い申し分ではありますが、思うことを心に隠しひそめておくわけには参りませぬ。まず、世に四恩というものがあります。天地の恩、国王の恩、父母の恩、衆生《しゅじょう》の恩を申します。なかでも、最も重いのが国王の恩とされております。『普天《ふてん》の下王地《わうち》にあらずといふことなし』とは詩にあることながら、帝位を譲らんと聞いて耳けがれたりと、潁川《えいせん》に耳を洗ったという許由《きょゆう》、あるいは主上が討《う》たれたるを無道の世と観じて、首陽山《しゅようざん》に蕨《わらび》を折った伯夷《はくい》叔斉《しゅくせい》(29)、これら賢人の所為《しょい》も勅命《ちょくめい》にそむきがたき礼儀を存知していたからだと承わっております。まして父上は、先祖に前例なき太政大臣の高位をきわめ、重盛ごとき無才愚暗《ぐあん》の身をもってすら、大臣の位に至りました。そればかりでなく、国郡の半ばは一門の所領となり、田地荘園はことごとくわが一家の配下にあります。これこそ世にまれな朝恩ではありませぬか。それをいま、この上なき大恩を忘れ、無法にも法皇をお攻めになろうとは、これこそ天照大神、正八幡宮《しょうはちまんぐう》の神慮にそむくことかと思われます。そもそも日本は神国であります。神は非礼を受けたまわず、そう考えれば、法皇の思《おぼ》し立たれたことも、いちおうの理《ことわり》がないとは申せませぬ。わが一門が代々の朝敵を平らげて、国内の騒乱をしずめたことは、無双の忠ではありますが、その恩賞に誇るさまは、傍若無人《ぼうじゃくぶじん》と申すべきではございませぬか。聖徳太子十七カ条の憲法には、『人みな心あり、心おのおの執《しゅう》あり、彼を是《ぜ》し我を非《ひ》し、我を是し彼を非す。是非の理《ことはり》誰か能《よ》く定むべき、相共《あひとも》に賢愚なり。環《たまき》のごとくにして端《はし》なし。爰《ここ》をもつて、たとへ人怒るといふとも、却《かへ》りて我が咎《とが》を恐れよ』とあります。しかしながら、当家の運命のいまや尽きた証拠に、謀反はもはや露見いたしました。そのうえ、法皇の相談相手たる成親卿を召しとっておかれるからには、たとえ法皇がこのうえ、いかなる奇怪な事を思い立たれようとも、なんの恐れるところがありましょうか。謀反人どもをそれ相当の罪科に処したるならば、その後は退《しりぞ》いて事の次第を法皇に奏上《そうじょう》し、君のおんためにはいよいよ奉公の忠勤を尽くし、民のためにはますます撫育《ぶいく》〔いとしみ育てること〕の慈愛とあわれみをかけますれば、神明の加護にもあずかり、仏陀《ぶつだ》の御心《おんこころ》にもそむきますまい。神明仏陀感応あれば、かならず君にも考え直されるに違いありませぬ。君と臣とをくらぶるに、君より臣をうとんずるはずもなく、また、臣より君を親しまざるわけもなし。君臣の間、私《わたくし》なきこと論をまたず。道理と非道をくらべれば、道理につくが当然であります」

烽《ほう》火《か》の沙《さ》汰《た》

「このたびのこと、道理は法皇《ほうおう》にあるものとぞんじますゆえ、かなわぬまでも、私は、法住寺殿《ほうじゅうじどの》を守護つかまつります。そのゆえは、重盛叙爵《しげもりじょしゃく》の初めより、今の大臣大将《おとどのたいしょう》にのぼるまで、法皇の御恩でないものはありませぬ。この恩の重きを思えば、千万の珠玉《しゅぎょく》にもまさり、その恩の深きこと色にたとうれば、染めかえしたる紅《くれない》の濃さにも過ぐると申すもの。されば私はこれより、院中に参って立てこもります。そうなりますれば、この重盛の身に代わり、命に代わろうと誓った侍《さぶらい》どもも多少はおりますゆえ、これらのものをひき連れて、法住寺殿にはせ参じますれば、父上にとっては、意外の大事ともなりますまいか。悲しいかな、君のおんために奉公の忠をいたさんとすれば、須弥山《しゅみせん》〔仏教で、世界の中心にあるといわれる霊山〕の頂きよりもなお高き、父上の御恩をたちまちにして忘れなければなりませぬ。痛ましいかな、不孝の罪をのがれんとすれば、君のおんためには不忠の逆臣とならねばなりませぬ。進退ここにきわまりました。いずれが是《ぜ》かいずれが非《ひ》か、判断がつきかねまする。このうえはどうか、この重盛が首をはねたまえ。さすれば、不忠なる父上のお供もできず、院中を守護して、不孝を犯す罪にも問われますまい。昔、漢土《かんど》の蕭何《しょうが》は抜群の功名によって、官は大相国《だいしょうこく》にいたり、剣を帯《お》び沓《くつ》をはいたまま、殿上に昇ることをゆるされましたが、叡慮《えいりょ》にそむくことがあったため、高祖《こうそ》は彼を重刑に処しました。このような先例を思えば、富貴《ふうき》といい、栄華《えいが》といい、朝恩と申し、重職といい、すべてをきわめた父上が、御運尽き果てることがないとは申せませぬ。『富貴の家には禄位重畳《ろくいちょうじょう》せり、ふたたび実なる木はその根必ずいたむ』と古書にありますが、富貴をきわむるものの末のかならず衰えることを思えば心細いかぎり。いつまでも生きながらえて、乱世を見とうはござりませぬ。末の世に生をうけて、このような憂《う》き目《め》にあうというのは、重盛の果報薄きがゆえでありましょう。ただいまにも侍に命じて、この庭にて重盛が首をはねたまえ。いとたやすいことではありませぬか。さあこの首をはねられよ。おのおの方、よく重盛が言葉を聞きたまえ」

と直衣《のうし》の袖《そで》もしぼらんばかりに、涙とともにかきくどくと、庭に居並ぶ一門の人々も、みな重盛の言葉に感動して落涙した。清盛《きよもり》は、頼みにしきっている内《だい》府《ふ》〔内大臣。ここでは重盛をさす〕がこのように言うので、いかにも力なげに、

「いやいや、院を攻めようとまでは思っていないのだ。悪党どもの言うことに

法皇がおつきになって、どんなまちがいが起こらぬともかぎらぬと、案じたまでのことだ」

と弁解する。重盛は、

「たとえどのようなまちがいが起ころうと、君をばいかにしたてまつることができましょう」

と言って、つと立ち上がり中門《ちゅうもん》へ出て、侍どもに、

「いま、これにも申したることを、なんじらはよくよく承《うけたま》わったか。今朝よりここに参って、このようなふらちごとを説きしずめようとは思っていたが、あまりに騒ぎ立っているゆえ、ひとまずは帰ったが、院攻めの供は、まず重盛が首をはねてからにせい。されば供の者参れ」

と言いすてて、小松《こまつ》殿へ帰った。それから重盛は、主馬判官盛国《しゅめのはんがんもりくに》を呼び、

「今朝のことのほかに、重盛は、天下の大事を承わった。われを主《しゅう》と思う者は、物具《もののぐ》つけてただちにはせ参ぜよ、と触れを出せ」

と言いつけたので、盛国はさっそく、馬を駆って触れ回った。

ひととおりのことでは騒ぎたまわぬ方が、このように触れ回させるとは、格別の子細があるに違いない、と軍兵《ぐんぴょう》どもはわれもわれもとばかりはせ参じる。淀《よど》、羽束師《はづかし》、宇治《うじ》、岡屋《おかのや》、日野《ひの》、勧修寺《かんじゅじ》、醍醐《だいご》、小栗栖《おぐるす》、梅津《うめづ》、桂《かつら》、大原《おおはら》、志《し》津原《づはら》、芹生《せりう》の里〔いずれも京都、あるいは近郊の地〕にあふれている軍兵どもの中には、あるいは鎧《よろい》を着てまだ兜《かぶと》をかぶらぬものあり、あるいは矢を負うてまだ弓を持たぬものあり、鐙《あぶみ》を踏むか踏まぬか、あわて騒いで駆けつける。小松殿に大事が起こったと聞くと、西八条に詰めていた数千騎の軍兵どもも、入道《にゅうどう》にはことわりなく、ざわめきながら続々小松殿にはせ参じ、弓矢とるほどの者で、参じ遅れた者は一人もいなかった。ただ一人、筑後守貞能《ちくごのかみさだよし》が残りとどまっているのを、清盛が呼びつけ、

「内府はなんと思って、ここにいた軍兵どもを呼び集めたのであろうか。今朝ここで申したとおり、この浄海《じょうかい》へ討《う》っ手《て》を差し向けるつもりであろうか」

聞いて貞能は涙をはらはらと流して、

「そのようなことを申されるとは、人も人によりけりとぞんじます。内大臣に

かぎり、いかでさようなことがありましょう。今朝ここで申されたことも、今ごろ、はや後悔されているかもしれませぬに」

と答える。清盛は、重盛と仲たがいしては具合が悪いと思ったのか、法皇を西八条へ迎えることも思いとどまり、腹巻を脱ぎ、荒絹の衣《ころも》に袈裟《けさ》をかけ、気乗りのしない念仏を唱《とな》えていた。小松殿では、盛国が仰《おお》せを承わって到着した武士たちの名を書きつけた。はせ参じた軍兵の総数は、一万余騎と記された。着到簿をひらいて見たのち、重盛は中門《ちゅうもん》に出て、侍たちにむかって言う。

「日ごろの約束をたがえず、皆かようにはせ参じたるは神妙である。異国にもかかる例《れい》がある。すなわち、昔、周の幽王《ゆうおう》に、褒姒《ほうじ》という最愛の后《きさき》があった。天下第一の美人である。しかしながら幽王が心を満たさぬは、『褒姒笑《え》みをふくまず』と申し、すなわちこの后がいっこうに笑わぬことであった。異国の風習とて、天下に兵乱の起こるときは、所々方々に狼烟火《のろし》をあげ、太鼓を打ち鳴らして、軍兵を召し集めるならい。これを名づけて烽火《ほうか》という。ある時、天下に兵乱が起こり、所々で烽火を燃やしたるに、后、それを見て、なんとおびただしい火であろうと、はじめて笑った。この后、『ひとたび笑めば百の媚《こび》〔美しさ、色気〕あり』と詩人が筆にしたほど。幽王は大いに喜び、その後は兵乱起こらずとも、常《つね》に烽火をあげた。烽火を見て諸侯がはせ参ずるが、寇敵《こうてき》〔外敵〕なく、敵なければ帰るほかはない。かようなことがたびかさなれば、烽火をあげても来る者がなくなる。ある時、隣国より凶賊蜂起《きょうぞくほうき》して、幽王の都を攻めた。よって烽火をあげたが、例《れい》の后の火に慣れて、軍兵は集まらぬ。都は攻め落とされ、幽王は遂に滅んだ。すると恐ろしいことよ、后褒姒《ほうじ》は狐となりて走り去ったと申す。かような例《ためし》異国にあるとはいえ、この重盛が触れ出したるときは、こののちも皆かならず今日のごとくただちにはせ参ぜよ。重盛は今朝天下の大事を聞き、召し集めたが、このことよくよく聞きただしてみるに、まちがいであったぞ。されば皆の者早々に引き取れ」

と言って侍どもを帰した。実は天下の大事など聞き出したのではなかったが、今朝、父をいさめた言葉につけて、はたしてわが身にどれだけの軍勢が従い集まるかを知り、また父子にて戦《いく》さを交える考えこそはないが、このようにして入道の謀反《むほん》の心をやわらげようという計略であったということである。まさに重盛の行ない分別《ふんべつ》こそは、『君、君たらずといへども、臣もつて臣たらずんばあるべからず、父、父たらずといへども、子はもつて子たらずんばあるべからず、君のためには忠ありて、父のためには孝あれ』という孔子《こうし》の教えにそむくところがない。法皇もこの由《よし》をお聞きになって、今にはじめぬことながら、内《だい》府《ふ》の心のうちを思えば、われながらはずかしい。仇《あだ》を恩で報《むく》いられた、と仰せられた。前世の果報めでたきがゆえに、大臣《おとど》の大将にまでのぼったのであろうが、そればかりではなく、あの大臣ほど風采挙動人にすぐれ、才知才覚世にひいでた方はない、と世の人々は感じ合った。『国にいさむる臣あれば、その国必ず安く、家にいさむる子あれば、その家正し』と孝経《こうきょう》〔孔子が曾子《そうし》に説いた孝道を伝える、中国の書〕にあるが、重盛こそは古今まれなる大臣である。

大納言《だいなごんの》流罪《るざい》

六月二日、新大納言《しんだいなごん》成親卿《なりちかのきょう》を、迎賓《げいひん》の間《ま》の公卿《くぎょう》の座へ招じ入れ、食事など差上げたが、成親は胸がつまって、箸《はし》をつけようともしなかった。やがて守護の武士、難波次郎経遠《なんばのじろうつねとお》が車を寄せて、早くお乗りください、早く早くとせきたてたので、心ならずも車に乗る。ああどうにかして、いま一度、小松殿《こまつどの》に会いたいものだと心に思うのだが、それもかなわぬ。あたりを見れば、軍兵《ぐんぴょう》どもが前後左右を打ち囲み、身内と名のつく者はひとりとていない。たとえ重科をこうむって、遠国《おんごく》へ流されゆく身だとはいえ、召使《めしつかい》ひとり連れてゆけぬとは情《なさ》けないことよ、と車の中でかきくどくと、聞いた守護の武士たちも皆、成親の身の上を哀《あわ》れに感じて鎧《よろい》の袖《そで》をぬらす。西の朱雀《しゅじゃく》大路を南へ向かってみちすがら、大内《たいだい》〔大内裏《だいり》〕もいまはよそながらにながめるのであった。長年見慣れた中間《ちゅうげん》足軽《あしがる》、あるいは牛飼《うしかい》にいたるまで、送られてゆく成親の姿に涙流さぬ者はなかったが、まして都にとりのこされる奥方や幼い方たちの心根はいかばかりであったろう、思うだに哀れである。鳥羽殿《とば》のかたわらを過ぎるときには、法皇《ほうおう》がこの御所へ御幸《ごこう》になったときは、一度たりとて御供《おんとも》にもれたことはなかったものだのにと嘆《なげ》き、また洲浜殿《すはまどの》と名づけたおのが山荘をも、よそに見ながら過ぎて行く。鳥羽殿の南門のところへ出ると、護衛の者どもが、船が来るのがおそいといってせきたてた。船ときいて成親は、はて、どこへ流されるのであろう、どのみち殺されるなら、都に近いこのあたりであればよいのに、とかこつのであったが、よくよく思いつめていたのであろう。車に近く付き添っていた警護の武士に、そちはたれかと名を尋ねると、難波次郎経遠と名のった。

「このあたりに、わが身内の者がたれぞいないか。捜し連れて来てはくださらぬか。船に乗らぬさきに、言いのこしておきたいことがある」

頼まれて経遠は、その辺を駆けまわって、卿《きょう》の身内の者はいないかとたずねたが、われこそは大納言の家来だと名のり出る者は現われなかった。

成親ははらはらと涙を流して、

「われ世に栄えてありしときには、従い仕《つか》えていた郎党《ろうどう》、およそ一、二千人もあったであろうに。しかるにいまは、よそながらにさえ、このありさまを見送る者のない悲しさ……」

とつぶやく。その言葉を聞いて、勇猛な武士どもも、皆、涙で鎧の袖をぬらす。かくのごとく、成親の身に添うものといえば、ただ尽《つ》きせぬ涙ばかりであった。熊野詣《くまのもうで》、天王寺詣《てんのうじ》などのおりには、二つ瓦《がわら》、三つ棟造《むねづく》りの豪華な船、供船《ともぶね》二、三十艘《そう》もこぎつらなったものであった。だが、いまは粗《あら》造りのかきすえ屋形船に、大幕引かせ、見知らぬ武士どもに付き添われ、今日をかぎりに都を出て、海路はるかにおもむくのである。その心のうちがしのばれて哀れである。しかしながら成親は、元来死罪に処せられるはずの人、それが流罪に減ぜられたのは、ひとえに重盛《しげもり》が言葉を尽くして清盛《きよもり》入道をなだめたからである。その日は摂津《せっつ》の国大物《だいもつ》〔兵庫県尼崎市南東部〕の浦に着いた。あくる三日には、大物の浦へ京より使者が来るというので、なにごとかとばかり一同ひしめき騒いだ。成親は、私をこの地で殺せとの使いか、ときいた。しかしそうではなく、備前《びぜん》の

遣文《つかいぶみ》あり、児島《こじま》〔岡山市南部〕へ流せとの使者であった。託して重盛から
「いかにもして、都に近い片山里《かたやまざと》にでもお置き申そうと、極力父に請《こ》えどもかなわず、まことにわれながら面目なく、世にありがいもなくぞんじます。さりながら、お命ばかりは請《こ》いうけましたるゆえ、お心安くおぼしめしください」

とあった。一方、難波次郎《なんばのじろう》のもとへも、よくよく心して仕《つか》えよ、かまえて御《お》心《こころ》にたごうな、と言ってよこし、旅の装束《しょうぞく》についても、こまごまとさしずがしてあった。成親は、あれほどに御愛顧《ごあいこ》をこうむった法皇から別れ来て、またつかのまも離れがたく思っていた奥方、幼き子らとも別れ果て、

「これからいずこへ行くのであろうか。ふたたび、故郷へ帰り、妻子と相見《あいみ》ることも、もはやかなうまい。先年山門の訴訟《そしょう》によって、一度は流罪《るざい》ときまったのを、法皇惜しみたまいて、西の七条から召しかえされたが、このたびは法皇の御処罰ではないから、召しかえされようもない。なんとしたことであろうか……」

と、天を仰ぎ地に伏《ふ》して、さめざめと泣き悲しんだがかいもない。夜が明ける

と、船を押し出して西へ向かったが、道中ただ涙にばかりむせんで、これからさき命ながらえそうにも思えないありさま。だが、さすがに露《つゆ》の命は消えもしない。船跡の白波陸を隔てるにつれ、都はしだいに遠ざかり、日数を重ねるうちに、遠流《おんる》の地が早くも近づいた。備前の児島にこぎよせて、民家のそまつな庵《いおり》に成親を入れる。島の地形の常《つね》として、うしろは山、前は海、磯《いそ》の松風も波の音も、なに一つあわれを誘わぬはない。

阿古屋《あこや》の松

およそ、新大納言成親《しんだいなごんなりちか》ひとりに限らず、処罰を受けた者、その数すくなくはなかった。近江中将入道蓮浄《おうみのちゅうじょうにゅうどうれんじょう》は佐渡《さど》の国へ、山城守基兼《やましろのかみもとかね》は伯耆《ほうき》の国〔鳥取県西部〕へ、式部大輔正綱《しきぶのたゆうまさつな》は播磨《はりま》の国〔兵庫県南部〕へ、宗判官信房《むねはんがんのぶふさ》は阿波《あわ》の国〔徳島県〕へ、新平《しんぺい》判官資行《すけゆき》は美作《みまさか》の国〔岡山県北東部〕へ、それぞれ流されたということであった。そのころ、清盛《きよもり》は福原《ふくはら》の別荘にいたが、同じく二十日、摂津左衛門《せっつのさえもん》盛澄《もりずみ》を使者に立てて、門脇《かどわき》の宰相《さいしょう》教盛《のりもり》のもとへ、御身《おんみ》へあずけた丹《たん》波《ばの》少将〔成経《なりつね》〕を急ぎ当方へよこされたい、ぞんずる子細《しさい》がある、と言いつかわした。宰相は、

「はじめ西八条より召されたとき、いかようにも処分せられていたならば、あきらめようもあるであろうに、一度おのれにあずけられて、いまふたたび召し出され、つらい思いをせねばならぬとは、さてさて悲しいことだのう」

とあわれみながら、少将に、すぐに福原へおもむくよう伝えた。少将は泣く泣くたった。奥方をはじめ女房たちは、たといかなわぬまでも、宰相からいま一度、福原へゆるしをお頼み申してくださいませ、と嘆《なげ》いたが宰相は、

「思うことはすでに言い尽くした。このうえは世をすてて出家することのほか、もはや口にすべき思案もない。たとえ、少将がいずこの浦におられようとも、わが命のあるかぎりは、かならずたずね申そう」

と言うばかりである。少将には、今年三歳になる幼い子がある。日ごろは、ま

だ年も若いので、子どものことなども、さほど心にとめてこまやかに思うこともなかったが、いよいよ再会も期しがたい別れの時ともなれば、さすがにいとおしく思ったか、幼いわが子を、もう一度見たいと言う。乳母《うば》が抱いてくると少将は子どもを膝《ひざ》に抱き、髪をなで、涙をはらはらと流して、

「ああ、そなたが七歳になれば、元服《げんぷく》させて、君へ仕《つか》え申させんと思っていたが、いまとなってはかいもない。もし、幸いに達者で成人したならば、法師となって、父の後生《ごしょう》をよくとむらえよ」

と言う。幼い心にまだなにごとも聞き分けのあろうはずはないが、がんぜなくうなずくのを見て、少将をはじめ、母上、乳母《めのと》の女房《にょうぼう》、そのほかその座にあった人々は、心ある者もない者も、みな涙で袖《そで》をぬらす。福原の使者は、今夜のうちに鳥羽《とば》までお越しください、と言う。少将は、いくばくの時間も延びはすまい、せめて今夜ばかりは、都のうちで明かしたいものだと望んだが、そのようにに申されてもかないますまい、と使者がしきりにせきたてるので、やむなくその夜、鳥羽まで行った。宰相は憂心《ゆうしん》のあまり、このたびは同じ車に乗る気力

もなく、少将ひとりで行く。同じ二十二日少将は福原へ着いた。清盛は、備《びっ》中《ちゅう》の国〔岡山県西部〕の住人妹尾太郎兼康《せのおのたろうかねやす》に命じて、成経《なりつね》を備中の国へ流した。兼康は、都へかえったあとで宰相の耳にはいることを恐れて、途中成経を苛酷《かこく》に扱わぬよう気をつかい、いろいろいたわり慰《なぐさ》めたが、少将は心楽しむときもなく、夜となく昼となく、ただいちずに仏の名を唱《とな》え、父の大納言のことを祈るばかりであった。

さて新大納言成親は、備前《びぜん》の児島《こじま》に流されていたのであるが、ここはまだ港が近く人も多い、万一のことがあっては、と懸念して所をかえ、備前と備中の国境《くにざかい》庭瀬《にわせ》の郷《ごう》、有木《ありき》の別所《べっしょ》という山寺にお入れした。少将のいる備中の妹尾と、この備前の有木の別所との間は、わずか五十町〔約五・五キロメートル〕にも足らぬところであったから、丹波少将は、有木のほうから吹いてくる風さえも、さすがになつかしく思われたのか、兼康を呼んで、ここから、父大納言殿のおらるる備前有木の別所とかまでは、どれほどの道のりがあるか、と尋ねた。兼康は正直に答えては悪かろうと思ったのか、片道十二、三日でござります、と言上《ごんじょう》すると、少将ははらはらと涙をながした。

「日本はその昔、全国三十三カ国であったのを、中ごろ、六十六カ国に分けられた。いまいう備前、備中、備後《びんご》も、もとはといえば一国であった。また、東《とう》国《ごく》にて名の知られた出羽《でわ》、陸奥《みちのく》の両国も、昔は六十六郡が一国であったのを、そのおり、十二郡をさいて、はじめて出羽の国となしたのである。されば、〔藤原〕実方《さねかた》中将が奥州《おうしゅう》へ流されし時、当国の名所阿古屋《あこや》の松を見んとて、国じゅうを捜し歩いたが、たずねあてることができずに、むなしく帰ってきたその途中、ひとりの老人に出会った。中将が、『もし、そなたはこの地に古い方と見受けるが、当国の名所、阿古屋松というところをごぞんじか』と尋ねると、『当国にはありませぬ。出羽の国でござりましょう』との返答。『さては、そなたもぞんぜぬとみえる。世も末になり、国の名所さえ、もはや人皆わからなくなったのであろう』と言って、そのまま通り過ぎようとすると、その老人が、中将の袖《そで》を引きとめ、『ああ、あなたさまは、みちのくの阿古屋の松に木《こ》がくれて

出《い》づべき月の出でもやらぬか

という歌のこころから、当国の名所阿古屋の松と、尋《たず》ねたのではござりませぬか。その歌は陸奥と出羽がひとつ国であったころ、詠《よ》まれた歌。十二郡をさき分かちてよりのちは、阿古屋は出羽の国内でござりましょう』と言った。さらばと実方中将も出羽の国へ行き、阿古屋の松を見たという。筑紫《つくし》の太宰府《だざいふ》から都へ、腹赤《はらか》の魚〔ニベ〕献上の使いがのぼりくるのが、徒歩《かち》で十五日の定め。いまそなたが十二、三日と申したるは、さてまことに十二、三日ならば、ここよりおおよそ九州へくだる道のり。いかに遠いとは言え、備前、備中の間ならばよもや両三日は越えまい。近い所を遠いと言うは、父大納言のおわす場所を、この成経に知らすまいとしてか……」

と、その後は、恋しくとも、父君のことをあえて口に出すことがなかった。

大納言《だいなごん》の死去

そのうちに、法勝寺《ほっしょうじ》の執行《しゅぎょう》俊寛僧都《しゅんかんそうず》、丹波少将《たんばのしょうしょう》成経《なりつね》、平判官《へいはんがん》康頼《やすより》、この三人が、薩摩潟《さつまがた》の鬼界が島《きかいがしま》〔鹿児島県南の硫黄島《いおうとう》と考えられている〕へ流された。鬼界が島へは、都を出てはるばると、遠く波路をしのいで行かねばならぬ。すこしのことでは、船も通わぬ。この島には住む人もまれで、土着の人間がいるにはいるが、衣服を着けていないので、本土の人間とは似てもつかず、わが国の人とも思われない。話す言葉も聞き知らぬ言葉で、からだは毛深く、色黒きこと牛のようである。男は烏帽子《えぼし》もかぶらず、女は髪もさげることを知らない。食糧もなく、したがって殺生《せっしょう》だけが、生業《なりわい》である。山田を耕さないから、米や穀類もなく、畑に桑《くわ》を作らないから、絹帛《けんぱく》〔絹織物〕の類《たぐい》もなかった。島のなかには、高い山があって永劫《とこしなえ》に火が燃えている。硫黄《いおう》というものがみち満ちており、そのため、別名を硫黄が島ともいう。雷が絶えず鳴りあがり、鳴りくだり、麓《ふもと》は雨しげく、一日片時たりとも、人の命が保てそうには思えない。新大納言は、いまは配所におちついて、少しは気もちもくつろぐかと思われたが、子息の丹波少将成経以下三人が鬼界が島へ流されたと聞いて、今は何を期待できようと、出家の志《こころざし》がある旨《むね》を、たよりのついでに重盛《しげもり》へ申し送ったので、重盛がさっそくこのことを法皇《ほうおう》に伺《うかが》い立て、ゆるしを得た。そこで新大納言は過ぎ来《こ》し栄華《えいが》の袂《たもと》にひきかえ、いまは浮世をよそに、墨染《すみぞめ》のころもに身をやつしたのであった。そのころ、大納言の奥方は、都の北山《きたやま》の雲林院《うんりんいん》のほとりに人目をしのんで住んでいたが、それでなくとも、住み慣れぬ土地はつらいもの、まして、人目をしのびにしのんで夫の身の上をせつなく思いつめての生活だったので、過ぎゆく月日を明かしかねて、暮らしわずらうというありさまであった。宿所には女房や侍《さぶらい》が多くいるにはいたが、世間をおそれ、あるいは人目をはばかって、訪れたずねる者はひとりもいない。

その中でただ一人、源左衛門尉信俊《げんざえもんのじょうのぶとし》という侍《さぶらい》は、情けある人物で、しじゅうたずねて来た。ある時、奥方は信俊を呼び、

「まことかうそか知りませぬが、御前《ごぜん》さまは備前《びぜん》の児島《こじま》においでだという噂《うわさ》でしたが、近ごろ聞けば、有木《ありき》の別所《べっしょ》とかにおいでとのこと。なんとかたよりを差し上げ、御返事をもいただきとう思うが、いかがなものであろう」

とその胸中を訴えた。信俊は、奥方の言葉を聞くと、涙をはらはらと流して、

「私は幼少のころより寵愛《ちょうあい》を受け、片時たりとも、おそばを離れ申さず、お召しの声は耳にとどまり、おさとしの言葉は肝《きも》に銘じて忘れずにおりまする。御《ご》前《ぜん》が備前へおんくだりの時も、いかにかしてお供に加わりたくぞんじましたが、六波羅《ろくはら》のおゆるしなきゆえ力およばず残りました。さればこのたびは、たとえ、わが身はいかな憂《う》き目《め》にあいましょうと、御手紙をあずかりお届けつかまつりましょう」

と答えた。奥方は、一方《ひとかた》ならず喜び、すぐさま文《ふみ》をしたためて渡した。若君や姫君も、それぞれ手紙をしたためた。信俊は、これらの手紙をあずかり、はるばると、備前の国の有木の別所へたずねて行った。まず、見張りの武士難波次郎経遠《なんばのじろうつねとお》に案内を申し入れたところ、経遠はその志《こころざし》に感じて、即座に見参をゆ

るした。大納言は、たった今しがたも、都のことばかり口に出して、嘆《なげ》き沈んでいたところであったが、京《みやこ》から信俊が参上つかまつりました、と取り次いできた。大納言は、たちまち起き直って、なんと夢かうつつか、いざこれへ、と召し迎える。信俊は大納言の部屋へ通って、そば近く配所の様《さま》をうかがったが、まず住まいのむさくるしさもさることながら、墨染の法衣《ほうえ》にやつれた姿を見るにつけ、目もくらみ心も消え入るようなここちがして、涙がとまらない。ややあって涙を押《おさ》え、奥方の仰せをこうむったことの次第を、こまごまと語り、やがて手紙を取り出して差し上げた。大納言がその手紙を開いてみると、水茎《みずぐき》のあとは、涙にくもって、はっきり見えないが、幼い子どもたちがあまりに恋い悲しむありさま、わたくしも、つきせぬもの思いにたえしのぶこともできませぬ、などとあるので、つね日ごろ都を恋しゅう思っていたが、いまこの文を見た思いにくらぶれば、事の数にもはいらぬ、と悲しむ。かくて四、五日たつと、信俊は、ここにこのまま住みつづけて、殿の御最期《さいご》のさま見とどけ申さん、と望んだが、あずかりの武士難波次郎経遠が、その儀はかなわぬとしきりに言うので、大納言もいたしかたなく、「どのみち長くはおられまい。かくなる上は早う帰れ」と言う。「わが身の討《う》たるるも近い日のことと思われるぞ。われこの世にあらずと聞かば、後世《ごせ》をよく弔《とぶろ》うてくれ」と大納言は、返《かえ》し文《ぶみ》をしたためて渡した。信俊は手紙をあずかり、また参上つかまつらんといとまごいをして出立《しゅったつ》する。しかし大納言は、「今度そなたが来るまで待てそうにもない。なごり惜しまれてならぬ。いましばらく、いましばらく」と、いく度となく信俊を呼び返した。だがいつまでそうしてもおれぬので、信俊は涙を押《おさ》えつつ都へ帰った。奥方に大納言からあずかってきた返り文を取り出して差しあげると、奥方はさっそく文を開き見たが、はや大納言は出家されたものとみえ、御髪《おぐし》が一ふさ、手紙の奥に巻いてあった。奥方は目をそらし、形見がかえって恨《うら》めしい、と召物《めしもの》をひきかぶって泣き伏《ふ》す。若君、姫君も、声々に泣き悲しんだ。

やがて、大納言は、同年八月十九日、御前と備中の境、庭瀬《にわせ》の郷《ごう》、吉備《きび》の中山《なかやま》、有木の別所で、ついに殺害された。その最期の様子は、さまざまに取《と》り沙汰《ざた》された。はじめ、酒に毒を投じてすすめたが、目的を達しなかったので、次には二丈〔約六メートル〕ばかりある崖の下に、さすまたのように鋭くさきが二つに分かれた菱《ひし》という武器を植えならべ、上から突き落としたので、その菱に刺し貫《つらぬ》かれて亡くなったという。まったく無惨《むざん》なことである。このような例《ためし》はめったに耳にしたことがない。大納言の奥方は、このことを伝え聞くと、「ああ、いかにもして、変わらぬ姿をいま一度、見もし見せもしたいと思えばこそ、今日まで出家せずにいたものを。今となってはなんのかいがありましょう」と、菩提院《ぼだいいん》という寺に入り、姿を変え、式どおり仏事を営み、大納言の後世を弔《とむら》ったが、まことに哀《あわ》れである。この奥方というのは、山城守敦方《やましろのかみあつかた》の娘である。人なみすぐれた美しい方で、後白河法皇の御寵愛《ちょうあい》をあつめた女性。成親卿《なりちかのきょう》もまた、法皇のまれなる寵臣であったところから、奥方として賜《たま》わったのだという噂《うわさ》であった。若君、姫君がめいめい花を手折《たお》り、お供《そな》えの水をくんで、父の後世を弔《とむら》う姿が哀れであった。こうして、時は移り、事は去り、世の変わりゆくさまは、諸経《しょきょう》の説く「天人《てんにん》の五衰《ごすい》」〔天人が死ぬとき五つの相を現わす〕と異《こと》なるところはない。

徳《とく》大《だい》寺《じ》の沙《さ》汰《た》

　徳大寺大納言実定卿《とくだいじのだいなごんしっていのきょう》〔藤原実定《さねさだ》〕は、平家の次男宗盛《むねもり》卿に大将を越えられて、しばらく世の形勢を見ようと大納言を辞して籠居《ろうきょ》していたが、やがて出家をしようと言い出したので、一家一族は皆嘆《なげ》き悲しんだ。なかに、藤蔵人重兼《とうくらんどしげかね》という諸大夫《しょだいぶ》がいた。諸事に心得のある人であったが、ある月の夜、実定卿ただひとり、南面の格子《こうし》を上げさせて、月にむかって詩歌《しいか》を吟《ぎん》じていると、この藤蔵人が来た。「たれか」と尋ねると、「重兼でござります」「夜もふけたに、今時分何用か？」と問うと、「今宵《こよい》は、かくべつ月がさえわたり、心澄むまま参上つかまつりました」と答える。徳大寺の大納言は、「これは殊勝。まことに今宵はなんとなく心細うて所在のないところであった」と迎えた。しばし、なんということもないよもやま話をかわし、やがて大納言が、「平家繁栄のさまをつらつら見るに、入道相国《にゅうどうしょうこく》の嫡子重盛《ちゃくししげもり》、次男宗盛は、それぞれ左右の大将である。あとには、三男知盛《とももり》、嫡孫維盛《これもり》が控えている。知盛、維盛も、やがて順を追い大将になり上がるとすれば、他家の者はいつ大将になれようとも思えぬ。されば人は、いずれは最後に出家するものだ。よって私もひと思いに出家してしまおうと思う」と言うと、重兼は涙をはらはらと流し、

「わが殿が出家なされますれば、御内《みうち》の者は、上下を問わず、みな路頭に迷うこととなりましょう。それより重兼にひとつ妙案がござりまする。たとえば、安芸《あき》の厳島《いつくしま》を平家一門の者はひと方《かた》ならずあがめ敬《うやも》うております。厳島へ参詣《さんけい》なされませ。あの社《やしろ》には、内侍《ないし》と申して、優雅なる舞姫たちがおおぜいおりますが、殿が参籠《さんろう》なさりますれば、珍しいことに思うて、おもてなし申すことでありましょう。何事の御祈《おんいの》りかと尋ねられましたなら、ありのままに仰せなされませ。さてまた、御下向《げこう》のおりに、おもなる内侍一両名を都まで召しつれたまえば、やがて内侍たちが西八条の邸《やしき》へ伺候《しこう》するは必定《ひつじょう》。入道殿から、徳大寺殿は何事の祈願に厳島へ参られたかと尋ねあれば、内侍たちはありのままを申し述べましょう。入道相国殿はきわめて物事に感じ入りがちの人物、されば、

しかるべきはからいもあろうかとぞんじます」

と進言した。徳大寺大納言は、なるほどそうとは思いもよらなかった、ならばさっそくにも参詣しようと、急に精進《しょうじん》をはじめ、厳島へおもむいた。

まさに厳島には、優雅な内侍が多い。

「この社《やしろ》へは、われらが主《あるじ》、平家の若君たちはよく御詣《おまい》りに参りますが、あなた様のような方は、ほんとうにお珍しい」

と言って、おもだった内侍が十人余り、昼夜付き添ってもてなした。そのうちに内侍たちが、「何事を御祈願なさるのでございましょう」と尋ねてきたので、大納言は、「大将をひとに越されたので、その祈願に参りました」と答えた。七日七夜の参籠があって、神楽《かぐら》(30)を奏し、風俗歌《ふぞくうた》、催馬楽《さいばら》(31)が歌われた。その間、舞楽も三度演じた。さて下向《げこう》の段となり、おもだった内侍十人余りが、船を仕立てて、日帰りの道のりを送ったが、「これではまだなごりがつきぬ。もう一日、いま二日……」と大納言は、とうとう都まで召しつれてきて、徳大寺の邸《やしき》に泊め、いろいろもてなしたうえ、さまざまの土産《みやげ》を与えて帰した。内侍たちは、はるばる都までのぼってきたのに、御主君太政《だいじょう》入道殿の邸へ伺候せぬ法はあるまいと話し合い、西八条殿へ参上した。入道はすぐに出てきて会って、「かようにそなたたちがうちそろって参るとは、どうしたことだ」

内侍たちは、「徳大寺殿が厳島へ御参詣になりましたので、船を仕立てて、日帰りの道のりをお送り申し上げ、それよりおいとま申し上げましたが、徳大寺殿が、さりとてはあまりになごりが惜しいゆえ、もう一日、いま二日と仰《おお》せられ、とうとう都までつれられてまいりました」と次第を話した。入道は、「徳大寺は、何事の祈請《きしょう》に厳島へ詣《もう》でたのか」と尋ねる。「大将をひとに越えられて、そのための祈願と仰せられておいででした」と内侍たちが答えると、入道は大きくうなずいて、「この京都に霊験《れいげん》あらたかなる神社仏閣のあまたましますをさしおき、浄海《じょうかい》があがめ奉《たてまつ》る厳島へ、はるばる参詣したとは、さてもいとしい心根。それほどまでにせつな志《こころざし》であれば……」と感じ入って、嫡子《ちゃくし》重盛の内大臣《ないだいじん》が左大将《さだいしょう》を兼ねていたのを辞任させ、次男宗盛の大納言が右大将でいたのを越えさせて、実定《さねさだ》に左大将を与えた。まことに賢明な計らいである。

新大納言も、かかる賢明な策を用うればよかったものを、よしなき謀反《むほん》を起こして、わが身のみならず、子孫まで滅びたのは気の毒なことであった。

山門《さんもん》滅亡　堂衆合戦《どうしゅかっせん》

さて、後白河法皇《ごしらかわほうおう》は、三井寺《みいでら》の公顕僧正《こうけんそうじょう》を師僧として真言《しんごん》の秘法を伝受あそばされた。大日経《だいにちきょう》、金剛頂経《こんごうちょうきょう》、蘇悉地経《そしつじきょう》、この三部の秘経をお受けになり、九月四日、三井寺で御灌頂《ごかんじょう》の儀式〔密教の秘法とされる〕が行なわれる由《よし》取り沙汰《ざた》されていた。これを聞くと山門の大衆《だいしゅ》はおこって、「昔より皇室御灌頂、御受戒《じゅかい》は、みな、当比叡山《ひえいさん》で行なわせられるのが前例である。ことに、山王権現《さんおうごんげん》が当山に化導《けどう》を垂れて〔教化し導いて〕おられるのは、当山で受戒、灌頂を行なわんがためである。しかるを今、後白河院が三井寺で御灌頂を行ないたもうとあらば、われわれは三井寺いっさいを焼き払うべし」と言い出した。法皇は、そうなっては無益のことと、灌頂受戒の準備の修行を打ち切られ、御灌頂は断念なさった。しかし、本来の御意思だからと、公顕僧正を供に、天王寺《てんのうじ》へ御幸《ごこう》になり、五智光院《ごちこういん》を建立《こんりゅう》し、寺内の亀井戸《かめいど》の水を灌水として、仏法最初の霊地たるこの寺で、伝法《でんぽう》灌頂を遂《と》げさせられた。

山門の騒動をしずめるために、三井寺で御灌頂を行なわなかったのであるが、山上では僧兵の堂衆《どうしゅ》と修学僧の学匠《がくしょう》〔仏道を修め、師匠の資格をもつ者〕との間に、不愉快な事件が起こって、たびたび合戦におよんだ。そのたびごとに、学僧側が敗北し、やがて山門の滅亡、朝家の大事となるのではあるまいかと思われた。堂衆というのは、元来は、学匠の召使《めしつかい》であった童子が、成人して法師になったものか、または中間《ちゅうげん》法師といい雑用に使われる妻帯僧どもであったが、金剛寿院《こんごうじゅいん》の座主《ざす》、覚尋権僧正《かくじんごんそうじょう》が山を治めていたころから、三塔に順番に宿直《とのい》して、夏衆《げしゅ》と号して、仏に花を供《そな》える者たちのことを言うようになった。それが近年は行人《ぎょうにん》と称して、大衆をも物ともせずふるまうようになり、かくたびたびの合戦にも勝ちを収めるようになったのである。そこで大衆は、堂衆どもが師僧院主の命にそむいて謀反を企てた、すみやかに誅罰してほしいと、朝廷に奏上《じょう》するとともに、武家に訴えた。かくて太政入道《だいじょう》は、院宣《いんぜん》をうけたまわって、紀伊の国の住人湯浅権守宗重《ゆあさごんのかみむねしげ》以下、畿内《きだい》の兵二千余りを大衆側に加担させ、堂衆を攻めたのである。堂衆は、それまで東陽坊《とうようぼう》にいたが、下山して、近江《おうみ》の国〔滋賀県〕三箇《さんが》の庄《しょう》へおもむき、そこで寄せ集めた多くの軍勢を率いてふたたび山に登り、早尾坂《そういざか》に城砦《じょうさい》を構えてたてこもった。同年九月二十日の朝八時に、大衆三千人、官軍二千人、計五千人の軍勢が、早尾坂に押し寄せて、どっとときの声をあげた。城砦からは弩《いしゆみ》を打ちかけたので、大衆官軍側は無数に討死《うちじに》する。大衆は官軍を先に立てようとし、官軍はまた大衆を先に立てようと争って気がそろわず、戦いはいっこう進まない。堂衆に加担する悪党というのは、諸国の窃盗《せっとう》、強盗、山賊、海賊などである。欲心強く、命知らずの連中ばかりで、頼むはわれひとりと思いきった働きをするので、今度もまた学匠側が敗れた。

山門滅亡

その後、山門はいよいよ荒れ果てて、三昧堂《さんまいどう》に結番して不断経《ふだんぎょう》〔昼夜間断なく読経《どきょう》すること〕を修する十二禅衆《じゅうにぜんじゅ》のほかは山にとどまり住む僧もまれであった。谷々の坊の講演もなくなり、御堂《みどう》の修法も絶え、学問所の窓は閉じられたきり、座禅堂の床《ゆか》はがら空きになった。天台《てんだい》の教学四教五時《しきょうごじ》の花もにおわず、三諦即是《さんだいそくぜ》の真理の月も曇ってしまった。三百余年の伝統ある法灯をかかげる人もなく、昼夜六回不断にたかれた香《こう》の煙も絶えんばかりとなった。かつては堂舎高くそびえて、三重の建物は青天に冲《ちゅう》し、棟梁《とうりょう》はるかにひいでて、四面の椽《たるき》を白霧《はくむ》の間にかけていたのが、いまは、供仏《くぶつ》の声にかわって峰の嵐が吹き鳴るばかり、仏体をおおうものとてなく雨露にぬれるにまかせ、夜は月かげが灯火がわりに軒《のき》のすきまからもれ、朝は露《つゆ》が珠《たま》をむすんで蓮座《れんざ》のよそおいを添えるといったありさま。そもそも末代の俗世となって、本朝、支那《しな》、天竺《てんじく》、三国の仏法も、しだいに衰《おとろ》えたのである。遠く天竺に仏跡をたずねても、昔、仏が法を説かれた竹林精舎《ちくりんしょうじゃ》、給孤独園《ぎっこどくおん》も、今は狐狼《ころう》の住処《すみか》となって、残っているのは礎《いしずえ》ばかりか。竹林精舎の白鷺池《はくろち》は干上がって、草ばかり深く茂り、霊鷲山《りょうじゅせん》の退凡《たいぼん》の卒都婆《そとば》、下乗《げじょう》の卒都婆も、苔《こけ》に埋もれて傾いていよう。漢土《かんど》の名刹《めいさつ》、天台山《てんだいさん》、五台山《ごだいさん》、白馬寺《はくばじ》、玉泉寺《ぎょくせんじ》も、今は住僧なく、荒れるにまかせて、大小乗の経文《きょうもん》も、むなしく箱の底でくちてしまったであろう。わが朝《ちょう》でも、奈良の七大寺は荒れ果てて、八宗《はっしゅう》も九宗も継ぐ者なく、愛宕山《あたごやま》や高雄山《たかおさん》も、昔は堂塔軒《のき》を並べていたが、一夜のうちに荒廃し、今は天狗《てんぐ》の住処となってしまった。このようなありさまであるから、さしも尊い天台の仏法も、治承《じしょう》〔一一七七―八一年〕の今におよんで滅びるのかと、心ある人で嘆《なげ》き悲しまぬ者はない。だれが書いたか、離山の僧が坊の柱にのこした歌、

祈りこしわがたつ杣《そま》のひきかへて
　人なき峰となりやはてなむ

これは昔、伝教大師《でんぎょうだいし》が当山を開いたとき、阿耨多羅三藐三菩提《あのくたらさんみゃくさんぼだい》の仏たちに、わが立つ杣〔木材を切り出すための山〕に冥加《みょうが》あらせたまえと祈ったのを思い出

して詠《よ》んだのであろうか、まことに優雅なことと取《と》り沙汰《ざた》された。毎月八日は薬師の縁日であるが、南無《なむ》と唱《とな》える声もない。四月は日吉《ひよし》の例祭の月であるが、幣帛《へいはく》〔供物《くもつ》〕をささげる人もなく、ただ朱塗りの玉垣が神々《こうごう》しく古びて、しめ縄ばかりが残るのであろう。

善光寺炎上《ぜんこうじ》

そのころ、信濃《しなの》の国〔長野県〕で善光寺が炎上した。本尊阿弥陀如来《ほんぞんあみだにょらい》は、昔、中天竺《ちゅうてんじく》の舎衛国《しゃえこく》に、目口耳鼻頭より膿《うみ》の出る悪病がはやって、人僧多数死んだときに、月蓋長者《がっかいちょうじゃ》の知性により、竜宮城から閻浮檀金《えんぶだごん》という純金を入手して、釈迦《しゃか》と弟子の目蓮長者《もくれん》とが心を一にして鋳造《ちゅうぞう》した高さ一搩手半《いっちゃくしゅはん》の弥陀の三尊で、三国無双の霊像である。釈迦亡《な》きあと、天竺に五百年間鎮座していたのであったが、仏法の東漸《とうぜん》にしたがい、百済《くだら》の国へ移され、一千年ののち、百済の聖明《せいめい》王《おう》の時代、すなわちわが国の欽明《きんめい》天皇の時代〔六世紀ごろ〕におよんで、百済から日本へ渡られ、摂津《せっつ》の国難波《なにわ》の浦〔大阪市中央区付近〕にとどまっておられた。つねに金色《こんじき》の光を放っておられたので、年号を金光《こんこう》と号した〔五七〇年〕のである。その金光三年三月上旬に、信濃の国の住人麻績《おおみ》の本田善光《ほんだよしみつ》という者が、都へのぼったところ、阿弥陀如来にお会い申したので、そのままお誘いして、昼は善光が如来を背負い、夜は善光が如来に背負われて、信濃の国へくだって、水内《みのち》の郡《ごおり》に安置し奉《たてまつ》ってより以来、すでに五百八十余年の星霜を経《へ》たが、炎上はこのたびが初めてと聞く。「王法尽《つ》きんとては、仏法まず亡《ぼう》ず」という言葉がある。そのためか、さしもとうとい霊寺、霊山の多くが滅びうせたのは、王法が末となった前兆であろうか、ともっぱらの噂《うわさ》であった。

康頼《やすより》祝詞《のっと》

さて、鬼界《きかい》が島《しま》の流人《るにん》たちは、露《つゆ》の命を惜しむのではないが、丹波少将《たんばのしょうしょう》〔成経《なりつね》〕の舅《しゅうと》、平宰相教盛《へいざいしょうのりもり》の領地、肥前《ひぜん》の国鹿瀬《かせ》の庄《しょう》〔佐賀市嘉瀬町のあたり〕より、衣食を常《つね》に送られていたので、俊寛《しゅんかん》も康頼《やすより》も、おかげで命をつないでいた。康頼は流されたとき、周防《すおう》の室積《むろづみ》〔山口県光市のうち〕で出家していた。法名は性照《しょうしょう》とつけた。出家はもともと望んでいたところだったので、

遂にかくそむきはてける世の中を
とく捨てざりしことぞくやしき

と詠《よ》んで感懐を託した。

丹波少将と康頼入道《にゅうどう》の二人は、以前から熊野《くまの》を信心していたので、なんとかしてこの島のなかに、熊野三所権現《さんじょごんげん》をまつり、ふたたび都へ帰れるよう祈りたいものだと話し合ったが、俊寛僧都《そうず》は生来信仰心のない人で、この計画を受けつけない。やむなく少将と康頼の二人だけが心を合わして、もしや熊野に似た地形の場所はあるまいかと、島のなかを捜し回ったところ、さまざまな錦繡《きんしゅう》でよそおうたような紅葉の林がつづく美しい堤《つつみ》があるかと思えば、碧《みどり》の薄絹が濃

淡をなす幽邃《ゆうすい》な高山があり、山の景色樹立《こだち》の趣《おもむき》にいたるまで、他にすぐれた所があった。南を望めば海が果てしなくひろがり、雲煙のなかに波がかすんでいる。北を振り返れば、峨々《がが》たる山岳より百尺の滝がみなぎり落ちている。滝の音はことにすさまじく、松風の神さびた幽境で、飛竜《ひりょう》権現のおわす那智《なち》の御山《おんやま》を髣髴《ほうふつ》とさせる。そこでそのままそこを那智の御山と名づけた。この峰は新宮《しんぐう》、あの峰は本宮《ほんぐう》、ここはなんの王子、そこは彼《か》の王子などと、熊野の王子王子の名をつけて、康頼入道が先達《せんだち》となり、丹波少将とともに、まいにち熊野詣《もうで》のまねをして、都へ帰れるよう祈った。

「南無《なむ》権現金剛童子《ごんげんこんごうどうじ》、願わくはあわれみを垂れさせられ、われわれをいま一度故郷へ帰し、妻子に会わせたまえ」

と祈った。日数もたって、他に裁縫《さいほう》して着替うべき浄衣《じょうえ》もないので、麻《あさ》の衣《ころも》を身にまとい、沢べで水垢離《みずごり》をとれば、これが熊野の岩田川《いわだがわ》の清流だと思い、高い所へのぼっては、これこそ熊野本宮の発心門《ほっしんもん》だと考えた。こうして参詣《さんけい》のたびごとに、康頼入道は三所権現の前で祝詞《のっと》をあげたが、御幣《ごへい》の紙もないので、花をたおって代わりにささげた。

当年は治承《じしよう》元年〔一一七七〕丁《ひのと》の酉《とり》、月の並びは十月《とつき》と二月《ふたつき》、日の数三百五十余カ日、この今日の吉日良辰《りやうしん》を選び、かけまくもかたじけなく、日本第一の大霊《だいりやう》権現、熊野《ゆや》三所権現、飛滝大薩埵《ひりようだいさつた》の教令《けうりやう》の御前に、信心の大施主、近衛《このゑ》少将藤原成経《なりつね》、並びに僧性照《しやうせう》、一心清浄《しやうじやう》の誠《まこと》をささげ、身口意《しんくい》一致の志《こころざし》をぬきんでて、つつしみ敬《うやま》ひまうす。それ、熊野本宮の証誠大菩薩《しようじやうだいぼさつ》は、苦界《くがい》の衆生《しゆじやう》を済度されたまふ教主、三身《さんじん》円満の御仏なり。あるひは東方浄瑠璃《じやうるり》医王の主は、衆病悉除《しつぢよ》の如来なり。また南方補陀落能化《ふだらくのうけ》の主《しゆ》は、衆生を済度したまふ入重玄門《にふぢゆうげんもん》の大士《だいじ》。また若王子《にやくわうじ》は、娑婆《しやば》世界の本主《ほんじゆ》、施無畏者《せむいしや》の大士にして、頂上の仏面をあらはして、衆生の願ひを満《み》てしめたまふ。これによつて、上《かみ》は御一人《ごいちにん》より下《しも》は万民に至るため、あるひは現世安穏のため、あるひは後世善所《ごせぜんしよ》のため、朝《あした》には浄水に垢離《こり》を行なひ煩悩《ぼんなう》の垢《あか》をすすぎ、夕《ゆふべ》には深山に向かつて仏名《ぶつみやう》を唱《とな》へるに、感応なきためしなし。峨々《がが》たる峰の高きは、神徳の高きにたとへ、険々たる谷の深きをば、誓願の深きになぞらへて、雲をば分けて峰にのぼり、露《つゆ》をしのいで谷にくだる。まこと御利益《ごりやく》の確信なければ、いかでか険難の道を歩まん。権現の徳を仰がずば、なんぞ幽遠の地に詣《まう》でん。よつて証誠権現、飛滝大薩埵《ひりようだいさつた》、願はくは、青蓮《しやうれん》の慈悲のまなじりを相並べ、小牡《さを》鹿《しか》の耳をそばだて、われらが無二の誠心をみそなはし、このせつなる志《こころざし》をききとどけたまへ。結《むすぶ》・早玉《はやたま》の両権現は機に従ひ、仏縁のある衆生を導き、あるひは無縁の群類《ぐんるい》を救はんがために、七宝荘厳《しつぽうしやうごん》の極楽浄土を捨てて、八万四千の光をやはらげ、六道三有《ろくだうさんう》の苦界に同塵《どうじん》の神とあらはれたまへり。ゆゑに定まりたる業《ごふ》もまたよく転じ、長寿を求むれば長寿を得る。よつて、礼拝者は袖《そで》をつらね、幣帛《へいはく》、供物《くもつ》をささげるに絶へ間なく、忍辱《にんにく》の法衣《ほふえ》をまとひ、悟りの花をささげて、神殿の床を踏み、利生《りしやう》の池の水のごとく信心の心を澄ます。神明《しんめい》納受したまへば、諸願成就せぬものなし。仰ぎ願はくは、十二所権現、利生の翼《つばさ》を並べ、はるかに苦界の空をかけり、われらの遠流《おんる》の憂《うれ》ひを解いて、すみやかに帰洛《きらく》の本望をかなへさせたまへ。

再拝。

と、これが康頼の祝詞《のっと》であった。

卒都婆《そとば》流し

丹波少将《たんばのしょうしょう》〔成経《なりつね》〕と康頼入道《やすよりにゅうどう》は、まいにち三所権現《さんじょごんげん》の神前に参詣《さんけい》して、ときには徹夜で祈念をこらすこともあった。ある夜、二人は夜もすがら今様《いまよう》を歌い、舞などを舞い、明けがた疲れて、うとうととまどろんだが、その間康頼がこんな夢を見た。——沖のほうから白い帆をかけた小舟が、一艘《そう》こぎ寄せて来て、舟の中から、緋色《ひいろ》の袴《はかま》をはいた女たちが二、三十人ほど岸へ上がり、鼓《つづみ》を打ち、声をそろえて、

万《よろづ》の仏の願《ぐわん》よりも、千手《せんじゅ》の誓ひぞたのもしき、
枯れたる草木もたちまちに、花咲き実《み》なるとこそ聞け

と、繰り返し三度歌うと、かき消すように見えなくなった。——康頼入道は夢

からさめると、ふしぎな思いにかられながら、

「いかさまこれは、竜神の化現《けげん》と覚ゆる。熊野《くまの》三所権現のうち、西の御前《ごぜん》と申し上げる結宮は、本地《ほんじ》の千手観音《せんじゅかんのん》でいらせられる。竜神はその千手観音を守護する二十八部衆の中の一方《ひとかた》である。これぞわれらが願《がん》を御受納になられた証《あかし》、たのもしいことだ」

と喜んだ。ある晩二人はまた夜を徹して祈念したが、こんな夢も見た。——沖から吹いて来た風が、木の葉を二枚二人の袂《たもと》に吹きつけた。なにげなく手に取って見ると、熊野の神木の南木《なぎ》の葉であった。その二枚の南木の葉には、一首の歌が虫の食った跡のような小さな穴で書かれてあった。

　ちはやぶる神にいのりのしげければ

　　などか都へかへらざるべき

康頼入道は、故郷恋しさのあまり、せめてもの心やりに、千本の卒都婆《そとば》を作って、真言《しんごん》の極意たる阿《あ》という字の梵字《ぼんじ》と、年号月日、俗名《ぞくみょう》と実名、および次の二首の歌を書きしるした。

薩摩潟《さつまがた》沖の小島に我ありと
　親には告げよ八重《やへ》の潮風

思ひやれしばしと思ふ旅だにも
　なほふるさとは恋しきものを

この卒都婆を浜辺へはこび、「南無帰命頂礼《なむきみょうちょうらい》、梵天帝釈《ぼんてんたいしゃく》、四大天王、堅牢地神《けんろうじじん》、王城の鎮守《ちんじゅ》諸大明神、別しては熊野の権現、安芸《あき》の厳島《いつくしま》の大明神、せめてはこの卒都婆のうち、一本なりとも都へ届けさせたまえ」と祈って、沖の白波が寄せて来るたびごとに、卒都婆を海へ浮かべた。作るつど海に流したので、日が重なるにつれ、流した卒都婆の数もふえていった。

その思いつめた一念が、たよりの風ともなったのであろうか、あるいは神明《しんめい》仏陀《ぶつだ》が届けたもうたものかもしれぬ、千本の卒都婆のうちの一本が、安芸の国、厳島大明神の御前《おんまえ》のなぎさに打ち上げられた。たまたま、康頼入道に縁ある僧があり、もし都合のよい便船でもあれば、鬼界《きかい》が島《しま》へ渡って、入道の行くえを尋《たず》ねようと、西国修行に出かけたが、まず厳島大明神へ参詣《さんけい》した。するとそこ

へ、神社の人とおぼしい狩衣《かりぎぬ》を着た一人の男が出て来た。僧は男と、よもやま話をしたのち、

「ときに、神々の和光同塵《わこうどうじん》の御利益《ごりやく》〔仏が自らの威光をやわらげ、姿を変えて俗世に現われて利益をほどこすこと〕はさまざまだと申しますが、いかなる因縁《いんねん》でこの御神《おんがみ》は、大海の魚類に縁をお持ちになったのでござりますか」

と尋ねた。と宮の人が答えて、

「それはよな、この御神は、娑羯羅竜王《しゃかつらりゅうおう》の第三の姫宮、胎蔵界《たいぞうかい》の垂跡《すいしゃく》におわす」

と、御神がこの島へ来られたそもそものはじめから今に至るまで、衆生済度《しゅじょうさいど》の御利益の験《しるし》あらたかなことを語った。いかにもこの神社に、八棟《むね》の社殿堂々と甍《いらか》を並べ、しかも社殿は大海のほとりにあるので、潮《しお》の干満につけて月は澄んだ影をうつし、潮が満ちて来ると、大鳥居《とりい》や朱の玉垣が瑠璃《るり》のごとく、潮が引けば、夏の夜でも、社殿の白洲《しらす》は霜《しも》をおいたように見えるのである。僧はいよいよ尊くおぼえて、静かに経をあげているうち、しだいに日が暮れて月がのぼり、潮が満ちてきたが、どこともなく沖から揺られ寄る藻屑《もくず》の中に、卒都婆の

ような形が見えたので、なにげなく拾いあげてみると、「薩摩潟《さつまがた》沖の小島に我ありと」の歌が書き流してあった。文字は彫りつけてあるので、波に洗い落とされず鮮明であった。僧はふしぎに思って、拾った卒都婆を笈《おい》〔修行僧が仏具や旅具を入れて背負う箱〕の肩に差して都へ戻り、康頼入道の老母の尼君《あまぎみ》や妻子たちの忍び住む一条の北、紫野《むらさきの》という所へ持参してそれを見せた。

「それにしても、この卒都婆は、なぜ唐土《もろこし》〔中国の呼称〕のほうへ流れて行かず、何しにここまで流れ届いて、いまさら私たちに悲しい思いをさせるのであろう……」

と家族たちは悲しむ。はるかこのことが叡聞《えいぶん》に達して、法皇《ほうおう》は卒都婆を召されて御覧になった。

「ああ、無惨《むざん》。してみるとこの者たちは、まだ命長らえているとみえる」と、かたじけなくも法皇は涙をおこぼしになる。この卒都婆を小松《こまつ》の大臣《おとど》のもとへつかわされたので、重盛《しげもり》はこれを父の入道相国《しょうこく》にお目にかけた。柿本人麻呂《かきのもとのひとまろ》は、「島がくれゆく舟をしぞおもふ」(32)と詠《うた》い、山部赤人《やまべのあかひと》は、「蘆辺《あしべ》をさして田鶴《たづ》鳴き渡る(33)」と詠《よ》み、住吉《すみよし》の明神は、「かたそぎのゆきあひの間《ま》より霜やおくらん(34)」、また三輪《みわ》の明神は、「とぶらひ来ませ杉たてるかど(35)」と詠《えい》じた。昔、素盞嗚尊《すさのおのみこと》がはじめて三十一文字の和歌をお詠みになって以来(36)、もろもろの神仏も、和歌に託して百千万端の思いを述べるようになった。

蘇《そ》武《ぶ》

入道相国《にゅうどうしょうこく》とて木石《ぼくせき》ではないから、さすがに康頼《やすより》の歌に感じて、哀《あわ》れだと言う。入道が不憫《ふびん》がったとなれば、たれはばかるところもない、都じゅう、上下老若《ろうにゃく》を問わず、「鬼界《きかい》が島《しま》の流人《るにん》の歌」と称し、口ずさまぬ者はなかった。それにしても千本も作った卒都婆《そとば》のことだから、さぞかし小さなものであったであろうに、薩摩潟《さつまがた》からはるばると、都まで伝わり届いたとはふしぎである。一心に思い念ずれば、昔もかく効験《こうげん》があったものであろうか。

昔、漢王が胡国《ここく》を攻めた時、まず李少卿《りしょうけい》を大将軍として、三十万騎の軍勢をさし向けたが、漢軍は弱くて、胡軍の勝利に帰した。そのうえ、大将軍李少卿は、胡王の捕虜となった。そこで次には、蘇武《そぶ》を大将軍として、五十万騎をさし向けたが、今度もまた漢軍は弱く、胡国の軍が勝ち、六千の兵が捕虜となった。その中から胡軍は、蘇武をはじめとして、おもだった兵六百三十余人を選び出し、一人一人、片足を切って追放した。即死する者、ほど経《へ》て死ぬ者、多数は命を失ったが、蘇武だけは死ななかった。片足を失いながら、山にのぼって木の実を拾い、里に出て根芹《ねぜり》を摘《つ》み、秋は田んぼの落ち穂拾いなどして、露《ろ》命《めい》をつないだ。田に降りている多数の雁《かり》が蘇武を見慣れていっこうに恐れないようになったので、この雁は皆わが故郷へ通う渡り鳥かと、なつかしく、思うこと一筆したためて、

「よく気をつけて、この手紙を漢王のもとへ届けよ」

と言い含めて、雁の翼に結びつけて放した。田の面《も》の雁はけなげにも、秋はかならず北の国から都へ渡るものであるが、ある日漢の昭帝《しょうてい》が、上林苑《しょうりんえん》に御遊《ぎょゆう》

のおり、たそがれの空がうっすりと曇って、なんとなくものの哀れを思わせるころ、一列の雁が空を渡った。その中から一羽の雁がおりて来ると、翼に結びつけてあった手紙を、食い切って落とした。役人がそれを拾って、皇帝にささげた。ひらいてみると、

「昔は、巌崛《がんくつ》の洞《ほら》にこめられて、三春《さんしゅん》の愁嘆《しゅうたん》を送り、今は曠田《くわうでん》の畝《うね》に捨てられて、胡敵《こてき》の一足となれり。たとひ、かばねは胡《えびす》の地に散らすといふとも、魂はふたたび君辺《くんぺん》に仕《つか》へん」

と書いてある。手紙のことを、雁書《がんしょ》あるいは雁札《がんさつ》と呼ぶようになったのは、この故事によるのである。さて皇帝は、「あな不憫《ふびん》。」と仰《おお》せあり、これは蘇武のほまれのなごりである。蘇武はまだ胡国に生きているのだ」と仰せあり、最後に李広《りこう》という将軍に命じ、百万騎をつかわした。こんどは漢の軍が強く、胡国の軍が敗北した。味方が勝ったと聞くと、蘇武は曠野《こうや》の中からはい出て、「われこそ、いにしえの蘇武なり」と名のった。十九年の星霜《せいそう》を送り迎え、片足を切られながら、輿《こし》に載《の》せられて、故郷へ帰って来た。十六歳の年に、胡国へつかわされたので

あるが、その節皇帝から賜《たま》わった旗を巻いて、肌身《はだみ》離さず持っていたのを、帰国すると取り出して叡覧《えいらん》〔天子が御覧になること〕に供すると、君臣ともに、一方《ひとかた》ならず感嘆した。このように蘇武は、君のために、無双《むそう》の大功《たいこう》があったので、あまたの大国を賜《たま》わり、そのうえ典俗国《てんしょくこく》という官に任ぜられた。ところが一方、李少卿《りしょうけい》は胡国にとどまったきり、ついに帰って来なかった。なんとかして漢へ帰りたいと嘆《なげ》き訴えていたのであったが、胡王がゆるさなかったので、どうにもならなかったのである。しかし漢王はこの事情を夢にも知らなかったので、李少卿を不忠者と断じ、両親の死骸を墓から掘り出して鞭《むち》打たせた。また兄弟妻子をことごとく罰した。李少卿はこの由《よし》を伝え聞いて、深く恨《うら》みには思ったが、しかしやはり故郷を恋い慕《した》って、自分に不忠の志《こころざし》がまったくない旨《むね》を、一巻の書に作って漢王のもとへ届けた。漢王はこの書を御覧になり、「さては不忠ではなかったのか。不憫なことであった」と、李少卿の両親の骸《むくろ》を掘り起こして鞭打たせたことを後悔した。

漢の蘇武は、文《ふみ》を雁《かり》の翼につけて故郷へ送り、わが国の康頼は、波に託して歌を故郷へ伝えた。彼は一筆の感懐、これは二首の歌、かれは昔、これは末代、胡国、鬼界が島、と所をへだて、時代は異なるが、風情《ふぜい》に変わりはない。珍しいことである。

巻の三

赦《ゆる》し文《ぶみ》

治承《じしょう》二年〔一一七八〕正月一日、院の御所では元旦の拝賀《はいが》の式がとり行なわれ、四日には朝覲《ちょうきん》の行幸《ぎょうこう》〔上皇・皇太后の御所への行幸〕があった。何事も例年に変わったことはなかったが、去年の夏、新大納言成親卿《しんだいなごんなりちかのきょう》以下、側近の人々が、多数、あるいは流され、あるいは斬《き》られたので、法皇《ほうおう》の御憤《おんいきどお》りはとけず、世の政務も万事物憂《ものう》く思われ、心晴れぬ御様子であった。清盛入道《きよもりにゅうどう》も、多田蔵《ただのくら》人《んど》行綱《ゆきつな》の密告以来、法皇をも気の許せぬものに思い、うわべはなにげなくふるまっていたが、心の中では要心して苦笑いをするのであった。

正月七日、彗星《ほうきぼし》が東天に現われた。彗星のことを、蚩尤気《しゆうき》ともいい、また赤気《せっき》ともいう。同月十八日には、その彗星の光が強くなった。清盛入道の御《おん》むすめ建礼門院《けんれいもんいん》、そのころはまだ中宮《ちゅうぐう》であらせられたが、御病気ということで、禁中はもとより国じゅうが憂《うれ》いに閉ざされていた。諸方の寺々で、御読経《おんどきょう》が始まり、諸方の神社へ官幣使《かんぺいし》〔神祇《じんぎ》官《かん》からの幣帛《へいはく》を届ける勅使《ちょくし》〕が立てられた。陰陽《おんよう》師《じ》は術を極め、医師は薬を尽くし、あらゆる大法秘法、修《しゅ》せられないものはなかった。しかし、中宮このたびの御病は尋常の病ではなく、御懐妊ということであった。主上《しゅじょう》は今年十八歳、中宮は二十二歳にならせられる。が、まだ皇子も姫宮もおできにならない。だからもし、今度の御子《みこ》が皇子ならば、いかにめでたいことであろうと、平家の人々は、いまにも皇子の誕生があるかのようにいきおいこんで、喜びあっていた。他家の人々も、「平家一族繁盛《はんじょう》の好機である。皇子御誕生は疑いあるまい」と噂《うわさ》しあった。御懐妊と定まったので、入道相国《しょうこく》、霊験《れいげん》あらたかな高僧貴僧に命じて、大法秘法を修し、星を祭って災《わざわ》いをはらい、仏菩薩《ぶつぼさつ》にすがり、ひとえに皇子御誕生を祈願した。六月一日、御着帯《ごちゃくたい》の儀式が行なわれた。仁和寺《にんなじ》の御室守覚法親王《おむろしゅかくほうしんのう》が急ぎ参内《さんだい》して、孔雀経《くじゃくきょう》の法によって御加持《ごかじ》が行なわれた。また、天台座主《てんだいざす》覚快《かっかい》法親王、同じく参内あって、観音の仏力《ぶつりき》によって胎内《たいない》の女子を男子と変するべく変成男子《へんじょうなんし》の法を修せられた。

こうしているうちに、中宮は、月重なって御臨産が近づくにしたがい、ひどく苦痛を訴えられるようになられた。その臥《ふ》したる風情《ふぜい》は、一度笑《え》みを含めば百の媚《こび》を生じたといわれる傾国《けいこく》の美人〔国を傾けるほどの美女〕、漢の李夫人《りふじん》の昭陽殿《しょうようでん》の病床も、かくやとしのばれ、唐の楊貴妃《ようきひ》の梨花一枝《りかいっし》春の雨にぬれ、芙蓉《ふよう》が風にしおれ、女郎花《おみなえし》が露《つゆ》重たげになびく姿にもまして、ひとしおいたわしい様子である。こうした御《おん》苦しみのおりを機会に、恐ろしい物怪《もののけ》どもがとりついた。(37)祈禱者《きとうしゃ》が、憑物《つきもの》を巫子《みこ》に乗り移らせ、不動明王《ふどうみょうおう》の縛《ばく》にかけて責《せ》め立てると、さまざまな霊が現われた。特に、讃岐院《さぬきのいん》の御霊《ごれい》、宇治悪左府《うじのあくさふ》の怨念《おんねん》、新大納言成親卿《なりちか》の死霊《しりょう》、西光《さいこう》法師の悪霊、鬼界《きかい》が島《しま》の流人《るにん》どもの生霊《しょうりょう》などと名のって出た。そこで、清盛は、生霊も死霊もなだめよと言い、さっそく讃岐院には追号を奉《たてまつ》って崇徳《すとく》天皇と号し、宇治悪左府には、太政大臣正一位《だいじょうだいじんしょういちい》の官位を贈った。勅使《ちょくし》は少内記維基《しょうないきこれもと》ということであった。その悪左府〔藤原〕頼長《よりなが》の墓所は大和《やまと》の国添上《そうのかみ》の郡《こおり》、河上 村般若野《かわかみのむらはんにゃの》の五三昧《ごさんまい》にある。保元《ほうげん》〔一一五六―五九年〕の秋に掘り起こされて捨てられたのちは、死骸は道ばたの土となり、年々春の草の茂るにまかせていた。今勅使《ちょくし》が訪れ、宣命《せんみょう》〔漢文でなく国語による勅書〕を読んだのであるが、亡《な》き頼長の霊魂は、どんなにうれしく思ったであろう。

早良《さわら》の廃太子を崇道《しゅどう》(38)天皇と追号奉り、井上《いがみ》の内親王をば皇后の御位《おんくらい》に復したが、これらも皆、怨霊《おんりょう》をなだめる策であったということである。怨霊とは、昔も、このように恐ろしいものであった。冷泉院《れいぜいいん》が物狂おしくなられたり、花山《かさんの》院《いん》が帝位を退《しりぞ》かれたのは、基方民部卿《もとかたのみんぶきょう》〔藤原元方《ふじわらのもとかた》〕の霊のたたりといわれ、また、三条院の御目が見えなくなったのは、観算供奉《かんざんぐぶ》の霊のしわざといえる。門《かど》脇宰相 教盛《わきさいしょうのりもり》卿は、このようなことを伝え聞いて、小松殿《こまつどの》〔重盛《しげもり》〕に言った。

「このたび中宮御産《ごさん》の御祈りがさまざま行なわれておりますが、なんと申すとも、非常の赦《しゃ》に過ぎたるものがあろうとは覚えませぬ。中にも、鬼界が島の流人どもを、召しかえされるならば、これにまさる功徳善根《くどくぜんこん》はありますまい」

小松殿は、いかにもと教盛の言葉にうなずき、父入道の前へまかり、

「丹波少将《たんばのしょうしょう》〔成経《なりつね》〕のことを、門脇の宰相が、あまりに嘆《なげ》き申すが不愍《ふびん》でござります。中宮御悩《ごのう》の御事《おんこと》も、うけたまわり聞くところによれば、成親卿が死霊のたたりとの噂。大納言の霊をなだめんとお考えになるは理《ことわり》なれど、それならばなぜ生きておられる少将を召しかえそうとはなさりませぬ。人々の執念を止めてやれば、当分のかねがねの思いもかない、人々の願いをかなえさせてやれば、御願《ごがん》もまた成就《じょうじゅ》して、中宮の御産は平安、めでたく皇子を御誕生あって、わが一門もますます繁栄いたしましょう」

と述べた。

入道相国《しょうこく》は日ごろに似ず、意外に穏やかで、

「俊寛《しゅんかん》や康頼法師《やすよりほうし》はいかにはからう」と問う。

「両人も共に召しかえされ候《そうら》え。一人たりとも残されては、かえって罪深うご

ざります」

と重盛が答えると、入道は、

「康頼法師はともかく、俊寛はこの入道がひとしお目をかけ口添えして、人なみの者になしたる男だ。それを所もあろうに、東山鹿谷《ひがしやまししのたに》のおのれが山荘に寄り合いして、奇怪《きっかい》なるふるまいをするとはなにごとか。俊寛を召しかえすとは思いもよらぬぞ」

と言う。

小松大臣《こまつのおとど》は邸《やしき》へ帰ると、叔父《おじ》教盛《のりもり》宰相を呼び申し、

「少将はは赦免《しゃめん》がかないましたぞ。御安心なされませ」

と伝えた。聞くが早いか宰相は、泣く泣く手を合わせて喜んだ。「思えば少将が遠流《おんる》のとき、これほどのことをなどやもらい受けてくれぬかとばかり、この教盛を見るたびごとに涙ぐんでおりましたのが不愍《ふびん》でなりませぬ」

小松殿は、

「まことごもっとものことに存じます。子というものは、たれしもかわいく思

うもの。なおよくよく父入道に申し伝えましょう」

と言って奥へはいった。

やがて、鬼界が島の流人たちの召還《しょうかん》が決定し、入道相国が、赦文《ゆるしぶみ》を下された。使者はすでに都をたった。宰相はあまりのうれしさに、その使者に自分の使いをつけて下すことにした。夜に日をついで急ぐくだれ、と命じられたが、ままにならぬ海路の旅で、波風をしのいで行くうちに、いつしか日数もかさなり、都を七月下旬に出たのであったが、鬼界が島に着いたのは、九月の二十日ごろであった。

足摺《あしず》り

御使《おつかい》は丹左衛門尉基康《たんざえもんのじょうもとやす》という者である。船から上がると、「都より流されたまいし平判官康頼入道《へいはんがんやすよりにゅうどう》、丹波少将《たんばのしょうしょう》殿《どの》はおわすか」と、口々に声をはりあげて尋ねた。たまたま二人は、いつもの熊野詣《くまのもうで》に出かけて、いなかった。俊寛《しゅんかん》がひとり残っていたが、これを聞いて、「思いがけないことだが夢ではあるまいか。はたまた天魔波旬《てんまはじゅん》がわが心をたぶらかさんというのであろうか。うつつとは夢にも思えぬわい」と、あわてふためき、ひょろひょろと御使《おつかい》の前へころび出て、「わしが流された俊寛じゃ」と名のった。御使は、雑色《ぞうしき》の首にかけさせてあった布袋《ふぶくろ》から、入道相国《にゅうどうしょうこく》の赦文《ゆるしぶみ》を取り出して、俊寛に渡した。ひらいて見ると、「重科は遠流《をんる》に処したるをもつて免ずるなり、さつそく、都へ帰る思慮をなすべし。このたび中宮御産《ちゅうぐうごさん》の御祈りによつて、非常の赦《しゃ》行なはる。よつて、鬼界《きかい》が島《しま》の流人《るにん》、少将成経《なりつね》、康頼法師《やすよりほふし》、二人赦免《しゃめん》」とだけ書かれてあり、俊寛の文字は見当たらない。上包みの礼紙《らいし》に書いてあるだろうと、礼紙を見たが、やはり書かれてはいない。巻紙を終わりから初めへ、また初めから終わりまで、反覆《はんぷく》読みかえしてみたが、二人とばかりあって、三人とは書かれていない。そのうちに、少将や康頼法師が来て、少将が手に取って見ても、康頼法師が読んでも、二人とだけ書かれてあって、三人とは書かれていないのであった。夢にはこういうことがよくある。夢だ、と思おうとしたが、現《うつつ》である。現だと思うと、夢のようだ。そのうえ、成経、康頼両人には、都から言づての手紙がいくらもあったが、俊寛僧都《そうず》のもとへは、事問う文《ふみ》の一通もない。これは、わが身寄りの者どもが、いまは都の内には跡かたもなくなったるゆえであろうと、俊寛は、心細く思った。

「そもそも、われら三人は、罪も同じ、配所も同じである。なぜ赦免《しゃめん》にあたって二人は召しかえされて、ひとりだけをここに残すのであろう。平家が思い忘れたのか、赦免をしたためたる右筆《ゆうひつ》〔書記〕の誤りか。これはいかがしたことであろう」と、天を仰ぎ、地に伏して、泣き悲しんだがかいもない。俊寛僧都は少将の袂《たもと》にとりすがって、「俊寛がこのようになったのも、もとをいえば、御辺《ごへん》の父、故大納言殿《だいなごんどの》のよしなき謀反《むほん》のゆえじゃ。されば、他の事とお思いになるな。ゆるしがないので、都へまではかなわずとも、せめてこの船に乗せて、九国《くこく》（九州の地）まで着けてたべ。ともにこの島で過ごした間は、春は燕《つばくろ》、秋は田の面《も》の雁《かり》が訪れるように、おのずと故郷のたよりも伝え聞いたが、今より後は、そのすべもありませぬ」

とこがれもだえるのであった。少将は、

「まことにさようお思いであろう。われらが召しかえされるうれしさもさることながら、御様子を拝見しては、御辺《ごへん》一人を残して行くに堪《た》えませぬ。ともどもこの船に乗せて、都へ上りたいと思いますが、都の御使《おつかい》がいかにもかなわぬと申されます。そのうえ、おゆるしもないに、三人とも島を出たなどと聞こえては、かえってためになりますまい。まず成経が都へ上り、人々にもとくと相談いたし、入道相国のきげんをもうかがい、迎えの使《つかい》を差し向けましょう。それまでは、これまでどおりのお心で待ちたまえ。なによりも命がたいせつ、たとえこのたびは召還《しょうかん》に洩《も》れても、やがて赦免のないはずはありませぬ」

といろいろ慰めたが、俊寛僧都は悲しさに堪えられそうに見えなかった。

やがて、船を出そうとすると、俊寛は船に乗っては降り、降りては乗り、物狂わしいふるまいをする。少将は形見に夜具を、また康頼入道は、一部の法華《ほっけ》経《きょう》を形見にのこした。さて纜《ともづな》を解いて船を押し出すと、僧都は綱にしがみつき、水が腰を没し脇《わき》に達し、背の立つ深さまではひかれて行ったが、ついに背丈《せたけ》も立たなくなると、こんどは船にとりすがって、「おのおの方、ついに俊寛をば捨て去りたもうか。日ごろの情《なさ》けも今となってはなんのためにもならぬのか。赦免なきこの俊寛、都までとは申さぬが、せめてこの船に乗せて、九州までつれてたもれ」とかきくどいたが、都の御使は、相成《あいな》らぬと、船ばたにとりすがっている手を引きもいで船をこぎ出す。俊寛はやむなく渚《なぎさ》へ戻り、幼い子どもが乳母や母を慕《した》うように、地に足をすりつけて、「これ、乗せて行けや、つれて行けよ」とわめき叫んだが、こぎ行く船の常《つね》で、跡にのこるは白波ばかりである。船はまださほど遠ざかってもいなかったが、涙にくもって見えないので、高いところへ駆け上って、沖のほうを手招いた。松浦《まつら》の小夜姫《さよひめ》(39)が、大伴佐提比古《おおとものさでひこ》を乗せて遠ざかり行く唐船《からふね》を恋い慕《した》って、領巾《ひれ》〔首にかける飾りの布〕を振った悲しみも、これにはまさるまいと思われた。そのうち、しだいに船も見えなくなり、日も暮れたが、俊寛僧都はささやかな仮の寝所へは帰らず、波に足を洗わせ、露《つゆ》にぬれながら、その夜は渚で明かした。それにしても少将は情の厚い人だから、きっとよいようにとりなしてくれるであろう、と望みをかけて、そのおり身投げもしなかった心情は哀《あわ》れである。昔、天竺《てんじく》で早利《そうり》速利《そくり》という兄弟が、継母《ままはは》に憎まれて、海巌山《かいがんざん》に捨てられたという故事があるが、その悲しみを今こそ僧都は思い知った。

御《ご》産《さん》

一方、少将《しょうしょう》〔成経《なりつね》〕と康頼《やすより》は、鬼界《きかい》が島《しま》を出て、肥前《ひぜん》の国〔長崎県〕鹿瀬《かせ》の庄《しょう》に着いたが、教盛《のりもり》卿《のきょう》が都から人を差し向け、「年内は波風も激しく、道中も気がかりゆえ、春になってから上京されるよう」と伝えて来たので、少将はそこ鹿瀬の庄で年を越した。やがて、その年十一月十二日、寅《とら》の刻《こく》（午前四時ごろ）から、中宮《ちゅうぐう》が御産気づかれたということで、京も六波羅《ろくはら》も、ひしめき騒ぎあった。御産所《ごさんじょ》は、中納言頼盛《ちゅうなごんよりもり》の館《やかた》、六波羅池殿《ろくはらいけどの》であったので、後白河法皇《ごしらかわほうおう》も御幸になった。関白殿藤原基房をはじめ、太政大臣以下の公卿殿上人たち、そのほか世に人と数えられ、官位昇進に望みをかけ、知行職《ちぎょうしょくしょう》掌を持つほどの人で、伺候《しこう》せぬ者はなかった。先例としても、女御《にょうご》や后《きさき》の御産の時には大赦《たいしゃ》があった。大治《だいじ》二年〔一一二七〕九月一日、待賢門院《たいけんもんいん》〔鳥羽天皇の皇后。崇徳《すとく》、後白河天皇の母〕御産の時にも、大赦が行なわれた。今度もその例にならって、特別の大赦が行なわれて、重科の人々も多数ゆるされたのである。それにもかかわらず、俊寛僧都《しゅんかんそうず》ただ一人、赦免《しゃめん》がなかったとは、哀《あわ》れであった。中宮は、無事安産、皇子御誕生とあれば、八幡《やはた》、平野《ひらの》、大原野《おおはらの》の諸社へ行啓《ぎょうけい》なさると御願を立てられた。全玄法印《ぜんげんほういん》が承《うけたま》わって、これを敬白《けいびゃく》〔謹《つつし》んで申す〕する。神社は太神宮をはじめ、二十余カ所、仏寺は東大寺《とうだいじ》、興福寺《こうぶくじ》以下十六カ所で御誦経《みじゅきょう》が行なわれた。御誦経の御使は、中宮の侍《さぶらい》の中で、官位のある者が勤めた。平紋《ひょうもん》の狩衣《かりぎぬ》に帯剣した者どもが、いろいろの御誦経の布施《ふせ》や、御剣《ぎょけん》、御衣《ぎょい》などささげて、東の対《たい》の屋《や》から南庭《なんてい》を通って、続々と西の中門《ちゅうもん》へ出て行った。まことにみごとな見物《けんぶつ》であった。

小松内大臣《こまつないだいじん》は、例により、よきにつけ悪《あ》しきにつけ騒がぬ沈重な人であったから、かなり時がたってから、嫡子権亮《ちゃくしごんのすけ》少将維盛《これもり》以下の公達《きんだち》の車を走り続けさせ、さまざまの御衣四十《おんきぬしじゅう》かさね、銀造りの太刀《たち》七ふりを広蓋《ひろぶた》にのせ、馬十二頭をひかせて参られた。これは、寛弘《かんこう》〔一〇〇四―一二年〕のころ、上東門院《じょうとうもんいん》御産の時、御堂関白《みどうかんぱく》〔藤原〕道長《みちなが》が御馬《おんま》を献上した例にならったものだということであった。小松大臣《こまつのおとど》は中宮の実兄であったばかりでなく、父子の御契《おんちぎ》りもあったので、御馬を献上したのも、道理であった。また、五条大納言邦綱《くにつな》卿も、馬二頭を献上した。志《こころざし》のゆき届いたためか徳あつきがゆえか、と人々はほめ称した。そのほか、伊勢をはじめ、安芸《あき》の厳島《いつくしま》におよぶまで、七十余カ所の神社へ、神馬《じんめ》を献上した。内裏《だいり》からも、寮の御馬に御幣《ごへい》をつけて、数十頭を献上された。仁和寺《にんなじ》の御室《おむろ》は、孔雀経《くじゃくきょう》の法、天台座主《てんだいざす》覚快法親王《かっかいほうしんおう》は、七仏薬師《しちぶつやくし》の秘法、三井寺《みいでら》の長老円慶《えんけい》法親王は、金剛童子《こんごうどうじ》の修法《じゅほう》、そのほか、五大虚空蔵《こくうぞう》、六観音、一字金輪《いちじきんりん》、五壇《ごだん》の法、六字加輪《ろくじかりん》、八字文殊《もんじゅ》、普賢延命《ふげんえんめい》の法にいたるまで、あまさず修《しゅ》せられた。くゆらす護摩《ごま》の煙は御所じゅうに満ち、振り鳴らす鈴《れい》

〔密教で用いる金剛鈴をさす〕の音は雲を響かすばかり、修法《しゅほう》の声のすさまじさは身の毛がよだつほどで、いかなる物怪《もののけ》たりとも、面《おもて》を向けることはできそうになかった。そのうえなお、仏所の法印に命じて、中宮と等身の薬師像、ならびに五大明王の像を造りはじめた。しかし中宮は、絶えず御陣痛を訴えるばかり、御産も急には進まない。父入道相国《にゅうどうしょうこく》、母二位殿《にいどの》は、胸に手をあてて、こはどうしたものであろうと、途方に暮れる。人がなにか言っても、ただ、とにかくよきように、と答えるばかりであった。「ああ、これがいくさの陣であったら、浄海《じょうかい》、かくまではおくせぬものを」と、入道はあとで言った。

祈禱者《きとうしゃ》には、房覚《ぼうかく》、昌運《しょううん》の両僧正《そうじょう》、俊堯《しゅんぎょう》法師、豪禅《ごうぜん》、実全《じつぜん》の両僧都《そうず》など、それぞれ僧伽《そうが》の句〔祈禱につけくわえる句〕などを読みあげ、本寺本山の三宝や、年来所持する本尊たちに、くりかえしくりかえし、心をこめて祈禱したので、さぞやこのぶんでは効験《こうげん》もあろうと尊く思われた。なかでも、法皇は、たまたま熊野神社へ御幸《ごこう》になるはずで、御精進《ごしょうじん》の最中であったのでそのついでに、御産所の御帳《みちょう》近く御座あそばされて、千手経《せんじゅきょう》を声高らかに読み上げたが、ほかの祈禱とはいちだんと趣《おもむき》が異なり、呪縛《じゅばく》をかけられて巫子《みこ》どもに乗り移り、あれほどおどり狂っていた悪霊《あくりょう》どもも、しばしうち静まってみえた。法皇は、「たとえいかなる物怪《もののけ》なりとも、この老法師がかく控えおるからには、なんじょう中宮に近づきえようぞ。ことに今あらわれておる怨霊《おんりょう》は、みな、朝恩によって人なみのものになった者ばかりである。たとえ報恩の心までは持たずとも、いかでさわりをばなし得ようぞ。早々に退散せよ」と仰せられ、「女人生産し難《がた》からん時にのぞみて、邪魔《じゃま》遮障《しゃしょう》し、苦しみ忍び難からんにも、心をいたして、大悲《だいひ》呪《じゅ》を称誦《しょうじゅ》せば、鬼神退散して、安楽に生ぜん」と、千手経を朗々と誦《ず》し、水晶の数珠《じゅず》を押しもませたもうた。その功力《くりき》か、御安産であったばかりでなく、皇子が御誕生になった。本三位《ほんざんみ》の中将重衡《しげひら》卿が、当時はまだ中宮亮《ちゅうぐうのすけ》であったが、御簾《みす》の中からいきなり出て来て、「御産平安。皇子御誕生候《そうろう》ぞ」と、声はりあげて伝えると、法皇はじめ、関白松殿《まつどの》〔藤原基房《ふじわらのもとふさ》〕、太政大臣以下の公卿殿上人、天台座主をはじめ、各伴僧たち、陰陽頭《おんようのかみ》、典薬《てんやく》頭、御《ご》験者《げんじゃ》数人、その他貴《とうと》きも賤《いや》しきも、すべて、いっせいにわっとよろこびあった。その歓声は門外までどよめき、しばらくは静まらなかった。入道相国は、うれしさのあまり、声をあげて泣いた。うれし泣きとはこのことであろう。小松大臣《こまつのおとど》は、さっそく中宮のもとへ参って、黄金《こがね》九十九文を皇子の御枕《おん》もとに置き、「天をもっては父とし、地をもっては母と定めたもうべし。御命《おんいのち》は幻術士東方朔《とうほうさく》が齢《よわい》を保ち、御心には天照大神《あまてらすおおみかみ》入りかわらせたまえ」と、祝いの詞《ことば》を述べ、桑《くわ》の弓に蓬《よもぎ》の矢をつがえて、天地四方を射て災《わざわ》いを払った。

公《く》卿《ぎょう》揃《ぞろ》え

御乳母《おんめのと》は、前右大将宗盛 卿《さきのうだいしょうむねもりのきょう》の奥方《おくがた》と予定されていたが、去る七月に、難産で亡《な》くなられたので、平大納言時忠卿《へいだいなごんときただ》の奥方が、御乳人《めのと》となった。のちにこの方は帥典侍《そつのすけ》殿と呼ばれた。法皇《ほうおう》は、やがて還御《かんぎょ》になり〔お帰りになり〕、門前に御車《おんくるま》を寄せられた。入道相国《にゅうどうしょうこく》は、うれしさのあまり、黄金《こがね》一千両、富士の綿《わた》二千両を、法皇へ献じた。これまた異例のことだ、と人々は噂《うわさ》した。

このたびの御産《ごさん》には、笑止(40)のことが多かった。第一は、法皇が祈禱者《きとうしゃ》になられたこと。第二は、后《きさき》の御産のおりには、御殿の棟《むね》から甑《こしき》(41)をころがし落とすという例《ためし》があって、皇子御誕生のときは南へ、皇女のときは北へ落とすのであるが、まちがえてこのとき北へ落としてしまったので、「これはまたどうしたことだ」と騒ぎになり、あわてて拾いあげ甑を落とし直すというしまつ。これも感心できぬことと人々は語りあった。おかしかったのは、入道相国の途方に暮れた様子、りっぱだったのは、小松大臣《こまつのおとど》のふるまい、残念なことは、前右大将宗盛卿が、最愛の妻に先立たれて、大納言《だいなごん》、大将の両職を辞して引きこもったこと、もし兄弟そろって出仕したならば、どんなにめでたかったことか。つぎに、七人の陰陽師《おんようじ》が参上して、千度の御祓《おはらい》をしたのであったが、なかに掃部頭《かもんのかみ》時晴《ときはる》という老人がいた。従者なども少数だったが、あまりにおおぜい人が参集し、さながら筍《たけのこ》がむらがりはえたるさま、稲麻竹葦《とうまちくい》の混雑ぶりである。「役人であるぞ、道をあけられい」と叫びながら、人波を押しわけて進むうち、なんとしたことか、右の沓《くつ》を踏み脱がされて、しばらく立ち止まっている間に、冠《かぶり》までも突き落とされてしまった。このような大事の場合に、束帯《そくたい》正しく身にまとった老人が、髻《もとどり》を乱して歩く姿を見て、若い公卿殿上人《くぎょうてんじょうびと》たちは、がまんができずに一度にどっと笑いだした。陰陽師などという者は、反陪《へんばい》(42)といって、足の運びにも法式があり、一足たりともあだおろそかには踏まぬものと聞くのに。ほかにもいろいろ笑止のことがあったが、その時は、別になんとも思わなかったものの、時を経《へ》ると改めて思い合わされることが多いのである。

　御産により六波羅《ろくはら》へ参上した人々は、関白松殿《かんぱくまつどの》、太政大臣妙恩院《だいじょうだいじんみょうおんいん》、左大臣大《おお》炊御門《いのみかど》、右大臣月輪《つきのわ》殿、内大臣小松殿、左大将実定《さねさだ》、源《げん》大納言定房《さだふさ》、三条大納言実房《さねふさ》、五条大納言邦綱《くにつな》、藤《とう》大納言実国《さねくに》、按察使《あぜつし》資賢《すけかた》、中御門《なかのみかど》中納言宗家《むねいえ》、花《か》山院《さんのいん》中納言兼雅《かねまさ》、源中納言雅頼《まさより》、権《ごん》中納言実綱《さねつな》、藤中納言資長《すけなが》、池《いけの》中納言頼《より》盛《もり》、左《さ》衛門督時忠《えもんのかみときただ》、別当忠親《べっとうただちか》、左《さ》の宰相《さいしょう》中将実家《さねいえ》、右の宰相中将実宗《さねむね》、新宰相中将通親《みちちか》、平《へい》宰相教盛《のりもり》、六角《ろっかくの》宰相家通《いえみち》、堀河《ほりかわの》宰相頼定《よりさだ》、左大弁《さだいべんの》宰相長方《ながかた》、右大弁三位《さんみ》俊経《としつね》、左兵衛督成範《さひょうえのかみしげのり》、右兵衛督光能《みつよし》、皇太后宮大夫朝方《こうたいこうぐうのだいぶともかた》、左京《さきょうの》大夫脩《なが》

範《のり》、太宰大弐《だざいのだいに》親信《ちかのぶ》、新三位《しんざんみ》実清《さねきよ》、以上三十三人で、右大弁のほかはすべて直衣《のうし》姿であった。不参の人は、花山院前《さきの》太政大臣忠雅《ただまさ》公、大宮《おおみやの》大納言隆季《たかすえ》卿以下十余人であるが、のちに布衣《ほうい》を着て入道相国の西八条の邸《やしき》へ伺候《しこう》したという。

大《だい》塔《とう》建《こん》立《りゅう》

御産祈禱《ごさんきとう》の満願の日には、勧賞《けんじょう》が行なわれた。仁和寺《にんなじ》の御室《おむろ》への賞与として、東寺の修造せらるべきこと、および、毎年正月八日より七日間の御修法《みしゅほう》や大元《たいげん》の秘法、また灌頂《かんじょう》の式を行なうようにとのこと沙汰《さた》があり、そのうえ、守覚《しゅかく》法親王の弟子円良法眼《えんりょうほうげん》を法印《ほういん》に昇進せしめられた。天台座主《てんだいざす》の宮は、二品《ほん》および牛車《ぎっしゃ》の宣旨《せんじ》を望んだが、これには御室で異議を唱《とな》えたので、御室と同じく弟子覚成僧都《かくせいそうず》を法印に進めた。そのほか褒美《ほうび》は枚挙《まいきょ》にいとまないほどであったといわれる。やがて日数もたって、中宮《ちゅうぐう》は六波羅《ろくはら》から大内《たいだい》へお帰りになった。入道《にゅうどう》相国《しょうこく》は常々《つねづね》、娘が后《きさき》に立たれてからは、ああ早く皇子が御誕生になればよい、さすれば天子の御位《おんくらい》に即《つ》けたてまつり、夫婦ともに外祖父外祖母と仰がれたいもの、と願っていたが、崇敬《すうけい》する厳島《いつくしま》にお願い申そうと月詣《つきもうで》をはじめて、祈願した霊験《れいげん》であったか、中宮はまもなく御懐妊、御産平安に皇子が誕生になった。まことにめでたいことである。

いったい、平家が安芸《あき》の厳島を信仰しだしたいわれは、清盛公《きよもりこう》がまだ安芸守《あきのかみ》であった時、安芸の国の負担で、高野山金剛峰寺《こうやさんこんごうぶじ》の大塔を築造したおり、渡辺《わたなべ》の遠藤六郎頼方《えんどうろくろうよりかた》を用人に任じ、六カ年で修築を終えた。修築が完了してのち、清盛が高野《こうや》へ上り、大塔を拝み、奥の院に参詣《さんけい》すると、どこから来たともなく白髪の老僧があらわれた。眉《まゆ》は霜《しも》のように白く垂れ、額《ひたい》には波のような皺《しわ》をたたみ、二股《ふたまた》の鹿杖《かせづえ》〔先が二また、あるいはT字型の柄のついた木の杖〕にすがっている。この僧が、

「当山は昔よりこのかた、終始衰《おとろ》えず真言《しんごん》の秘法を伝えて参った。当山のごときは天下に二つとない。大塔はすでに修築を終わったが、それにつけても残念

なるは、越前《えちぜん》の気比《けい》の宮《みや》と安芸の厳島じゃ。この二社は金剛胎蔵《こんごうたいぞう》両界の垂跡《すいしゃく》であるが、気比の宮は栄えているが、厳島は荒れ果てて、あって無きがごとし。ああ同じくば厳島をもこのついでに奏聞《そうもん》し修造されよ。このこと聞き届けらるるならば、御辺《ごへん》の昇進に肩を並ぶる者は、天下に二人とあるまい」と述べて立ち去った。

この老僧が立っていた跡には、ふしぎな芳香が漂った。人にあとをつけさせたが、三町〔約三三〇メートル〕ばかり行くと、かき消すように見えなくなった。これはただのお方ではない、弘法大師《こうぼうだいし》に相違ない、と清盛はますます尊く思い、この世の思い出にと、高野《こうや》の金堂《こんどう》に曼陀羅《まんだら》を描いた。西の曼陀羅は、常明《じょうみょう》法印という絵師に描かせた。東の曼陀羅は、自分で描こうと言いだし、自筆をふるったが、八弁の蓮華座《れんげざ》に座《ま》します大日如来《だいにちにょらい》の宝冠を、なんと思ったかおのれが頭の血を出して描いたということである。そののち都へ上り、院の御所へ参り、このことを奏上《そうじょう》すると、君も臣も御感動になり、安芸守の任期をくり延べて、厳島をも修築させられた。鳥居を立てかえ、社《やしろ》を造りかえ、百八十間《けん》〔間は、柱と柱のあいだの意〕の回廊を造築した。修築完了後、清盛は厳島へ参詣して、徹夜の祈誓《きせい》をした。そのときの夢に、神殿の扉を押し開いて、鬟《びんずら》を結《ゆ》った天童《てんどう》が現われ、われこそは厳島大明神の御使《おつかい》なり、なんじこの剣をもって皇室の守りとなるべし、と銀で蛭巻《ひるまき》にまいた小長刀《こなぎなた》を賜《たま》わった。夢さめてあたりを見回すと、小長刀は現《うつつ》に枕もとに立ててあった。それぱかりか、大明神の御告《おつげ》があった。「なんじ、覚えているか、ある僧をつかわして伝えしことを。ただなんじに悪《あ》しき行ないあらば、好運は子孫まではおよぶまじ」そう言って大明神は天に上った。めでたいことである。

頼豪《らいごう》

白河院《しらかわのいん》在位〔一〇七二―八六年〕の御代《みよ》、関白師実《かんぱくもろざね》の御息女が后《きさき》に立たせられたことがあった。賢子《けんし》の中宮《ちゅうぐう》と申し、第一のご寵愛《ちょうあい》をたまわった。主上《しゅじょう》は、この中宮の御腹《おんはら》から、皇子の誕生をのぞまれ、当時、効験《こうげん》あらたかな僧として知られた三井寺《みいでら》の頼豪阿闍梨《らいごうあじゃり》を召し、「そちは賢子の腹に、皇子誕生あるよう祈り申せ。願成就《じょうじゅ》せば、褒美《ほうび》は望み次第にとらせるぞ」と仰《おお》せになる。かしこまり承《うけたまわ》って頼豪は、三井寺へ帰り、肝胆《かんたん》を砕《くだ》いて祈ったので、まもなく中宮は御懐妊になり、承保《しょうほう》元年〔一〇七四〕十二月十六日御安産、皇子がお生まれになった。主上の喜びはひととおりでなく、さっそく頼豪阿闍梨を禁中《きんちゅう》へ召して、「さて、そちの望みは何か」と仰せられたので、頼豪は、三井寺に戒壇建立《かいだんこんりゅう》の儀を奏聞《そうもん》におよんだ。

「ひととびに僧正《そうじょう》任命のことなど申すかと思ったが、これは思いもよらぬ所望《しょもう》である。しかしながら、皇子誕生ありて、皇位をつがしむるも、海内《かいだい》〔国内〕の平穏を願うがためである。いま、そちの望みにまかせ、三井寺に戒壇を設けるならば、山門が憤《いきどお》って世の中が無事に治まるまい。両寺合戦におよべば、仏道の破滅となろう」

主上はそう仰せられて、頼豪の望みをお許しにならなかった。頼豪は、無念なりと三井寺に帰り、断食して死のうとした。

　主上は大いに驚き、そのころはまだ美作守《みまさかのかみ》と言われていた江帥《ごうそつ》〔大江〕匡房《まさふさの》卿《きょう》を召して、「そちと頼豪とは、寺僧檀那《だんな》の契《ちぎ》りにある。行ってなだめてみよ」と仰せになった。匡房卿はかしこまり承って、さっそく三井寺へ行き、頼豪阿闍梨の宿房に出向き、勅旨《ちょくし》の次第を言いふくめようとしたが、頼豪は、護摩《ごま》の煙の濛々《もうもう》とふすぶる持仏堂《じぶつどう》に閉じこもっていて、恐ろしい声で、「天子には戯《たわむ》れの言葉はない。綸言《りんげん》汗のごとし(43)と承っている。こればかりの望みがかなわぬならば、わが祈り出し奉った皇子である、とりかえして魔道へ行かん」と言って、ついに対面しなかった。美作守が帰って、このことを奏上すると、主上はひとかたならずお嘆《なげ》きになった。頼豪はついに飢え死にした。まもなく皇子は御病気になったので、いろいろ祈禱《きとう》が行なわれたが、いっこうききめが見えなかった。白髪の老僧が錫杖《しゃくじょう》をついて、絶えず皇子の枕もとにたたずんでいる夢を見た者あり、また現《うつつ》に立ち現われたともいう、恐ろしいというどころの沙汰《さた》ではない。

承暦《しょうりゃく》元年〔一〇七七〕八月六日、皇子は御齢《おんとし》四歳で、ついにおかくれになった。敦文《あつふん》親王とはこの方である。主上はひとかたならずお嘆きになり、そのころ山門に有験《うげん》の僧として聞こえた西塔《さいとう》の座主《ざす》良真《りょうしん》大僧正、当時はまだ円融《えんゆう》坊《ぼう》の僧都《そうず》と呼ばれていた方を、禁中に召して、これはどうしたことであろうと御下問《かもん》になると、僧都は、

「かような御願《ごがん》は常《つね》に、わが山すなわち叡山《えいさん》の力により成就《じょうじゅ》するものでございます。九条右大臣《くじょうのうだいじん》〔藤原師輔《ふじわらのもろすけ》〕も、慈恵《じけい》大僧正に御契《おんちぎ》り申されたればこそ、冷泉院《れいぜいいん》の皇子が御生まれになりました。たやすい御事でございます」

と答え、叡山《えいさん》へ帰り、百日の間、肝胆《かんたん》を砕いて祈禱すると、中宮はやがて、百日のうちに御懐妊になり、承暦三年七月九日、御産平安、皇子がお生まれになった。この皇子がのちの堀河《ほりかわ》天皇である。怨霊《おんりょう》は、昔もこのように恐ろしかったものである。このたびは、かくもめでたい御産に、非常の大赦《たいしゃ》が行なわれたのであるが、俊寛僧都《しゅんかんそうず》はただ一人、ゆるしがなかったのは気の毒であった。同じ治承《じしょう》二年〔一一七八〕十二月八日、皇子は皇太子に立たれた。東宮傅《とうぐうふ》には小《こ》

松内大臣《まつないだいじん》、東宮大夫《だいぶ》には池中納言頼盛《いけのちゅうなごんよりもり》卿が任ぜられた。そのうち今年も暮れて、治承三年になった。

少将都帰《しょうしょう》り

治承《じしょう》三年〔一一七九〕正月下旬に、丹波少将成経《たんばのなりつね》は、肥前《ひぜん》の国鹿瀬《かせ》の庄《しょう》をたって、都へと急いだが、余寒なおきびしく、海もひどく荒れたので、浦伝い島伝いに行きなずみながら、二月十日ごろに、ようやく備前《びぜん》の児島《こじま》に着いた。それより父大納言《だいなごん》が在世中おられた有木《ありき》の別所《べっしょ》とかをたずねてみたが、竹の柱、古びた襖《ふすま》などに書きのこしてある戯《たわむ》れ書《が》きを見て、「ああ人の形見は、筆跡にまさるものはない。こうして書き置いてくださらねば、見ることはできなかったであろう」と、少将は康頼入道《やすよりにゅうどう》と二人で、読んでは泣き、泣いては読んだ。「安元《あんげん》三年〔一一七七〕七月二十日出家、同じき二十六日信俊《のぶとしげ》下向《こう》」とも書かれてあった。これによって源左衛門尉《げんざえもんのじょう》信俊がたずね参ったことも知られた。かたわらの壁には、「三尊来迎便《らいごうたより》あり、九品往生《くほんおうじょう》疑いなし」とも書かれてある。この形見を見て「さすがに極楽往生を求める望みもあらせられたのだろう」と、限りなき悲嘆の中にも、ややたのもしげに言うのであった。墓をたずねると、松が一むらある中に、ことさら壇を築くではなく、すこしばかり土が高くなっている。その墓に向かうと少将は袖《そで》をかき合わせて、生きている人に対するがごとく、泣く泣くかきくどいた。

「さきに備前へ流されたまいしことは、島でかすかに伝え承《うけたまわ》りましたが、心にまかせぬ流罪《るざい》の身なれば、急ぎ参ることもかなわず、さて成経がかの島に流されてのちは、たよる所もなく、一日片時の間とて長らえる命をありがたく思い、どうにか露《つゆ》の命も消えやらず二年の月日を過ごしましたが、はからずもこのたび赦免《しゃめん》に会い、召しかえさるるよろこばしさはさることながら、父大納言殿の現在この世にいますを見るならば、これまで命長らえたかいもありましょうに。今日までは、早う父君にまみえんとて道も急がれましたが、今よりのちは急ぎ上洛《じょうらく》しとうもござりませぬ」

まことに存命中ならば、父大納言が、いかにと声もかけたであろうが、幽明《ゆうめい》所《ところ》を隔《へだ》てたことほど恨《うら》めしいものはない。苔《こけ》にうもれた墓の下ではだれも答えるものはない。声するものはただ風に騒ぐ松の音ばかりである。

その夜は康頼入道と二人で、夜もすがら墓のまわりを歩いて誦経《ずきょう》し、明けると新しく壇を築き、柵をめぐらし、墓前に仮小屋を造って、七日七夜の間念仏をとなえ、経を写して、満願の日には大きな卒都婆《そとば》を立てて、「過去精霊《かこしょうりょう》、出離生死《しゅつりしょうじ》、証大菩提《しょうだいぼだい》」と書いて、年号月日の下に、「孝子《こうし》成経《なりつね》」と書いた。これを見て、山間僻地《へきち》の卑賤《ひせん》なる者も、子にまさる宝はないと、袖をぬらさぬ者はなかった。年月が去りまた来《きた》り改まるとも、忘れ得ぬは、父母に養育せられた旧《ふる》い恩、いま思えば夢か幻のようである。尽きぬものは、昔を恋い慕《した》う今の涙である。少将のこの心を、三世十方（現在・過去・未来の三世と、十のすべての方向。すなわち全世界）の仏の御弟子もあわれみになり、亡き父の霊魂も、いかばかりうれしく思ったことであろう。「いましばらくここにとどまって、念仏をなし、香を摘《つ》み焚《た》きて祈念しとうぞんじますが、都で待っている妻子なども、さぞかし心づかいしておりましょう。また承りましょう」と、亡父の霊にいとまをつげ、泣く泣くそこを出立《しゅったつ》した。草葉の陰でも、なごり惜しく思ったであろう。

三月十六日に、少将は鳥羽《とば》へ、まだ明るいうちに到着した。亡父大納言の山荘が、洲浜殿《すはまどの》といって鳥羽にある。立ち寄ってみると、住む人もないままに荒れ果てて、年ふり、築地《ついじ》〔屋根のついた土壁〕はあっても屋根はなく、門はあっても扉はない。庭にはいってみると、人跡《じんせき》絶えて苔《こけ》深くむし、池のあたりを見渡せば、秋の山と名づけた築山《つきやま》に吹く春風に、白波が立ってしきりに寄せかけ、紫鴛白鷗《しえんはくおう》が遊泳するばかりである。むかし、この景色をめで興《きょう》じた、いまは亡き父の恋しさに、尽きせぬ涙を流すのであった。家はあれども、欄門《らんもん》〔すかしのある門〕はこわれ、蔀《しとみ》〔格子に板を張った戸〕も遣戸《やりど》〔引き戸〕もない。「ここには大納言殿がつねづね居《お》られた床があったのであろう、また、この妻戸《つまど》〔部屋の隅の両開きの戸〕をば、このように、いま私が出入するがごとくに出入せられたことであろう、また、あの木は、みずから手を下して植えられたのであろう……」などと、見るものにつけて物言うは、ただ故父を恋い慕う言葉ばかりである。三月十六日のことであるから、桜の花はまだいくらか残っている。楊《やなぎ》や梅や桃や李《すもも》のこずえは、季節を知り顔に妍《けん》を競っている。昔ありし主人は今はないのだが、春を忘れぬ花である。少将は花の下に立ちよって、

桃李《たうり》不レ言《ものいはず》春《はる》幾《いくばくか》暮《くれぬる》、煙霞《えんか》無レ跡《あとなし》昔《むかし》誰《たれか》栖《すみけん》(44)

故郷《ふるさと》の花のものいふ世なりせば
　いかにむかしのことを問はまし

この古い詩歌《しいか》を口ずさむと、康頼《やすより》入道も、おりがおりだけに哀れに感じて、墨染《すみぞめ》の袖《そで》をぬらした。日が暮れるまではといって日暮れを待っていたが、あまりになごり惜しいまま、夜がふけるまでそこにいた。夜がふけゆくにつれ、荒れたる住居《すまい》の常《つね》として、古い軒《のき》のすきまから漏《も》れさす月の光は、明るくさえている。鶏籠《けいろう》の山は明けかかったが〔鶏籠山は中国の山で、この一句は紀斉名《きのただな》の古詩を引いた修辞〕、家路を急ぐ気がしない。しかしいつまでもそうしてはおれない

ので、また家の者が迎えの乗り物などつかわして待っているであろうに、こうしているのも心ないことと、少将は泣く泣く洲浜殿を出て、都へ帰った。一行の心中は、うれしくもあり、かなしくもあっただろう。康頼入道の迎えにも車が来ていたが、いまになって別の乗り物に乗るのはなごり惜しいといって、それには乗らず、少将の車のしりに乗って、七条河原まで行き、そこから別れたが、なおもなごり惜しさに別れ行くことができなかった。

花の下にたまたま出会って半日遊んだ客、月の前に一夜をともに明かしただけの友、旅人が一夕《ひと》立の過ぎ行く間を同じ木陰に立ち寄って雨宿りしただけの縁でさえ、別れるということはなごり惜しいものである。ましてこれは、心憂《う》き島の住まい、船の中、波の上など、同じ宿業《しゅくごう》で結ばれ同じ報《むく》いを受けてきた身であるから、前世の縁も浅からず思ったことであろう。少将の母上は洛東《らくとう》の鷲尾《わしお》にいらしたが、昨日から門脇宰相《かどわきのさいしょう》 教盛《のりもり》の邸《やしき》へ来て少将を待っていた。少将がはいって来る姿を一目見ると、「命あれば」とひと言——命あればこうして面会もかないました、というつもりが、感きわまってあとは言葉にならず、衣《ころも》をひきかぶって伏《ふ》した。北《きた》の方《かた》は、すぐれて容貌《みめ》美しく、はなやかな方であったが、夫成経《なりつね》少将と別れてからの苦しい限りなき思いに、からだもやつれ色も黒くなり、その人とも見えぬ変わりよう。乳母《うば》六条《ろくじょう》の黒かった髪もすっかり白くなっている。少将が流されたとき、三歳で別れた幼い子も、いまは大きくなり、もう髪を結《ゆ》うほどになっている。そのそばに、三つばかりの幼児がいるのを、少将が、「あれはたれか」と尋ねると、六条が、「これこそ」と言っただけで袖を顔に押しあてた。それでは自分が流されたとき、妻が気分悪そうな様子をしていたが、その後さわりもなく吾子《あこ》出産、このように育ったのか、とその時のことを思い出すだに悲しかった。少将はもとのように院に出仕して、宰相の中将まで昇進した。康頼入道は、東山《ひがしやま》の双林寺《そうりんじ》に、自分の山荘があったので、そこにおちついて、つぎのように詠《よ》んだ。

ふるさとの軒《のき》の板間に苔《こけ》むして
　思ひしほどは洩《も》らぬ月かな

そのままそこに閉じこもり、苦しかった昔を思い出しながら、宝物集《ほうぶつしゅう》(45)という物語を書いたということである。

有《あり》王《おう》

さて、鬼界《きかい》が島《しま》の三人の流人《るにん》のうち、二人はゆるされて都へ帰った。ただひとり俊寛《しゅんかん》だけが取り残され、心憂《う》き孤島の島もりとなったのは哀《あわ》れであった。都には僧都《そうず》が幼い時からかわいがって使っていた童《わらべ》がいた。名は有王《ありおう》といった。有王は、鬼界が島の流人が今日、都へ帰ってくるという噂《うわさ》を聞き、鳥羽《とば》まで迎えに行ったが、主人の姿が見えない。どうしたのであろう、と尋ねると、「その人は、まだ罪が重いといって、ひとりだけ島に残された」という。すっかり気を落とした有王は、それからというもの、いつも六波羅《ろくはら》あたりにたたずんで様子を探っていたが、いつゆるされるとも聞き出さぬので、ある日、俊寛の娘が人目を避けて隠れ住んでいるところをたずね、「このたびの御赦免《ごしゃめん》にも漏《も》れなすって、お帰りになられませぬからには、いまはどのようにもして、かの島へ渡り、御《おん》行くえをたずねたいとぞんじます。お文《ふみ》をいただいて参りとうぞんじます」と言った。俊寛の娘はひとかたならず喜んで、さっそく手紙を書いて有王に渡した。有王は、いとまを願っても、よもや許しはしまいと、両親にも打ち明けず、唐通《もろこしがよ》いの船は、四月、五月に出帆《しゅっぱん》するので、夏になったのではおそいと思ったのか、三月の末に都を立ち、長い海路を苦心のすえ、薩摩潟《さつまがた》へたどり着いた。

薩摩から鬼界が島へ渡る港で、人々にあやしまれ、着物をはぎとられたりしたが、有王は、すこしも後悔しなかった。ただ姫君の手紙だけは、人に見せまいとして、髻結《もとゆい》の中に隠しておいた。やがて商人の船に乗って鬼界が島へ渡ってみると、都でうすうす噂《うわさ》に聞いていた話どころではない。田もなく、畑もなく、里もなく、村もない。人間は住んでいるが言葉は通じない。しかし有王は島の人に、「お尋ねします」と問いかけてみた。「なにか」と答えた。「この島に都から流されたもうた法勝寺《ほっしょうじ》の執行《しゅぎょう》俊寛僧都と申すかたの行くえを、ごぞんじありますまいか」

法勝寺とか、執行とかいう言葉を知っていれば、なんとか返事をしたであろうが、ただ頭を振って、「知らぬ」と言う。ところが、そのうちに言葉のわかる者が一人いて、「それらしい人は三人いたが、二人は召しかえされて都へ上った。もう一人はあとに残されて、ここかしことさまよい歩いていたが、はてその後の行くえも知れぬ」

もしかしたら、山の中でもさまよっているのではないかと、奥深く山路に分け入り、峰によじのぼり、谷にくだってみたが、白雲空《むな》しく足跡を埋めて、往来の道もさだかでない。青嵐《せいらん》〔青葉のころに吹く風〕夢を破って、主君のおもかげを夢にも見ることができぬ。山ではついにめぐり会うことができず、海辺へ引き返して尋ねてみたが、砂上に足跡をきざむ鷗《かもめ》と、沖の白洲《しらす》に集まる浜千鳥《はまちどり》のほかには、何一つ見当たらない。

ある朝、磯《いそ》のほうから、蜻蛉《かげろう》のようにやせ衰《おとろ》えた者が一人、よろよろとよろけながら歩いてきた。もとは法師であったと見え、髪は天に向かってはえ上がり、それにいろいろの藻屑《もくず》がついて、まるで荊《いばら》をかぶったような風体《ふうてい》。ふしぶしの骨が現われて、皮膚はたるみ、からだにつけているものは、絹とも木綿《もめん》とも見分けがつかない。片手に荒海布《あらめ》を持ち、片手には漁師からもらった魚を持ち、歩いてはいるようだが、いっこうにはかどらず、よろよろとよろめいている。有王は、都で多くの乞食《こつじき》を見たが、こんなのはまだ見たことがなかった。「諸阿修羅等居在大海辺《しょあしゅらとうこざいだいかいへん》」と言って、修羅《しゅら》の三悪四趣〔修羅がいるとされる三つ、あるいは四つの悪道（悪趣とも）の意〕は、深山や大海のほとりにある、と仏説にあることから考えると、もしかすると道をあやまって餓鬼道《がきどう》〔三悪四趣の一つ〕へ迷いこんだのではあるまいかと思われる。そのうちに、二人はだんだん近づいた。もしや、このような者でも、主人の行くえを知っているかもしれぬ、と思ったので、「お尋ねします」と声をかけると、「なんじゃ」と答える。「ここに、都から流されたもうた法勝寺の執行、俊寛僧都と申す方はいなさらぬか」有王は僧都を見忘れたが、どうして僧都は忘れよう。「われこそ俊寛じゃ」と言いもあえず、手にした物を投げ捨てて、どっとばかりに砂の上に倒れ伏《ふ》した。そこで有王は、初めて主人の行くえを知ったのであった。有王は気の遠くなった僧都を膝《ひざ》にかかえて、「はるばると波路を越えて、ここまで参ったかいもなく、なぜにすぐさまこのような悲しい目をお見せなさりまする……」と、さめざめとかきくどくと、僧都もすこし人ごこちがついて、有王にたすけ起こされながら、「ほんとうに遠い波路をしのいで、はるばるとここまでたずねてきてくれたよのう。明けても暮れても都のことばかり思うていたゆえ、恋しい者どもの面影は、夢に見ることもあれば、幻となって現われることもあった。からだがこのように弱ってからは、夢とも現《うつつ》ともわからなくなってしまった。さればそなたが来たのも、夢としか思われぬ。もしこれが夢だったら、さめたらどうしようぞ」

「いえいえ、これは現でござりまする。それにしてもこのありさまで、よくも今まで御存命あられましたなあ。まことにふしぎに思われます」

「いやそのことだ。去年、少将や判官入道《はんがんにゅうどう》の迎えのとき、ひと思いに身を投げて死のうと思ったが、『もう一度、都のおとずれを待て』という、よしない少将の慰《なぐさ》めを、愚かにも、もしやと空頼《からだの》みしながら生きながらえる気になったもののの、この島は食い物といっても何もない所で、からだに力のあったころは、山にのぼって硫黄《いおう》というものをとり、九州から通ってくる商人に会って、食物に換えたりしていたが、日増しにからだが弱っていくので、今はさような業《わざ》もできず、かように日ののどかな時は、磯に出て、網人《あみうど》や釣人《つりうど》に手を合わせ、膝《ひざ》を曲げて魚をもらい、潮干《しおひ》のときは貝を拾ったり、荒海布《あらめ》をとったりして、そんな磯の苔《こけ》のようなもので、やっとはかない命をつないできた。そうでもしなければ、憂《う》き世《よ》を渡る手だてはなかったと思う」

僧都は、さらに、

「何もかも話したいが、ひとまずわが家へ」

と言う。こんなありさまで、家を持っておられるとは、とふしぎに思いながら、有王は僧都を肩に負い、教えられるままに歩いて行くと、松の木が一むらはえているなかに、海岸で拾った寄り竹を柱に、蘆《あし》を束ねて桁《けた》や梁《はり》のかわりに渡し、上にも下にも松の葉をぎっしりとつめてあるだけの小屋、とうてい雨風を防げそうにも見えなかった。

有王は、ああ昔は法勝寺《ほっしょうじ》の寺務職《じむしき》として、八十余カ所の荘園の事務をつかさどり、棟門《むねかど》、平門《ひらかど》〔それぞれ、屋根が棟型、平らな型の門〕のなかで、四、五百人の従者眷族《けんぞく》に取り囲まれていた方が、いま目の前で、このような憂き目を見ていようとは、なんというふしぎなことであろう。人間の業《わざ》にもいろいろある。順現業《じゅんげんごう》、順生業《じゅんしょうごう》、順後業《じゅんごごう》と呼ばれているが、僧都が一生涯のあいだ身に用いた物と言えば、一つとして大伽藍《だいがらん》の寺物《じもつ》、仏物《ぶつもつ》でないものはない。したがってこれは僧都が、信者の布施《ふせ》を受けながら、修行につとめなかった信施無慚《しんぜむざん》の罪によって、早くも、この世でその報《むく》いを受けているのだ、と思うのであった。

僧都《そうず》死去

僧都《そうず》は、現《うつつ》であると意識して心をおちつけ、「去年、少将《しょうしょう》や判官入道《はんがんにゅうどう》の迎えがきた時も、この俊寛《しゅんかん》だけには赦免《しゃめん》の文《ふみ》がなかった。こんどもそなたが来たのに、赦免せらるということを言わぬが残念」と言う。有王《ありおう》は涙にむせび、うつむき、しばらくは返事もできずにいたが、ようやく頭をあげ、涙をおさえながら、言うには、「あなたさまが西八条へお出かけになりますと、すぐに役人が参って、家財道具を没収し、おうちのかたがたをからめ取り、謀反《むほん》の次第を問いただして皆殺してしまいました。奥方様はお子様をお隠しになるのに難渋《なんじゅう》なされ、鞍馬《くらま》の奥に忍んでおいでになりました。わたくしだけ、ときどき参ってお仕《つか》え申しましたが、皆様のお嘆《なげ》きは、はたで見るのも辛《つろ》うございました。なかでも幼いお方は、たいそうあなたさまをお慕《した》いなされて、お伺《うかが》いするたびに、『やあ有王よ、われを鬼界《きかい》が島《しま》とやらへつれていけ』と、申されむずかられましたが、さる二月、疱瘡《ほうそう》と申す病気でお亡くなりになりました。奥方さまは、そのお嘆《なげ》きやら、あなたさまのことやらで、ひとかたならぬ御《おん》物思いに沈ませられ、床《とこ》に就《つ》かれましたが、さる三月の二日に、とうとう亡くなられました。ここ今は姫君がただおひとり、奈良の伯母御前《おばごぜん》のもとにお忍びでございます。ここに姫君からのお文《ふみ》をいただいて参りました」有王は手紙を取り出して、僧都に差し出した。開いてみると、有王が申すとおりが書かれてある。終わりに、「三人流されて、二人は召しかえされましたのに、どうして父上ばかり一人残されて、いまだにおかえりあそばさないのですか。ああ、貴賤《きせん》を問わず女の身ほどせんのないものはございませぬ。もし男の身であれば父上のおいでになるその島へ、参らずにはおりませぬものを。この有王をお供に、急いでおかえりなさいませ」と、書いてあった。「これを見よ、有王。なんというあどけない文の書きようだ。そちを供にして、急いでかえれと書いてあるのが恨《うら》めしい。思うにまかせる身であればなんじょう〔どうして〕この島にて三年の春秋を過ごそうぞ。今年はもう十二になると思うが、これほどにあどけなきことでは、いかでか人と交わり、宮仕《みやづか》えをもして、わが身を助けゆかれようぞ」と言って泣いた。「人の親の心は闇《やみ》にあらねども、子を思ふ道にまどひぬるかな」(46)という歌の意味が、しみじみ有王にはわかったような気がした。「この島へ流されてからは、暦《こよみ》もないので月日のたつのもわからず、ただおのずと花が散り、葉が落ちるのを見ては三年の春秋を知り、蟬《せみ》の声が麦秋《ばくしゅう》を送れば、夏と思い、雪がつもると冬と知る。月の満ち欠けを見ては三十日《みそか》とわきまえ、指を折ってかぞうれば、今年は六つになると思っていた子どもも、はや先立ってしもうたか。西八条へ出かけた時、あの子がついて行きたいと慕うのを、すぐ帰るからと、なだめて出たのが、たった今のような気がするぞ。あれが今生《こんじょう》の見納めだとわかっていたら、もうすこしゆっくりあの子の顔を見ておくのだったのに。親子となり夫婦となるのも皆、この世一代だけの契《ちぎ》りではない。今は姫のことばかり心にかかるが、生きているからには、嘆きながらもなんとか過ごしてゆくであろう。俊寛このうえいつまでも生きながらえて、そちに苦労をさせるのも、自分ながら情け知らずというものであろう」僧都はそう言うと、みずから絶食し、ひたすら阿弥陀仏《あみだぶつ》の御名《みな》を唱《とな》え、臨終に心を乱さず平生の志念《しねん》変わりなきよう祈った。有王が島に渡って、二十三日目に、僧都はその庵《いおり》の中で生涯を閉じた。齢《とし》三十七歳ということであった。有王は遺骸《なきがら》に取りすがり、天を仰ぎ地に伏《ふ》して、心ゆくまで泣き飽きると、「このまま、あの世へ御供《おとも》つかまつるべきでございますが、もはやこの世には姫君がただお一人おいでになるだけで、ほかには、あなたさまの後世《ごせ》を弔《とぶら》う者もおりませぬ。わたくしは、しばらく生きながらえて、菩提《ぼだい》をとむらい申しあげましょう」と、臥所《ふしど》の寝床を改めかえ、庵を切りこわして、松の枯れ枝や蘆《あし》の枯葉をすきもなく屍《かばね》にとりかけて、藻塩《もしお》の煙〔塩を採るために海藻を焼く煙。ここでは修辞〕としたのである。火葬がすむと、有王は、白骨を拾ってそれを首にかけ、ふたたび商人の船便を待って九州に着いた。それから有王は俊寛の娘の隠れ家をおとずれて、一部始終を、こまごまと話した。

「なまじ文をごらんになったばかりに、かえって物思いがお増しになったようでした。かの島には硯《すずり》も紙もございませぬゆえ、お返事をお書きになることもかなわず、いろいろおぼしめされたことも、そのまま、胸におさめてお亡くなりになりました。今となってはいくたびこの世に生まれかわりましょうとも、もはや、御声を聞き、御姿を見ることはできませぬ。このうえは、いかにもして、菩提をお弔いなさいませ」と有王が言うと、姫君は聞きもあえず打ち伏して泣く。この姫君が、まもなく十二歳で尼になり、奈良の法華寺《ほっけじ》で、りっぱに修行して、父母の後世をとぶらったことは、いかにもあわれであった。有王は俊寛僧都の遺骨を首にかけて、高野山《こうやさん》にのぼり、奥の院に納めて、蓮華谷《れんげだに》で法師になり、諸国七道を行脚《あんぎゃ》して主人の後世をとぶらった。このように人々の怨《えん》嗟《さ》の積もり重なる平家の前途は、思うだに寒心《かんしん》にたえない〔肝を冷やす〕。

飈《つむじ》風《かぜ》

治承《じしょう》三年〔一一七九。ただし、史実は翌年〕五月十二日の正午ごろ、京中に飈《つむじ》風《かぜ》がひどく吹き、人家が多数倒壊した。風は中御門《なかのみかど》、京極《きょうごく》から吹き起こって西南に向かい、棟門《むねかど》や平門《ひらかど》を吹き上げて、四、五町から十町〔約四四〇〜一一〇〇メートル〕あまりも運び、家々の桁《けた》、長押《なげし》、柱などが空高く飛び散って、板などは、さながら木枯らしに乱れ散る落葉のよう。おびただしく鳴りどよむ音は、地獄の業風《ごうふう》もこれにまさるとは思われない。家屋が破損するばかりでなく、命を失う者も多い。斃《へい》死《し》する牛馬のたぐいは、数が知れない。これはただごとではない。御占《みうらな》いあるべし、というので、神祇官《じんぎかん》で御占いがあった。「これより百日の間、高禄《こうろく》の重臣は謹慎すべきこと。別しては天下の重大事あり。仏法、王法ともに傾き、兵乱あいついで起こるべし」というのが、ひとしく神祇官と陰陽寮《おんようりょう》の占いであった。

医師問答

同じ年の夏ごろ、小松《こまつ》の大臣《おとど》は、そのようなことをいろいろ耳にして、万事につけて心細く思われたのか、熊野《くまの》へ参詣《さんけい》になり、本宮《ほんぐう》の証誠殿《しょうじょうでん》の神前で、静かに心を仏に帰し、夜もすがらつつしみ申した。

「父入道相国《にゅうどうしょうこく》の有体《ありてい》を見るに、悪逆無道にして、ややもすれば君を悩まし奉《たてまつ》る。その所行を見るに、父一代の栄華《えいが》さえおぼつかのうぞんぜられる。重《しげ》盛《もり》、長子としてしきりに諫言《かんげん》すれども、身の不肖《ふしょう》ゆえ、父は心に留《とど》めてくれませぬ。子々孫々まで繁栄をつづけて親を顕《あら》わし、おのが名を揚《あ》げるは難事とおぼえます。この時にあたって、重盛かりそめにも考えまするになまじこの世に伍《ご》して、世間なみに浮き沈みいたしおりまするは、必ずしも良臣孝子を尽くさんとするものの道にあらず、むしろ名誉を避け、世をのがれて、浮世の望みを投げすて、来世の菩《ぼ》提《だい》を求めるにしかず、と。ただし、凡夫《ぼんぷ》〔まだ悟りをひらいてない者〕の悲しさは是《ぜ》非《ひ》の判断に苦しみ迷い、なかなかこの志《こころざし》を貫くこともできませぬ。南無《なむ》権現《ごんげん》、金剛童子《こんごうどうじ》よ、願わくば、子孫繁栄し、ながく朝廷に仕《つか》えることができますものならばなにとぞ父入道の悪心をやわらげ、天下の安全を得せしめたまえ。もしまた栄耀《えいよう》は一代かぎりにて、子孫にいたりて零落《れいらく》して恥を見るべしとのことならば、願わくば重盛の命をちぢめて、来世の、輪廻《りんね》の苦しみからわれを救いたまえ。この二つの願い。ひとえに御加護を願いたてまつる」

と、精根をつくして祈念すると、燈籠《とうろう》の火のようなものが、大臣《おとど》のからだから出て、はっと消えるように見えなくなった。それを見た者はおおぜいいたが、恐れてだれも口に出さなかった。

大臣下向《げこう》の途中岩田川《いわだがわ》を渡ったおり、嫡子権亮少将維盛《ちゃくしごんのすけじょうしょうこれもり》以下の公達《きんだち》が、白い狩衣《かりぎぬ》の下に薄紫の着物を着て、夏のことであったから、なにげなく川の水に戯《たわむ》れたところ、浄衣《じょうえ》がぬれて、下の着物の色がうつり、あたかも喪服《もふく》のように見えたのを、筑後守貞能《ちくごのかみさだよし》が見とがめ、

「なんたることか、あの御浄衣の色は、世にも不吉にお見えになります。さっそくお召し替えになったがよろしいかとぞんじます」

と、申しあげると、大臣は、

「さてはわが所願すでに成就《じょうじゅ》したるか。しいてその浄衣は改めるでない」

と、岩田川から熊野神社へ、とくに喜びの幣帛《へいはく》〔供物や御幣《ごへい》〕を奉った。人々はふしぎに思ったが、その真意はわからなかった。ところがまもなく、この公達はほんとうの喪服を着るようになったからふしぎである。その後、小松の大

臣は、帰京後数日を経《へ》ないで病気になられた。権現すでに願いの筋を聞き届けたもうた、と治療もせず、まして祈禱《きとう》もなさらない。

ちょうどそのころ、宋《そう》からすぐれた名医が渡来、本朝に滞在していた。入道相国は、福原《ふくはら》の別荘にいたが、越中《えっちゅう》の前司《ぜんじ》〔前任国司〕盛俊《もりとし》を使者として、小松殿へ、「病気がますます悪化の由《よし》うわさに聞くが、宋国の名医がおりよく来朝している。ちょうど幸いである。召し請《しょう》じて療治をするがよい」と言いつかわしたので、小松殿は、看護の者に助け起こされ、盛俊を召して対面した。

「まず医療のことは、かしこまってお受け申すと返事あれ。しかし、そなたもよく聞け。延喜《えんぎ》の帝《みかど》〔醍醐《だいご》天皇のこと〕は、あれほどの賢王でいらせられたが、異国の人相見を都にお入れになったことは、末代までも賢王の御誤《おんあやま》り、本朝の恥であったと、物の本に書かれてある。いわんや重盛ほどの凡人が、異国の医師を都に召し入れることは、まさしく国の恥ではあるまいか。漢の高祖《こうそ》は、三尺〔約九〇センチ〕の剣をひっさげて天下を治めたが、淮南《わいなん》の黥布《げいふ》を討《う》った時、流れ矢にあたって傷を受けた。后《きさき》の呂太后《りょたいこう》が良医をよんでみせたところが、医師は、『この傷はなおります。ただし五十斤《きん》の金《きん》を賜《たま》わりませ』と言った。すると高祖は、『わが守備の強かりし間は、多くの戦いに出て手傷を負ったこともあったが、さほど痛みを感じたことはなかった。これほどの傷に苦しむのは、運が尽きたしるしであろう。命《めい》は則《すなわ》ち天にあり。たとえ扁鵲《へんじゃく》のごとき名医たりともなんの役に立とう。しかし、断われば、金《きん》を惜しむと思われよう』とて、五十斤の金を医師に与えながら、ついに治療を受けなかった。この高祖の言葉が、まだ耳に残っているが、いまもって道理のことと感心している。かりそめにも重盛、公卿《くぎょう》の座につらなり、大臣《だいじん》に昇るを得たのも、考えれば、すべて天意である。天意を察せずして、医療に骨を折ったとて何になろう。この病《やまい》がもし前世より定められた業報《ごうほう》であったとしたなれば、医療を加えたとてなんの益があろう。また業報でないとすれば療治をせずとも助かるであろう。かの耆婆《ぎば》のごとき名医ですら、医術およばず、釈尊は抜提河《ばつだいが》のほとりで入滅《にゅうめつ》せられた。これすなわち、定業《じょうごう》の病は治らぬ、ということを釈尊《しゃくそん》みずからお示しになるためであった。治《じ》するものはただの人ならぬ仏体であり、療治するのは尋常ならぬ名医である。定業がもし医療によって動かし得るものならば、なんじょう釈尊の入滅があろう。定業をなおし得ないことは明らかである。まして重盛の身は仏体でなく、来朝の名医もまた耆婆《ぎば》におよぶはずがない。たとえ四部《しぶ》の書〔中国の四つの医書〕を読み、百の治療に長じていようともどのように生滅無常《しょうめつむじょう》のこの凡夫のからだを療治することができよう。たとえ五経〔中国の五つの医書。素問経と難経は「四部の書」に重なる〕の説に通じて万病をなおすといっても、どうして前世の業病《ごうびょう》をなおしえよう。もしも宋医の医術によって命が助かったとすればわが国の医道は無きにひとしいことになろう。もし宋医すら、なおし得ないとすれば、会うことも無益だ。ことに日本の大臣の身をもって異朝流浪の来客にまみえることは、国の恥であり、政道の衰《おとろ》えを示すものである。たとえ重盛は一命を失うとも、いかでか国の恥を思う心のなかろうぞ。父入道にこの由《よし》を申せ」

盛俊《もりとし》は泣く泣く福原にはせ帰り、この由を申しあげると、清盛《きよもり》は、

「これほどに国の恥を思う大臣は、上古にも聞かぬ。まして末代にあろうとも

思われぬ。日本には不相応な大臣であるから、いかにもこんどは助かるまい」と言って、急いで都へのぼった。

七月二十八日、小松殿は出家になり、法名を浄蓮《じょうれん》とつけられた。八月一日、臨終にあってもすこしも心を乱さず、ついに亡くなった。御年《おんとし》四十三、まだ男ざかりの年輩であったが、気の毒なことであった。入道相国が、あれほど横紙《よこがみ》やぶりの気ままをしても、この大臣がいて、いろいろなだめさとしたからこそ、世は今日まで平穏であった。今後、天下にいかなる珍事が起こるであろうかと、上下を問わずみな嘆《なげ》きあった。ただ、前右大将宗盛《さきのうだいしょうむねもり》卿《のきょう》の身内の人々だけが、天下は今こそ大将殿の手に帰するであろうと喜んだ。親の心は、愚かな子が先立っても悲しいものである。いわんや大臣は当家の棟梁《とうりょう》、当世の賢人であったのだから、恩愛の別れ、一家の衰微は、悲しんでもなおお余りあることである。世間は良臣を失ったことを嘆き、平家の心ある者は、武威《ぶい》の衰えたことを悲しんだ。まことに、この大臣は、人柄がりっぱで、忠心あつく、才能技芸人にすぐれて、弁舌、徳行兼備の人ではあった。

無《む》文《もん》

天性この小松《こまつ》の大臣《おとど》という人、常人と異なりふしぎの多い方で、来年のことまで、あらかじめ悟られたものか、さる四月七日の夢に見られたことは、いかにもふしぎなことであった。ある海辺の道をどこまでも歩いて行くと、道ばたに大きな鳥居《とりい》があった。「あれはどこの鳥居であろうか」と夢の中で大臣がそばの者に尋ねると、「春日《かすが》大明神の御《おん》鳥居でございます」と答える。そこには人がおおぜい集まっていた。そのなかから大きな法師《ほうし》の首を太刀《たち》のさきに突き刺し、高々とさし上げているのを見て、「あれはだれの首か」ときくと、「平家の太政入道殿《だいじょうにゅうどうどの》の御首であります。あまりにも悪行《あくぎょう》の度を過ごされたので、春日大明神がお召し取りになったのでございます」と言うのを聞いて、夢からさめた。「当家は、保元《ほうげん》、平治《へいじ》このかた、たびたびの朝敵を討《う》ち平らげて、恩賞身にあまるほどである。恐れ多くも天子の外祖父として太政大臣《だいじょうだいじん》にまでのぼり、一族の昇進したもの六十余人、二十余年のこのかた、官位天下に比肩《ひけん》する者のないありさまであるが、さては入道の悪行が度を越えたるため、当家の運命も、はや尽きようとしているのか」と、大臣《おとど》は涙をこぼした。

おりしも、妻戸《つまど》をほとほととたたく者がある。「何者か。聞いてまいれ」と近侍《きんじ》の者に命じると、妹尾太郎兼康《せのおのたろうかねやす》が現われた。「今夜、あまりにもふしぎな夢を見ましたゆえ、申し上げようとぞんじ参上仕《つかまつ》りました。お人払いを願います」大臣は人を退《しりぞ》けて対面する。と兼康が見た夢というのは、大臣の夢とすこしも違わぬ。さてこそ兼康は神霊に通じたふしぎな者よ、と大臣も感じ入った。翌朝、嫡男《ちゃくなん》の権亮少将維盛《ごんのすけしょうしょうこれもり》が、院の御所へ出かけようとすると、大臣が呼びとめて、

「親の身として、このようなことを言うは、愚痴《ぐち》のようではあるが、そなたは人の子として、すぐれて聡明《そうめい》のように思われる。貞能《さだよし》はいないか、少将に酒をすすめよ」

と言うと、筑後《ちくご》の貞能が酌《しゃく》にまかり出てきた。

「この杯《さかずき》は、まず少将にさしたいが、親より先には、よもや受けまいから」と まず自分で三献《こん》飲んで、少将にさした。少将もまた三度受けて飲んだ。「貞能、少将に引出物《ひきでもの》(47)を進ぜよ」貞能はかしこまって、赤地の錦《にしき》の袋に入れた太刀《たち》を持って来た。少将が、これは当家に伝わる小烏《こがらす》という太刀であろうと、うれしそうに見ると、そうではなくて、大臣葬《だいじんそう》の時に佩用《はいよう》する、飾り模様なく黒塗りの、無文の太刀であった。意外のことに少将が顔色をさっと変えて、よにも不吉そうに、眺めていると、大臣は涙をはらはらと流して、

「それは貞能のまちがいではない。これは、大臣葬のときに佩《は》いて供をする無文の太刀である。入道殿に万一のことあらば、身が佩用してお供をしようとぞんじていたが、今はこの重盛が入道殿に先立ち申すであろうから、そなたに進ずるのだ」と、申された。少将は、とこう〔あれこれ〕返事もせず、涙を押《おさ》えて邸《やしき》に帰り、その日は出仕もいたさず、衣《ころも》をかぶって臥《ふ》してしまった。その後大臣は熊野《くまの》参詣《さんけい》から帰られて、いくばくの日数を経《へ》ずに、病みついてこの世を

去ったので、なるほどと、思い知らされたのであった。

燈籠《とうろう》の沙汰《さた》

この大臣《おとど》は、滅罪生善《めつざいしょうぜん》の志《こころざし》が深かったので、来世の浮沈を懸念《けねん》になり、阿弥陀如来《あみだにょらい》の四十八の大願《だいがん》になぞらえて、東山《ひがしやま》の麓《ふもと》に四十八間《けん》の御堂《みどう》を建て、一間に一つずつ、四十八の燈籠《とうろう》をかけたので、さながら九品《くほん》の台《うてな》〔往生者がすわるという浄土にある九種の蓮台《れんだい》〕が目の前にかがやき、光耀《こうよう》が鸞鏡《らんけい》をみがいて〔鸞鳥《らんちょう》という想像上の鳥を描いた鏡がつややかに光り〕、極楽にあるかのごとき思いをいだかせた。毎月、十四、十五の両日を選んで、大念仏があり、この日には、平家または他家の中から器量のよい娘ざかりの女性を招いて、一間に六人ずつ、四十八間に二百八十八人を置き、これを尼衆《にしゅ》と定めて、この両日の間は一心不乱に称名《しょうみょう》の声を怠《おこた》らせなかった。来迎引摂《らいごういんじょう》〔臨終のとき阿弥陀仏が迎えに来て、浄土に引きとられること〕の悲願も、この所にだけ応現《おうげん》を垂れたまい、摂取不捨《せっしゅふしゃ》〔念仏する者は捨てないで浄土へ引きとること〕の弥陀《みだ》の光も、この大臣だけを照らしたもうかと思われた。十五日の正午を満願として、その日は大念仏が行なわれたが、大臣みずから、念仏を唱える諸人中にまじわり、西方に向かって合掌《がっ》し《しょう》、「南無《なむ》極楽浄土の教主、弥陀の如来よ、三界六道《さんがいろくどう》の衆生《しゅじょう》をあまねく済度《さいど》したまえ」と、一切《いっさい》衆生救済の願《がん》を発せられたので、見る者はみな慈悲心を起こし、聞く者はことごとく感涙《かんるい》を催した。この大臣を燈籠の大臣と申し上げるようになったのは、それからである。

金《かね》渡し

また大臣《おとど》は、いかなる善根《ぜんこん》をもして、後世《ごせ》を弔《とぶろ》うてほしいと思われたが、わが国では、いかに善根を積んでも、子孫が相ついで自分の後世にとぶらうことは困難である。むしろ外国に善根を積んでおいて、後世を弔われたいと考え、安元《あんげん》〔一一七五―七七年〕の春のころ、九州から妙典《みょうでん》という船乗りを呼びよせ、人払いして対面した。金《こがね》三千五百両を取り寄せて、「そちは評判の正直者であれば、このうち五百両をとらせよう。三千両をば宋国へ運び、一千両は育王山《いおうざん》〔中国寧波《ニンポー》にある阿育王寺をさす〕の僧に贈り、二千両を皇帝に献上し、租税を育王山へ寄進し、わが後世を弔わせるようはからえ」と、仰《おお》せつけた。妙典はその黄金を賜《たま》わり、万里の波濤《はとう》をしのぎ、大宋国へ渡った。

育王山の住持《じゅうじ》、仏照禅師徳光《ぶっしょうぜんじとくこう》にお目にかかって、このことを言上《ごんじょう》すると、禅師は随喜《ずいき》感嘆して、ただちに千両を僧たちに贈り、二千両を皇帝に献上し、大臣の申した旨《むね》をもれなく奏上《そうじょう》したので、皇帝も大いに感動して、田地五百町の租税を、育王山へ寄進した。そのため、育王山では、日本の大臣、平朝臣重盛《たいらのあそんしげもり》公の来世の菩提《ぼだい》をいのる声は今日なお絶えぬという。

法《ほう》印《いん》問答

入道相国《にゅうどうしょうこく》は、小松殿《こまつどの》に先立たれ、万事について心細く思ったか、急遽福原《きゅうきょふくはら》へはせ帰り、固く門を閉じて引きこもっていた。

同年十一月七日の夜八時ごろ、大地がおびただしく震動して、しばらくの間揺れやまない。陰陽《おんよう》の頭《かみ》安倍泰親《あべのやすちか》が急いで内裏《だいり》へはせ参じ、「今夜の地震、占いの表文に指示するところによれば、その慎《つつし》み軽からず、と出ましてございます。陰陽道三経中、坤器経《こんききょう》の説を見ましたるところ、年でいえば一年を出ず、月でいえば月を越えず、日でいえば日を出ず、とありまする。もってのほかに火急のことでございます」と、言上《ごんじょう》して落涙したので、取り次ぎの者も色を失い、主上《しゅじょう》もお驚きになった。公卿殿上人《くぎょうてんじょうびと》中、若い者は「わけのわからぬ泰親の泣きざまよ。何がいま起こるものか」と、一度にどっと笑い合った。が、この泰親は、安倍晴明《あべのせいめい》五代の子孫で、天文は奥義《おうぎ》を極《きわ》め、その吉凶のたなごころをさすがごとく、一つも違うことがなかったので、「指す《さ》の神子《みこ》」と呼ばれていたほどであった。あるとき泰親の上に雷が落ちたことがあったが、狩衣《かりぎぬ》の袖《そで》が焼けただけで、その身にはなんのさわりもなかった。まことに古今に例のない男であった。

同月十四日、何を考えたのか、入道相国は、数千騎の軍兵《ぐんぴょう》を引きつれて福原から入洛《にゅうらく》するという噂《うわさ》が立った。都ではなんのための入洛とはっきり確かめたわけではないが、上も下も騒ぎ恐れた。何者が言いだしたことであるか、入道相国は、皇帝に対し恨《うら》みをお返し申すのだという噂がひろがった。関白殿《かんぱくどの》〔藤《ふじ》原基房《わらのもとふさ》〕も内々聞きこまれたことでもあったのか、急いで参内《さんだい》あり、「このたび、入道の入洛いたしましたるは、ひとえに基房《もとふさ》を滅ぼそうとの計画。どのような憂き目《うめ》に会うことでありましょうか」と奏上《そうじょう》した。主上はお驚きになって、「汝《おこと》が憂き目にあうことは、とりも直さずわが身があうことである」と仰《おお》せになり、かたじけなくも御涙《おんなみだ》さえお流しになった。まことに天下の政治は、主上と摂政《せっしょう》関白の御計《おんはか》らいであるべきはずだのに、これはどうしたことであろう。

天照大神《てんしょうだいじん》、春日《かすが》大明神の神慮のほども解きかねることである。同十五日、入道相国の皇室を恨みたてまつることがいよいよ確かだという噂が立った。法皇《ほうおう》は大いにお驚きになられ、故少納言信西《しょうなごんしんせい》の子静憲法印《じょうけんほういん》をお使いとして、入道相国のもとへおつかわしになった。

「近年、朝廷は静穏を欠き、人心定まらず、世の中の落ちつきが失われつつあるのは、嘆《なげ》かわしい次第だが、そなたがいるので万事たのみに思っている。しかるに、天下鎮護の努力はとにかく、当のそなたが、物騒がしく軍勢を引き連れ、朝廷を恨んで入洛したと聞くが、何事であるか」

法印は勅諚《ちょくじょう》をうけたまわって、西八条の邸《やしき》へ行き、朝から夕方まで待っていたが、なんの沙汰《さた》もない。さてこそ噂はほんとうだ、このうえ待つのは無益だと思い、源大夫判官季貞《げんだゆうはんがんすえさだ》に取り次がせて、勅諚の趣旨を伝え、「おいとま申そう」と、出ようとすると、その時、入道が「法印を呼べ」と人をよこした。法印を呼び返して、入道は「やあ、法印の御坊《おんぼう》、浄海《じょうかい》の申すことはまちがいか。まず内大臣《ないだいじん》の薨《こう》じたことは、当家の運命にかかわるところなるをもって、この入道もずいぶん悲涙《ひるい》を押《おさ》えて今日まで過ごして参った。御辺《ごへん》も察してくだされい。保元《ほうげん》以後は兵乱がうちつづき、宸慮《しんりょ》〔天皇・上皇の思い、心配〕の安んじたもうこともなかったが、入道はただ、おおまかのさしずをしたるのみ、重盛《しげもり》こそみずから手を下し、たびたびの逆鱗《げきりん》を静め慰めまいらせたのである。そのほか、不慮の大事や、朝夕の政務に、内大臣ほどの功臣は、めったにあるものではない。昔のことを言えば、唐の太宗《たいそう》は魏徴《ぎちょう》に先だたれて、悲しみのあまり、『昔の殷宗《いんそう》〔殷の高宗・武丁〕は夢の中に良弼《りょうひつ》〔よい補佐官〕を得、いまの朕《ちん》はさめてののち賢臣を失う』と、みずから碑文を書き、廟《びょう》に立ててまで悲しんだ。間近な例をみれば、本朝で、顕頼民部卿《あきよりのみんぶきょう》が逝去《せいきょ》されたるを、亡き鳥羽院《とばのいん》がことのほかお嘆《なげ》きになられ、八幡《はちまん》の行幸《ぎょうこう》を御延期になり、管絃《かんげん》の御遊《おんあそ》びもなさらなかった。すべて臣下の亡くなることを、代々の帝《みかど》はお嘆きになったものだ。しかるにこのたびは内府《だいふ》の四十九日も過ぎぬに、八幡の行幸があり、御遊《ぎょゆう》もあった。御嘆きの様子はさらさら見えぬ。たとえ内府の忠をお忘れになろうとも、などか入道の悲しみをおあわれみにならぬはずがあろう。また、たとえ入道の悲しみをおあわれみなくとも、などか内府の忠をお忘れになるはずがあろうぞ。父子ともに帝《みかど》の御意《ぎょい》に召さぬとは、いまさら不面目なことではある。このことが一つ。次に越前《えちぜん》の国〔福井県〕は、子々孫々に至るまで変改あるまじき御約束で賜《たま》わったにかかわらず、内府がみまかって幾ほどもたたぬに、取り返したもうとは、いかなる過失によるものであるか。このことが一つ。次は中納言《ちゅうなごん》の欠員があったとき、二位の中将《ちゅうじょう》が所望なされ、入道も、ずいぶんおとりなし申し上げたが、ついに御承引《ごしょういん》なくして、関白の子息にお与えになったのは、いかなるわけか。たとえ入道いかなる不合理を申し行なうとも、一度はお聞き入れあって然《しか》るべきところ。位階といい、家柄といい、とやかくの御詮議《せんぎ》におよばぬことを、かなえてくださらぬとは、あまりにも心なきお取り計らいとは思う。このことが一つ。次に新大納言成親《なりちか》卿以下近習《きんじゅ》の人々が、鹿谷《ししのたに》に寄り集まって、謀反《むほん》を企《くわだ》てたことも、まったく彼らのみ一存の密議ではなく、法皇《ほうおう》の御許《おんゆる》しがあったればこそだ。こと新しく申すまでもないことながら、この平家の一族をば、今後七代までお見捨てになれるわけがあるまい。しかるに、齢《よわい》七十に至って余命いくばくもない生涯の間においてだに、ともすればこの入道を滅ぼさんとの御企《おんたくら》みあるとはなんと申さん。かくては子孫相ついで皇室に召し使われることなどは思いも寄らぬ。ああ、年老いて子を失うのは枯れ木の枝なきがようなものだ。老い先の短い浮世に、さのみ心を労して何になろう。いかようにもなれと、思うようになった」と言いながら、こもごもに怒っては涙を流したので、法印は、恐ろしくもあり、気の毒にもなって、汗びっしょりになった。

たれしもこんな場合には一言の返事もできないものである。まして法印は、法皇の近習《きんじゅ》の一人であり、鹿谷に会合したことを、入道にはっきり知られているので、その一味として、今にも召し捕《と》らえられるのではあるまいかと、内心、竜の鬚《ひげ》をなで、虎《とら》の尾を踏むここちであった。しかし、法印も相当なしたたか者だったので、すこしも騒がず、「まことにたびたびの御奉公はなみなみのことではございませぬ。いったんのお恨《うら》みもごもっともではございます。しかしながら、官位といい、俸禄《ほうろく》といい、御身《おんみ》にとって、何ひとつ御不足はないではありませんか。御功績の大なることも、常々《つねづね》君はじゅうぶんに御心にとめていらせられます。近臣が陰謀をたくらみ、君がそれをお許しになったなどというのは、謀臣《ぼうしん》たちの虚言でありましょう。およそ耳を信じて目を疑うは、世間の通弊《つうへい》。御恩をいただくこと他と異なる身にありながら、いまさらまた小人《しょうじん》の誣言《ぶげん》〔嘘〕を信じて、君を傾け奉《たてまつ》ることは、神仏に対しても、また皇室に対しても、まことに恐れ多いことではございますまいか。およそ天の心は蒼々《そうそう》として測《はか》り難《がた》いものでございますが、君の御心もさだめしそのとおりでございましょう。下《しも》たる分際にて上《かみ》に逆らうは、人臣の礼ではありますまい。とくと御思考あれ。ではこの趣《おもむき》を君にお伝えつかまつりましょう」と言って立ち上がったので、なみ居る人々は、「げに、不敵なる、入道があれほどおこっておられるのに、すこしも恐れず、平気で返事をして出ていかれたものよ」と言って、法印をほめぬ者はなかった。

大臣《だいじん》流罪《るざい》

法印《ほういん》は院の御所へ帰ってこの由《よし》を奏上《そうじょう》したが、法皇《ほうおう》はもっとも千万であると仰《おお》せられてそれ以上なんとも御沙汰《ごさた》はなかった。同月十六日、入道相国《にゅうどうしょうこく》は、近ごろから思い立たれていたことなので、関白殿《かんぱくどの》はじめ、太政大臣《だいじょうだいじん》以下、公卿殿《くぎょうてん》上人《じょうびと》四十三人の官職を停止して、押しこめる挙《きょ》に出た。関白どのは、太宰帥《だざいのそつ》に左遷《させん》し、九州へ遠流《おんる》ということであったが、こういう世の中になってはどうあろうとかまわぬと考えたのか、鳥羽《とば》のほとり、古川《ふるかわ》というところで出家した。御齢《おんとし》三十五。「諸事の礼儀作法に通じ、清廉《せいれん》潔白くもりなき鏡のような方であられたのに」と世間の惜しみようはひととおりでない。遠流の人が配所へ送られる途中で出家した場合には、その配所へはもはや送られないという定めがあって、備前《びぜん》〔岡山県南東部〕の国府《こう》の辺の、湯迫《いばさま》という地にとどめられた。大《だい》臣流罪《じんるざい》の例は、左大臣蘇我赤兄《そがのあかえ》、右大臣豊成《とよなり》、左大臣魚名《うおな》、右大臣菅原道真《すがわらのみちざね》、恐れ多いことであるが、これは今の北野《きたの》の天神の御事《おんこと》である。それから左大臣高明公《たかあきらこう》、内大臣藤原伊周《ふじわらのいしゅう》公の六人に及ぶが、摂政《せっしょう》関白流罪の例は、これが初めてだと聞いている。中殿《なかどの》の御子《みこ》、二位の中将基通《ちゅうじょうもとみち》が、入道相国の女婿《じょせい》であったので関白にのぼった。去る円融院《えんゆういん》の御宇《ぎょう》、天禄《てんろく》三年〔九七二〕十一月一日に、一条摂政謙徳《いちじょうのせっしょうけんとく》公が薨去《こうきょ》されたときは、御弟の堀河《ほりかわの》関白忠義《ちゅうぎ》公は、まだ従二位中納言《じゅにいちゅうなごん》であった。ところがその御弟の法興院《ほごいん》の大入道兼家《おおにゅうどうかねいえ》公は、そのころすでに大納言の右大将であったから忠義公は御弟に官位を越えられていたのであったが、それをこの時また越え返して、内大臣正二位《しょうにい》に上り、奏上《そうじょう》文書内覧の宣旨《せんじ》をたまわって関白になったが、それさえ、当時の人々の耳目を驚かした昇進であると噂《うわさ》されたものであった。ところがこのたびの基通公の昇進は、さらにそれを上まわる。非参議二位の中将から大中納言を経《へ》ないで大臣関白になったという例は、いまだかつて聞いたこともない。この基通公というのは、普賢寺殿《ふげんじどの》のことである。上卿《しょうけい》の宰相《さいしょう》や大外記《だいげき》、大夫《だいぶ》の史《し》にいたるまで、諸人みな意外のあまり、呆然《ぼうぜん》自失のていであった。

太政大臣師長《もろなが》公は、官職をとどめられて東国へ流された。去る保元《ほうげん》の乱に、父の悪左《あくさ》大臣頼長《だいじんよりなが》公の縁につながって、兄弟四人、流罪《るざい》の身となったのであるが、兄の右大将兼長《かねなが》、弟の左中将隆長《たかなが》、範長禅師《はんちょうぜんじ》の三人は、帰洛《きらく》を待たずして、みな配所で薨《こう》じた。この大臣だけは、土佐《とさ》〔高知県〕の畑で九年の春秋を過ごし、長寛《ちょうがん》二年〔一一六四〕八月に召しかえされて、本位に復し、翌年正二位となり、仁安《にんあん》元年〔一一六六〕十月には、前《さきの》中納言から権《ごん》大納言にのぼった。そのときは大納言の欠員がなかったので、定員外に加えられた。大納言の人員が六人になることは、その時がはじめてで、前中納言から権大納言になるということも、後山階《ごやましなの》大臣三守《みもり》公、宇治大納言隆国卿《たかくにのきょう》のほかには、前例のないことと聞く。管弦の道にすぐれ、学才、芸能ともにひいでていたので、順調に官位を昇って、ついに太政大臣までもきわめたのに、ふたたび流罪の身となったのは、いかなる前世の罪の報《むく》いであろうか。保元の昔は南海道《なんかいどう》の土佐へ流され、治承《じしょう》〔一一七七—八一年〕の今は関東の尾張《おわり》〔愛知県西部〕へ流される。もとより罪なくして配所の月をながめることは、風雅を解するほどの者はむしろ望むところなので、大臣《おとど》は、このたびの遠流をかくべつ憂《う》きことも思わず、かの唐の憲宗皇帝《けんそうこうてい》の賓客《ひんかく》、白楽天《はくらくてん》が、潯陽江《しんようこう》のほとりに流された往古をしのんで、鳴海潟《なるみがた》を海のかなたに望みつつ、おぼろ月をながめ、磯《いそ》吹く風に吟《ぎん》じ、琵琶《びわ》を弾《だん》じ、和歌を詠《えい》じて、ゆうゆうと月日を送った。あるとき、尾張の国の第三の宮、熱田《あつた》明神に参詣《さんけい》して、その夜、明神をお慰めするために、琵琶をひいて、詩歌《しいか》を朗詠《ろうえい》した。もともと片田舎のことではあり、情趣を解するほどの者もなく、里の老人、村の女、漁夫、農夫など、みな頭をたれ、耳をすまして聞き入ってはいるが、音の清濁や巧《たく》みな旋律を知るわけはない。しかし、むかし、漢《かん》土《ど》の瓠巴《こは》が琴《こと》をひくと、魚が水から飛びあがり、虞公《ぐこう》が歌をうたうと、梁《はり》の上の塵《ちり》も動いたという。物の妙をきわめる時は、おのずから無心の人をも感動させる道理。無知なるこれらの人々も、身の毛がよだって、ふしぎな気もちになった。やがて深更《しんこう》〔深夜〕におよんで、風香調《ふごうぢょう》という曲を奏すると、その調べに芬々《ふんぷん》たる花のかおりがただようかのごとく、流泉 曲《りゅうせんのきょく》を弾ずると、月は流れ出る泉と光を争うかとも思われた。おりしも「願わくは今生世俗文字《こんじょうせぞくもじ》の業《ごう》、狂《きょう》言綺語《げんきぎょ》の謬《あやまり》をもて」(48)と詠《えい》じつつ、秘曲を弾ずると、神明《しんめい》も感応してか、神殿が大いにゆれ動いた。平家の悪行がなかったならば、どうして今、このありがたい瑞相《ずいそう》を拝することができようかと、大臣は感激のあまり涙を流したのであった。按察《あぜちの》大納言資賢《すけかた》卿の子息、右近衛《うこんえ》少将兼讃岐守 源 資時《さぬきのかみみなもとのすけとき》は、右近衛少将と讃岐守と二つの官職をやめさせられた。また、参議《さんぎ》皇太后宮大夫《こうだいこうくうのだいぶ》兼右兵衛督藤《うひょうえのかみふじ》原光能《わらのみつよし》と、大蔵卿右京大夫《おおくらきょううきょうのだいぶ》兼伊《い》予守高階泰経《よのかみたかしなのやすつね》と、蔵人左少弁《くらんどのさしょうべん》兼中宮権大進《ちゅうぐうごんのだいしん》藤原基親《もとちか》は、それぞれ本官兼官三つともにやめさせられた。とくに按察大納言資賢卿、子息右近衛少将、孫の右少将雅賢《まさかた》の三人は、即刻、都から追放せよとのことで、藤《とう》大納言実国《さねくに》と、博士判官中原範貞《はかせのはんがんなかはらののりさだ》が命ぜられて、その日のうちに都から追い出した。大納言は、「三界《さんがい》広しといえども、五尺の身置きどころなし。一生といえども、一日暮らしがたし」と言って、夜中に宮中をまぎれ出て、八重九重《やえここのえ》の雲を隔《へだ》てた遠方へ逃げのびた。小式部《こしきぶ》の歌にある、大江山《おおえやま》や生野《いくの》の(49)道を通って、丹波国村雲《たんばのくにむらくも》という地に、しばらく身をひそめていたが、やがて、ついに追手の手に捜し出され、改めて信濃国《しなのの》へ流されたという。

行《ゆき》隆《たか》の沙《さ》汰《た》

前関白松殿《さきのかんぱくまつどの》〔藤原基房《ふじわらのもとふさ》〕の侍《さぶらい》に、江大夫判官遠成《ごうたいふはんがんとおなり》という者がいた。これも平家に対しておもしろからぬことがあり、六波羅《ろくはら》からからめ捕《とら》えられるだろうという噂《うわさ》が立ったので、子息の江左衛門尉家成《ごうのさえもんのじょういえなり》をつれて、南の方へ逃げ落ちたが、伏見《ふしみ》の稲荷山《いなりやま》にのぼったとき、父子は馬からおりて、「これから東国へ落ちくだり、伊豆の国の流人《るにん》、前兵衛佐頼朝《さきのひょうえのすけよりとも》のもとに身を寄せたいと思ったが、その人も今は勅勘《ちょっかん》〔勅命《ちょくめい》による勘当《かんどう》〕の身で、わが身ひとつさえ思うに任せぬありさまでいられる。この日本に平家の荘園《しょうえん》でない土地がどこにあろうぞ。とても逃げおおせられるものではあるまい。長年住みなれたところを、縄目《なわめ》を受けて人目にさらされるのも、はずかしい。これよりとって返して、六波羅から召し捕りの者が来たら、館《やかた》に火をかけて焼き払い、腹かき切って死ぬにしかじ」

と話し合い、河原坂《かわらざか》のわが家へ引き返した。案のじょう六波羅から、源大夫判《げんだゆうのはん》官季貞《がんすえさだ》、摂津判官盛澄《せっつのもりずみ》など、甲冑《かっちゅう》に身を固めた三百余騎が、河原坂の邸《やしき》に押し寄せ、どっと鬨《とき》の声をあげた。江大夫判官は縁に立って、大音声《だいおんじょう》をあげて、「いかにおのおのがた、六波羅に帰って、このさま申されい」と叫ぶと、館に火を放ち、父子ともに腹かき切って、炎のなかで焼け死んだ。

こんなにおおぜいが、死んだり流されたりしたのは、いったいどういうわけかというと、このたび関白になられた二位中将《にいのちゅうじょう》基通《もとみち》と、前《さきの》関白殿の御子三位《さんみ》中将師家《もろいえ》との、中納言《ちゅうなごん》争いのためだという。それならば前関白どの御一人だけが、どんな目にでも会えばいいのであって、四十三人もの人に、かかる災《わざわ》いを受けるいわれはないが、入道相国《にゅうどうしょうこく》の心に、天魔が入り変わって、万事腹に据《す》えかねているという噂が立ったので、またまた京じゅう騒ぎ立った。去年、讃岐《さぬきの》院《いん》に御追号をたてまつり、崇徳《すとく》天皇と号し、宇治悪左府《うじのあくさふ》〔藤原頼長《よりなが》〕に贈官贈位が行なわれて死霊《しりょう》のたたりをとりしずめたのに、世の中は依然として平穏にならない。そのころ、前左少弁行隆《さきのさしょうべんゆきたか》という人がいた。故中山《なかやまの》中納言顕時卿《あきときのきょう》の長男で、二条院の御代《みよ》には、弁官に加わり、なみならぬ羽振りを示したこともあったが、この十余年は官職を止められ、衣食にこと欠き夏冬の衣替《ころもが》えもできず、朝夕の食事も思うにまかせず、有るか無きかの細々とした暮らしをしていた。ところが、ある時、入道相国から、「申し合わすべきことあり、必ず立ち寄られよ」という使いがあったので、行隆は、この十余年間官職を止められて、世間と交渉がまったくなかったのに、だれか讒言《ざんげん》をしてこの身を滅ぼそうとする者があるにちがいないと、大いに心痛した。奥方や若君たちも声々にわめき叫んだ。そのうち、西八条からしきりに使いが来るので、しかたがなく、人から車を借りて西八条へと出かけて行った。ところが案に相違して、入道がすぐに出てきて対面して、「御辺《ごへん》の父の卿とは、何かにつけ相談し合った間柄である。その子息であるからには、御辺の事もけっしておろそかに思っていたのではござらぬ。長年引きこもっておられたことも、お気の毒に思ってはいたが、法皇《ほうおう》が御政務をとっていらせられたので、お力にもなれなかった。今後は出仕なさるがよい。官職のことも、よきように取り計らおう。さらばとく帰られよ」と言って帰した。家では、召使《めしつかい》の女房たちや侍《さぶらい》どもが寄り集まり、まるで死人がよみがえったような思いでうれし泣きに泣く。入道相国は、その後、源大夫判官季貞《すえさだ》を使いとして、行隆の治めるべき荘園の所有認定状を数多《あまた》贈った。さぞ困っておいでであろうと、とりあえず、百疋《ひき》の絹、百両の金に、米を積んで贈り、そのうえ、出仕の用度にと、雑色《ぞうしき》、牛飼《うしかい》から牛車《ぎっしゃ》にいたるまで、事こまかにさしずして贈ったので、行隆は、手の舞い足の踏むところも知らず、「これは夢だろうか」と、驚いた。やがて同じ十七日、五位の蔵人《くらんど》に叙《じょ》せられ、もとの左少弁に復された。今年五十一歳であるが、ふたたび若返った。しかしこれも、片時の栄華《えいが》と見えた。

法《ほう》皇《おう》流され

同じ十一月の二十日、後白河院《ごしらかわのいん》の御所、法住寺殿《ほうじゅうじどの》に軍兵《ぐんぴょう》がおしよせ、四面を取り囲み、平治《へいじ》の乱に信頼《のぶより》が三条殿を襲ったときのように、御所に火をかけて、御所内の者をのこらず焼き殺すという噂《うわさ》が飛んだので、局《つぼね》の女房《にょうぼう》や下々の女童《めのわらわ》に至るまで、物もかぶらず、われ先に逃げふためいた。前右大将宗盛 卿《さきのうだいしょうむねもりのきょう》が車を寄せて「疾《と》く疾く〔早く早く〕」と申しあげると法皇《ほうおう》は驚きあそばされて、「成親《なりちか》や俊寛《しゅんかん》のように、遠国《おんごく》遠島へ流そうとするのであろう。朕《ちん》に格別の咎《とが》があるとも思わぬ。主上《しゅじょう》がお若くいらせられるので、政務に口入れはするが、それもいかぬということであれば、今後は黙っていよう」と、仰《おお》せられた。宗盛卿は、「さようのことではございませぬ。世の中をしずめる間、しばらく鳥羽《とば》殿へ御幸《ごこう》いただくようにと、父入道《にゅうどう》が申しておりました」「さらば、お卿《こと》はそのまま、供に参れ」しかし宗盛卿は、父の気色《けしき》に恐れをなして御供《おとも》しようとはしなかった。法皇はそれに対して、「なるほど、兄の内府《だいふ》にはことのほか劣ったる者であるわい。先年も危うくこのような目にあうところを、内府が身にかえて押《おさ》えたればこそ、今日までは心安くいられたのである。今は、いさめる者もないとて、かようなことをするのであろう。行くすえが案じられる」と、泣く泣く御車《おんくるま》に召された。公卿《くぎょう》、殿上人《てんじょうびと》は一人もお供せず、ただ北面《ほくめん》の武士の下級の者と、金行《こんぎょう》という力者法師《りきじゃほうし》だけがお供をした。御車のしりには、尼御前《あまごぜ》がひとり乗る。この尼御前というのは、法皇の御乳人《おんちのひと》、紀伊《きい》の二位のことである。七条大路を西へ、朱雀大路《しゅじゃくのおおじ》を南へ御幸《ごこう》になった。心ない賤《しず》の男《お》賤《しず》の女《め》にいたるまで、「あれ、法皇さまがお流されになってゆくよ」と、涙を流し、袖《そで》をぬらさぬものはなかった。「去る七日の夜の大地震も、こんなことになる前兆だったのだ。地獄の底までもこたえて、堅牢地神《けんろうじじん》が驚き騒いだのもむりはない」と人々は噂した。さて鳥羽殿へ御幸あってのち、どのようにして紛《まぎ》れこんできたのか、大膳大夫信業《だいぜんのだいぶのぶなり》がひとり御前《ごぜん》ちかく伺候《しこう》していたのを召して、「朕は、近う殺されそうな気がする。行水《ぎょうずい》をしたいと思うが、どうであろう」と、仰せになった。そうでなくてさえ信業は、朝から心も転倒して茫然《ぼうぜん》としていたところだったが、この仰せをうけたまわるもったいなさに、さっそく狩衣《かりぎぬ》の袖をかきあげて、釜に水をくみ入れ、小柴垣《こしばがき》をこわし、広縁のつか柱《ばしら》を割ったりなどして薪木《たきぎ》をつくり、形ばかりのお湯をわかしてさしあげた。また、静憲法印《じょうけんほういん》は入道相国《しょうこく》の西八条の邸《やしき》に行って、「昨夜、法皇が鳥羽殿へ御幸あそばされたのに、御前に人ひとり伺候しておらぬと承《うけたまわ》りましたが、あまりにも恐れ多いこととぞんじます。苦しゅうはござりませぬ。静憲一人お許しをこうむって、参りたいとぞんじます」と申し上げると、入道相国はなんと思ったか、「御坊《おんぼう》は、事をあやまつ気づかいのない人だ。一刻も早く参られるがよい」と許された。法印は一方《ひとかた》ならず喜んで、急いで鳥羽殿へ参り、門前で車をおりて、門の中へはいると、法皇はちょうど、御経《おんきょう》をくりかえしくりかえし声高にあげておられたところ、その御声がことのほかすさまじく聞こえた。法印がいきなり参入すると、よほどうれしくおぼしめされたのであろう。お読みになっていられた御経に涙がはらはらとかかる。それを見ると法印は、悲しさのあまり僧服の袖を顔におしあてて、泣く泣く御前に進み出た。御前には尼御前《あまごぜ》がただひとり伺候している。「まあ、法印の御坊、上さまは昨日の朝、法住寺殿《ほうじゅうじ》でお食事を召しあがられたばかりで、昨夜も今朝も、おあがりにならず、この長い夜を、夜《よ》もすがらおやすみになられませぬ。御命《おんいのち》もはや、あやうくお見えになられます」法

印は涙をおさえて、

「なにごとも限りあることでございます。平家が天下をとって二十余年。されども、悪行《あくぎょう》度を過ぎて、もはや滅亡の非運あるのみ。天照大神《てんしょうだいじん》、正八幡宮《しょうはちまんぐう》が、いかで皇室をお見捨てになられましょうぞ。なかでも君の御信仰あつい日吉山《ひよしさん》王《のう》七社の、一乗守護の御《おん》誓いが変わらぬかぎり、法華経《ほっけきょう》八巻の御威力にかけても、君をお守り申し上げるに疑いはございませぬ。さある時は、やがては御親《ごしん》政《せい》の御代《おんよ》となり、凶徒《きょうと》は水の泡《あわ》と消えうせるでございましょう」と申し上げたので、法皇も、この言葉に、すこしは御心を安んぜられた。主上は、関白《かんぱく》が流され、臣下が多く殺されたことをお嘆《なげ》きになっていたところへ、このたびは、法皇が鳥羽殿に御幸になったとお聞きになり、それからは御食事もろくろく召しあがらず、病気と称していつも御寝殿にばかり引きこもっておられた。后《きさき》の宮をはじめとして、御前の女房たちは、どうなることかと、途方にくれるばかりであった。法皇が鳥羽殿に御幸になってからは、内裏《だいり》では、臨時の御神事といって毎夜、主上は、清涼殿《せいりょうでん》の石灰《いしばい》の壇で、伊勢大神宮を御遥拝《ごようはい》になられた。

ただひたすら法皇の御無事をお祈り申し上げるためである。二条院《にじょうのいん》はあれほどの賢王でいらせられたけれども、天子に父母無しとのたまい、ふだんは法皇の仰せもお聞き入れにならなかったが、そのためか、世継ぎの君もあらせられず、そして御位《おんくらい》を継がれた六条院も、安元《あんげん》二年〔一一七六〕七月十四日、御齢《おんとし》十三の若年で崩《ほう》ぜられた。まことになんとも申し上げようのないことであった。

城南《せいなん》の離宮

「百行《はくこう》の中には、孝行をもって先とす。明王《めいおう》は、孝をもって天下を治む」という。だから唐堯《とうぎょう》は、老いたる母を尊び、虞舜《ぐしゅん》は頑迷《がんめい》なる父を敬《うやま》うと、古書にも記されている。そういう賢王、聖王の事跡を範《はん》として従わせたもうた高倉《たかくら》天皇の御孝心こそ、まことにごりっぱであった。天皇は、そのころ内裏《だいり》から、ひそかに鳥羽殿《とばどの》へ御手紙を差し上げた。それには、「このような世の中では、皇位にあってもなんにもなりませぬから、寛平《かんぺい》の法皇(50)や花山院《かさんのいん》の昔にならって、出家遁世《とんせい》し、山林を流浪する修行者にでもなろうかと思います」と、書かれてあった。法皇は、

「そのようなことをおぼしめさるな。あなたがそうしておいでになればこそ、一つの頼みもあるというもの。あなたが出家の身になられたのちは、なんの頼みがありましょう。とにかく愚老がこの先どうなってゆくか、終わりまでお見届けください」と、御返事をあそばしたので、主上《しゅじょう》は、そのお手紙を御目《おんめ》におしあて、とめどもなく泣かれた。

「君は船、臣は水、水よく船を浮かべ、水または船をくつがえす」という言葉があるが、臣はよく君を保つとともに、また君をほろぼすものである。保元《ほうげん》、平治《へいじ》〔一一五六―六〇年〕のころは、入道相国《にゅうどうしょうこく》は君を保ち奉《たてまつ》ったが、安元《あんげん》、治承《じしょう》〔一一七五―八一年〕の今は、君を悩ませたてまつること、史書の言葉のとおりであった。大宮大相国《おおみやのたいしょうこく》、三条内大臣《さんじょうのないだいじん》、葉室《はむろ》大納言《だいなごん》、中山《なかやま》中納言らの老臣たちは、すでに世を去り、古老として残ったのは、成頼《なりより》と、親範《ちかのり》の二人だけである

が、この二人も、このような乱世に、朝廷に仕《つか》えて身を立て、大納言や中納言に経上《へのぼ》ったところで何になるものかと、まだ老年というわけでもないのに早くも出家遁世《とんせい》してしまった。民部卿入道親範《みんぶきょうにゅうどうちかのり》は、大原《おおはら》にかくれて霜《しも》を伴《とも》とし、宰《さい》相《しょう》入道成頼《なりより》は、高野《こうや》にのがれて露《つゆ》とまじわり、ひたすら後世《ごせ》の菩《ぼ》提《だい》を願って余念がなかった。昔、商山《しょうざん》の雲にかくれ、潁川《えいせん》の月に心を清めた人たち〔中国・秦《しん》末に乱を避けて隠れ住んだ四人の老賢人のこと。商山の四皓《しこう》と呼ばれる〕も、博覧にして心操《しんそう》清潔であったために世をのがれたのではなかったか。なかでも、高野にいられた宰相入道成頼は、都の状況を伝聞して、

「ああ、われながら、とく世をのがれたものではある。ここにいて聞くのも同じことではあるが、都にいてこのありさまを目の前に見聞きすれば、いかばかりつらいことであろう。保元、平治の乱をあさましいことだと思っていたが、世が末になれば、こんな奇怪なことにも出会うものであろうか。この後は、天下にどのようなことが起ころうともはかられぬ。このうえは雲を分けて山また山の奥へでも登り入りたいものよ」と言ったが、まことに、心ある者のとどま

り住むべき世とも思われなかった。同月二十三日、天台座主《てんだいざす》覚快法親王《かっかいほうしんのう》が、しきりに辞退なさるので、前座主の明雲大僧正《めいうんだいそうじょう》がふたたびもとの座主の職についた。このように存分のふるまいをしちらした入道相国も、中宮《ちゅうぐう》は娘、関白殿《かんぱくどの》もまた婿《むこ》となった今は、万事につけて安心したものか、「政務はすべて、主上《しゅじょう》の御心《おんこころ》のままにせらるべし」と福原《ふくはら》へ帰った。同じ二十三日、前右大将宗盛卿《さきのうだいしょうむねもりのきょう》が、急ぎ参内《さんだい》してこの由《よし》を奏上《そうじょう》したところ、主上は、「法皇《ほうおう》からお譲《ゆず》りを受けた世ならばともかく、今は政務も大儀である。何ごとも関白に相談して、宗盛、ともかくもよきように計らえ」と仰《おお》せられて、入道相国の言葉はお聞き入れになられなかった。

法皇は、鳥羽の離宮で、はや冬も半ばをお過ごしになられた。いまは野山の嵐の音のみはげしく、月光さえて、庭は寒さに凍るばかりである。庭に雪は降りつもるが、足跡をつけてたずねる者もなく、池は氷にとざされて、日ごろ群れ集まっていた鳥も姿を消した。

大寺《おおでら》〔鳥羽上皇が建てた勝光明院の俗称〕の鐘は、遺愛寺《いあいじ》の鐘の音かとも思われ、西山《にしやま》の雪景色は、香炉峰《こうろほう》(51)のながめを思わせる。霜の夜は、寒々とした砧《きぬた》(52)の響きがほのかに御枕《おんまくら》に伝わり、暁《あかつき》には、氷の上をきしる車の跡が、はるか門前につづいている。道行く人馬のいそがしそうな景色をごらんになると、浮世を渡る生活のありさまが思い知られて、あわれにおぼしめされる。宮門《きゅうもん》を守る番士が、夜昼《よるひる》警衛に勤めているのをごらんになると、前世のどのような契《ちぎ》りで、今このような縁を結ぶのであろうかと、仰せになられる御心のかたじけなさ。およそ物に触れ、事に従って、御心を痛めさせられぬということがない。その合間には、昔日の、おりおりの御遊覧や、方々への御参詣《ごさんけい》、御祝賀などの楽しかったことなど、それからそれへと思い出がつづいて、懐旧の御涙はつきない。年去り年来たって、治承も四年になった。

巻の四

厳島御幸《いつくしまごこう》

治承《じしょう》四年〔一一八〇〕正月一日、鳥羽殿《とばどの》には、入道相国《にゅうどうしょうこく》も人の伺候《しこう》するをゆるさず、法皇《ほうおう》もまたお気づかいになられたので、元日三箇日の間、朝賀《ちょうが》に参内《さんだい》する者もなかった。しかしながら、故少納言《しょうなごん》入道信西《しんせい》の子息、桜町《さくらまち》中納言成範卿《しげのりのきょう》と、その弟の左京大夫脩範《さきょうのだいぶながのり》だけは、とくにゆるされて伺候した。正月二十日は、東宮《とうぐう》の御袴着《おんはかまぎ》(53)、ならびに御魚味初《おんまなはじめ》(54)ということで、めでたい行事が行なわれたが、法皇は鳥羽殿で、よそごとのようにお聞きになられていた。二月二十一日、高倉《たかくら》天皇は別にこれという御とがもあらせられぬに、むりに帝位からひきおろされ、東宮《とうぐう》が天位に即《つ》かれた。これも入道相国の、万事をほしいままにする横暴な心のいたしたことである。平家の時運はますますよくなったと、人々はののしり騒いだ。

八坂瓊曲玉《やさかにのまがたま》、草薙剣《くさなぎのつるぎ》、八咫鏡《やたのかがみ》——三種の神器を新帝の御所へお移しになられた。公卿《くぎょう》たちは陣の座に集まり、古例にのっとり儀式をとり行なったが、まず弁《べん》の内侍《ないし》が御剣をささげて歩み出ると、中将《ちゅうじょう》泰道《やすみち》が清涼殿《せいりょうでん》の西の面《おもて》でこれを受け取る。つぎに備中《びっちゅう》の内侍《ないし》が曲玉の入った箱をもってあらわれると、隆房《たかふさ》の少将がこれを受けた。神鏡のおさめられた内侍所《ないしどころ》のお箱は、少納言の内侍がもって出るべきものを、内侍はこの場になってその役割を辞退した。一度、三種の神器に手をふれると、この後は二度と新帝の内侍になれない定めだったからだ。しかも少納言の内侍はすでに年老いて、ふたたびこうした機会もあろうとは思われぬのに、なお欲ばっている。人々が彼女の心根を憎んでいるとき、まだ十六歳のうら若い備中の内侍が、みずから望んでその役割をかって出た心はゆかしい。このようにして皇室に代々伝わる御物《ごもつ》を、それぞれの役人たちが受け取って五条の新内裏《だいり》に移したてまつった。

閑院殿《かんいんどの》〔高倉天皇の御所〕には火の影もかすかに、時をしらせる役人の声もなく、滝口《たきぐち》の侍《さぶらい》どもが各自名をなのって出仕することもなくなったから古くから仕《つか》えていた人々は心細くなって、めでたい祝事にかかわらず涙をおとし心をば痛めている。左大臣藤原《さだいじんふじわらの》宗経公《むねつねこう》が陣の座へ出て、このたびの御譲位《じょうい》の次第を申すと、心ある人々は涙を流し、袖《そで》をうるおさぬ者はない。ご本心からの御譲位であって、仙洞《せんどう》御所に入御《にゅうぎょ》になり、静かに風月を友とせんなどとおぼしめされた昔からの御譲位でさえ、先になれば哀《あわ》れ多いのが常《つね》であるのに、ましてこのたびは、御本心からではなくしいられて譲位したもうたのである。ご心中を察したてまつるも愚かのいたりである。歴代御相伝《ごそうでん》の宝物など、それぞれ受持ちの役人どもが受け取り、新帝の皇居である五条の内裏へ移しまいらせた。今まで内裏であった閑院殿では、燈火の光もかすかになり、火の要心を告げる主殿《とのもの》守《かみ》らの警声もなくなり、滝口の武士の名対面《なだいめん》〔宮中警護の滝口などが、名を問われて名のること〕の声も絶えてしまったので、古くから仕えていた人々は、かかるめでたい御譲位の慶事の中ではあるが、今となっては、哀れに感じて、涙を流し袖をぬらさぬ者はなかった。新帝は今年三歳。「ずいぶん、お早い御譲位もあるものよ」と、時の人々はひそかにささやきをかわした。平《へい》大納言時忠《ときただ》卿は、新帝の御乳母《おんめのと》の帥典侍《そつのすけ》の夫であったから、

「このたびの御譲位を、お早いなどと非難するのはあたらぬ。異国では、周《しゅう》の成王《せいおう》は三歳、晋《しん》の穆帝《ぼくてい》は二歳、また本朝では、近衛院《このえのいん》は三歳、六条院は二歳で、みな襁褓《むつき》の中につつまれて、衣冠束帯《いかんそくたい》など装束《しょうぞく》を正しゅうととのえずとも、あるいは摂政《せっしょう》が負うて御位《おんくらい》につき、あるいは母后《ぼこう》が抱いて朝儀に臨まれたと書に見えてある。後漢《ごかん》の孝殤《こうしょう》皇帝は、生まれて百日というのに践祚《せんそ》〔即位〕せられた。天位をふまるる先例は、日本においても漢土《かんど》においても、このとおりである」

と言ったので、それを聞いた当時の物知りの人々は、「とんでもない。さよう

なことを申すにはおよばぬ。ましてそれならそのようなことを、よき例といえようか」とつぶやくのであった。

東宮《とうぐう》が天位に即《つ》かれると、入道相国は夫婦ともども、外祖父、外祖母として准三后《じゅんさんごう》の宣旨《せんじ》を受け、年官年爵をいただき、院宮《いんぐう》に出仕の者を召し使い、絵を描いたり糸花《いとばな》〔絹糸で作った花〕をつけたりした衣装を飾った侍たちが出入して、さながら西八条の邸《やしき》は院の御所のような観を呈した。出家の人が、太皇太后、皇太后、皇后の三宮にひとしい年給を賜《たま》わる准三后の宣旨をこうむったことは、法興院《ほごいん》の大入道殿〔藤原〕兼家《かねいえ》公の先例があるだけで、このたびがはじめてだということである。同じ治承四年三月上旬に、上皇《しょうこう》は、安芸《あき》の厳島《いつくしま》へ御幸《ごこう》になるという風説があった。天皇が御即位ののち、諸社への御幸始めには、八幡《やわた》、賀茂《かも》、春日《かすが》などへなされるのが従来の例であるのに、遠国《おんごく》の安芸まで御幸になるのはいかなるわけであろうかと、世間では不審に思った。このことについて、「先年、白河院《しらかわのいん》は熊野《くまの》へ御幸になり、また後白河院は日吉《ひよし》に詣《もう》でられたが、これによってみれば、御幸は院の御心《おんこころ》によるものだということがわかる」と言う人もいた。じつは上皇は、ご心中に深く御願《ごがん》を立てていらせられたのである。厳島は、平家がひとかたならず崇敬《すうけい》している御社《おんやしろ》であるから、うわべは平家に心を合わせているように見せかけ、内実は、法皇がいつ出御《しゅつぎょ》せさせたもうのかもわからず、鳥羽殿に押しこめられていらせられるので、入道相国の心をやわらげ、法皇をばお救い申そうとの御祈念のためであるといわれた。山門の大衆《だいしゅ》はこれを聞くと憤激して、「主上《しゅじょう》御譲位ののち、御幸始めには、八幡、賀茂、春日にあらずば、当叡山《えいさん》の山王《さんのう》へ御幸になるべきであるに、はるばる安芸の国まで御幸になるとは、いかなる先例にならったものか。その儀ならば、神輿《しんよ》を振りくだし御幸をおとめ申せ」と相談した。ために上皇は御出立《しゅったつ》を延引《えんいん》されたが、入道相国が手をつくして慰撫《いぶ》したので、山門の大衆もようやくしずまった。

同月十八日、厳島御幸の御出発というので、上皇はひとまず、入道相国の邸《やしき》である八条大宮へ御幸になられた。その夜さっそく厳島明神の御祭事を始められた。関白《かんぱく》〔藤原〕基通《もとみち》公から、唐庇《からひさし》の御車、乗替えの御馬《おんま》など届けられた。翌十八日、入道相国の邸へおはいりになる。その日の暮れがたに、前右大将《さきのうだいしょう》宗

盛卿《もりのきょう》をお召しになり、

「明日、厳島へ参るついでに、鳥羽殿へ伺《うかが》い、法皇に御対面し奉《たてまつ》りたいとぞんずるが、そのことを清盛に知らせないでは悪かろうか」

と仰《おお》せられた。

「なんじょう〔どうしてまた〕、さしつかえはございますまい」

「それでは、お卿《こと》は、こよい鳥羽殿へ参上して、そのことお伝え申せ」

宗盛卿はつつしんで承《うけたま》わり、急ぎ鳥羽殿へ参って、そのことを奏上《そうじょう》すると、法皇は意外なことにおぼしめされて、「夢ではないか」とお喜びになった。あくる十九日、大宮《おおみや》大納言隆季《たかすえ》卿が、まだ深夜のうちに参じて、御幸の用意をととのえた。かくて先日来風説に聞こえた厳島御幸へ、西八条の邸から御出立になった。もはや三月も半ば過ぎたが、霞《かすみ》にくもる有明《ありあけ》の月〔夜明けに残っている月〕はまだおぼろである。越《こし》の国〔北陸をいう〕さして帰りゆく雁《かり》の鳴き声が空を渡るのも、おりがおりとて、哀《あわ》れにおぼしめす。まだ夜が明けないうちに、鳥羽殿へお着きになった。門前で御車《おんくるま》より降り、門の内へおはいりになったが、御所のなかは人少なで、木立うすぐらく、物寂しげな御住居《おんすまい》であるのを、まず第一に哀れにおぼしめされた。春もすでに暮れなんとしている。緑したたる夏木立《こだち》となり、こずえの花は色もあせて、宮殿の鶯《うぐいす》の声も老いて聞こえる。去年の正月六日、朝観《ちょうきん》のために、法住寺殿《ほうじじゅうじどの》へ御幸になられた時は、幄舎《あくしゃ》で乱声《らんじょう》の楽を奏し、諸卿列をつくって立ちならび、六衛府《えふ》の官人陣を張り、院の御所に伺候する公卿がお迎えに参向《さんこう》して、幔幕《まんまく》を張った門をひらき、掃部寮《かもんりょう》の役人が筵《えん》道《どう》を敷くなど、おごそかな儀式が行なわれたが、いまはそのような折り目正しい儀式はなに一つない。上皇《しょうこう》はただ夢かと思われた。桜町《さくらまち》中納言成範《しげのり》卿が、上皇の御幸を知らせまいらせたので、法皇は寝殿の階《はし》かくしの間《ま》へおいでになって、お待ちになった。上皇は今年二十歳。明けがたの月の光にはえて、御姿もひときわ美しく見えたもうた。御母君、故建春門院《けんしゅんもんいん》によく似ていらせられるので、法皇は、まず亡き女院《にょいん》のことを思い出され、御涙をとめかねた。法皇、上皇御二方の御座は間近に設けられてあったので、両院がかわされたお言葉を聞くことはできない。御前《ごぜん》には、尼御前《あまごぜ》だけが伺候していた。しばらくお話しあそばされて、ずっと日も高くなってから、おいとま申せられ、鳥羽の草津から船に召された。上皇は、法皇が離宮の古さびた御殿に幽《かすか》に寂しくお住まいになるのを心苦しく御覧になると、法皇はまた、上皇の旅の宿り、仮の御所である海上の船中のさまなどをお気づかいになる。まことに宗廟《そうびょう》、八幡、賀茂などをさしおき、はるばると安芸の国まで御幸になられるのを、神もなどか御納受《のうじゅ》なきはずがあろう。御願成就《ごがんじょうじゅ》は疑いなしと思われた。

還御《かんぎょ》

同月二十六日、上皇《しょうこう》は厳島《いつくしま》へお着きになった。入道相国《にゅうどうしょうこく》の最愛の内侍《ないし》の家が仮の御所となった。なか二日御駐輦《ごちゅうれん》〔御滞在〕あって、読経《どきょう》の会や歌舞音楽が行なわれた。三井寺《みいでら》の公顕僧正《こうけんそうじょう》が導師となって、一段高い座にのぼり、鐘をうち鳴らして祈念する。声高々と表白を読みあげていわく、「九重《ここのえ》の都をいでさせたまい、八重《やえ》の潮路《しおじ》を分《わ》きもて、はるばるここまで参らせたまいたる御 志《おんこころざし》のかたじけなさよ」聞いて上皇をはじめ、諸臣みな感涙を催《もよお》さぬ者はなかった。大宮社《おおみやのやしろ》、客人 社《まろうとのやしろ》をはじめ残る所なく末社へ御幸《ごこう》になった。大宮社から五町ばかり山を回って、滝の宮へ御参詣《さんけい》になったとき、公顕僧正が拝殿の柱に書きしるしたとかいう一首、

雲井《くもゐ》より落ちくる滝のしらいとに
　ちぎりを結ぶことぞうれしき

神主佐伯景弘《さえきのかげひろ》は位階昇進して従五位《じゅごい》の上、おなじく国司藤原有綱《ふじわらのありつな》は従四位の下《げ》となり、同時昇殿をゆるされた。厳島の座主《ざす》尊永《そんえい》は法眼《ほうげん》の位にのぼせられた。まことに神明《しんめい》も御感動になり、入道相国の心もやわらいだであろうと思える。

二十九日、上皇は御船《おんふね》を美々しく飾って、還御《かんぎょ》になられた。おりから、烈風に襲われて海が荒れたので、途中から御船をこぎもどし、その日は厳島の蟻《あり》の浦《うら》という所に御停泊になった。上皇が、「大明神とお別れを惜しむ歌を詠《えい》ぜよ」と仰《おお》せられると、隆房《たかふさ》の少将《しょうしょう》が、

立ちかへるなごりもありの浦なれば
神もめぐみをかくる白波

と詠《よ》んだ。深更《しんこう》におよんで風は静まり、海もないだので、御船をこぎ出させ、その日のうちに備後《びんご》の国敷名《しきな》の港〔広島県沼隈町〕に着かれた。ここにはさる応保《おうほ》〔一一六一―六三〕のころ、後白河院《ごしらかわのいん》が御幸《ごこう》になられたとき、国司藤原為成《ためなり》が造営した御所がある。入道相国はそれを、上皇御立寄りのときの御休所にと手入れをしておいたが、上皇はそこへは御幸にならなかった。今日は四月一日で、衣更《ころもが》えの儀式(55)の行なわれる日なので、めいめい都のことを語りだして、歌など詠んでいるうち、岸に色の濃い藤が松の枝に咲きかかっているのが上皇の御目《おんめ》にとまり、「あの花を、折りにつかわせ」と仰せになられた。大宮大納言《おおみやのだいなごん》隆季卿《たかすえのきょう》がうけたまわって、おりよく左史生《さししょう》中原康定《なかはらのやすさだ》が、小舟をこいで御前を通りかかったのを呼びとめて、折りにやった。康定が、松の枝につけたまま折ってきたので、「なかなかみやびたる心である」と御感心になった。「この花を題に、歌を詠め」と、またお供の者に仰せられたので、隆季大納言が、

千歳《ちとせ》へん君がよはひに藤波の
　松の枝にもかかりぬるかな
二日の日は、備前《びぜん》の児島《こじま》へ御到着になった。五日の日は、空は晴れわたり、海もおだやかであったので、上皇の御座船をはじめ、諸人みな船をこぎ出す。縹渺《ひょうびょう》として雲のごとく、また煙のごとき波路を渡り、その日の夕刻六時、播磨《はりま》の国山田《やまた》の浦〔神戸・須磨《すま》と明石《あかし》の間〕へお着きになった。そこから御輿《みこし》を召され、福原《ふくはら》へ入らせられた。六日は、ご逗留《とうりゅう》になって福原のここかしこを御巡覧になられた。池中納言頼盛卿《いけのよりもり》の別荘、荒田《あらた》まで御覧になる。あくる七日、福原御出立《しゅったつ》に際して、清盛の一家への勧賞《けんじょう》を行なわれた。入道相国の養子、丹波守清邦《たんばのかみきよくに》は五位の下《げ》に、おなじく入道の孫、越前少将資盛《えちぜんのすけもり》は従四位の上に叙《じょ》せられたということである。その日、寺江《てらえ》へ御着になられた。八日、お迎えの公卿殿上人《くぎょうてんじょうびと》が、うちそろって鳥羽《とば》の草津《くさつ》まで参った。お帰りのときは、鳥羽殿へはお寄りにならず、まっすぐ入道相国の西八条の邸《やしき》へおはいりになられた。同月二十二日、新帝安徳《あんとく》天皇の御即位の式があげられた。これは元来、大極殿《だいこくでん》(56)で行なわるべきであったが、先年焼失してしまって、いまだに造営もされないので、大極殿がないからには、このたびは太政官《だいじょうかん》の役所《まんどころ》で行なわるべきかと公卿たちに僉議《せんぎ》したが、右大臣《うだいじん》藤原兼実《かねざね》卿が、「太政官の庁は、普通の人の家にしてみれば、事務部屋ていの所である。大極殿なきうえは、紫宸殿《ししんでん》で御即位あるべし」と言い出したので、けっきょく紫宸殿で式があげられた。「去る康保《こうほう》四年〔九六七〕十一月十一日、冷泉院《れいぜいのいん》の御即位式が紫宸殿で行なわれたのは、主上お風邪を召されて、大極殿へ御幸できなかったからである。その例にならうというのは、どんなものであろう。後三条院《ごさんじょうのいん》の延久《えんきゅう》の嘉例《かれい》〔正しくは、延久となる前年の治暦《じりゃく》四年〔一〇六八〕のこと〕に従って、このたびも太政官の庁で行なわるべきであろうに」と人々は、かげで語り合ったが、九条《くじょう》殿がおはからいになったのであるから、とやかく言うこともできない。かくて中宮建礼門院《ちゅうぐうけんれいもんいん》は、弘徽殿《こきでん》より出られ、仁寿《にんじゅ》殿へ行き、主上をお抱き申して紫宸殿にはいられ高御座《たかみくら》へつかれた。平家一族の人々は、すべて出仕したが、ただ小松殿の御子息たちは、去年小松殿が薨《こう》じたため、喪中《もちゅう》で引きこもっていて出勤しなかった。

源氏揃《ぞろ》え

蔵人左衛門権佐定長《くらんどさえもんごんのすけさだなが》が、このたびの御即位の式が、故実に違《たが》わずめでたくとり行なわれたありさまを、厚紙《こうし》十枚ばかりに書いて、入道相国《にゅうどうしょうこく》の奥方、八条の二位殿へ呈《てい》すると、二位殿は笑みをたたえて、たいそうな喜びようであった。このように、はなやかでめでたいこともさまざまあったが、世間はまだ平穏になったわけではなかった。そのころ、後白河法皇《ごしらかわほうおう》の第二皇子、以仁親王《もちひとしんのう》と申し上げた方は、御母《おんはは》は加賀大納言季成《かがのだいなごんすえなりのきょう》卿の御むすめである。三条の高倉《たかくら》にお住まいになっていらしたので、高倉宮《たかくらのみや》と申し上げた。さる永万《えいまん》元年〔一一六五〕十一月十五日の未明、御齢《おんとし》十五で、表立ったことはなにもないまま、近衛河原《このえかわら》の大宮《おおみや》御所で御元服《ごげんぷく》の礼をあげられた。ご筆跡美しく、御才能も人にすぐれておられたので、世が世なら皇太子にも立たれ天位にも即《つ》かせたもうはずの方であったが、いまは亡き建春門院《けんしゅんもんいん》のそねみを受け、世に出る機会がなく、いわば押しこめられておいでであられた。それゆえ、春の花のもとの御遊《ぎょゆう》には、かねて御《おん》たしなみの筆をふるって、御手ずから詩や文章をお書きになり、月の前の秋の宴《えん》には、御手慣らしの笛を吹いて、みずから雅曲を奏された。

こうして不遇をまぎらしながら、月日を過ごされるうちに、治承《じしょう》四年〔一一八〇〕御齢《おんとし》三十歳になられた。そのころ、近衛河原に住んでいた源三位入道頼政《げんざんみにゅうどうよりまさ》が、ある夜ひそかにこの以仁王の御所をたずねて申し上げた話というのが恐ろしい——。

「あなた様は、天照大神《てんしょうだいじん》より四十八世の御子孫で神武《じんむ》天皇より七十八代にあたらせられる。本来ならば、東宮《とうぐう》にも立ち、天位にも即《つ》かるべき御身分の方であるのに、三十までもただの諸王にてわたらせられる御事《おんこと》、残念とはおぼしめしになりませぬか。はや謀反《むほん》をばお起こしになり、平家を滅ぼし、いつまでとなく鳥羽殿《とばどの》に御幽居《ゆうきょ》まします法皇《ほうおう》の御 憤《おんいきどお》りを安んじまいらせ、あなた様も皇位に即かるべきではございませぬか。これこそ、ひとえに御孝行《ごこうこう》の至りと申すものでございましょう。もしこの謀反のことを御決心なされ、御仰《おんおお》せの趣旨《しゅし》をくだし賜《たま》わるならば、諸所諸国にあまたそうろう源氏《げんじ》の武士どもは、喜び勇んではせ参ずるでありましょう」

頼政はさらに言葉をつづけた。

「まず、京都には、出羽《でわ》前司《せんじ》光信《みつのぶ》の子、伊賀守《いがのかみ》光基《みつもと》、出羽判官《でわのはんがん》光長《みつなが》、出羽蔵人《くらんど》光重《みつしげ》、出羽冠者光能《かんじゃみつよし》。熊野《くまの》には、故六条判官為義《ためよし》の末子、十郎義盛《じゅうろうよしもり》という者が隠れております。摂津《せっつ》には多田蔵人行綱《ただのくらんどゆきつな》がおりますが、これは大納言《だいな》成親卿《ごんなりちかのきょう》の謀反の時、いったん同意しながらのちに裏切った不義の者なるゆえ、申すにはおよびますまい。しかしながら、その弟多田次郎知実《じろうともざね》、手島《てしま》の冠者高頼《かんじゃたかより》、太《おお》田太郎頼基《だのたろうよりもと》、河内《かわち》の国には、石川の郡を領する武蔵権守《むさしごんのかみ》入道義基《よしもと》、その子石川《いしかわ》判官代義兼《よしかね》。大和《やまと》の国には、宇野《うの》七郎親治《しちろうちかはる》の子、太郎有治《たろうありはる》、次郎清治《じろうきよはる》、三郎成《さぶろうなり》治《はる》、四郎義治《しろうよしはる》。近江《おうみ》の国には、山本、柏木《かしわぎ》、錦古里《にしこり》。美濃《みの》、尾張《おわり》には、山田次郎重弘《しげひろ》、河辺《かわべの》太郎重直《しげなお》、泉太郎重満《しげみつ》、浦野四郎重遠《しげとお》、安食《あじきの》次郎重頼《しげより》、その子の太郎重資《しげすけ》、木太《きだの》三郎重長《しげなが》、開田《かいでん》判官代重国《しげくに》、矢島先生《やしまのせんじょう》重高《しげたか》、その子の太郎重《しげ》行《ゆき》。甲斐《かい》の国には、逸見《へんみの》冠者義清《よしきよ》、その子の太郎清光《きよみつ》、武田太郎信義《のぶよし》、加賀見《かがみの》次郎遠光《とおみつ》、おなじく小次郎長清《ながきよ》、一条次郎忠頼《ただより》、板垣三郎兼信《かねのぶ》、逸見兵衛有義《へんみのひょうえありよし》、武田五郎信光《のぶみつ》、安田三郎義定《よしさだ》。信濃《しなの》の国には、大内太郎惟義《これよし》、岡田冠者親義《ちかよし》、平賀冠者盛義《もりよし》、その子の四郎義信《よしのぶ》、故帯刀《たてわき》の先生義賢《せんじょうよしかた》の次男、木曾《きその》冠者義仲《よしなか》。伊豆の国には、流人前右兵衛佐頼朝《さきのうひょうえのすけよりとも》。常陸《ひたち》の国には、信太《しだの》三郎先生義憲《よしのり》、佐竹冠者昌義《まさよし》、その子太郎忠義《ただよし》、同三郎義宗《よしむね》、四郎高義《たかよし》、五郎義季《よしすえ》。みちの国〔陸《む》奥《つの》国〕には、故左馬頭義朝《さまのかみよしとも》が末子、九郎冠者義経《よしつね》。これみな六孫王経基《ろくそんおうつねもと》の子孫で、多田新発意満仲《しんぼちまんじゅう》の後胤《こういん》であります。かつては、朝敵を平らげ、年来の望みを遂げたることは、源家《げんけ》も平家もまさり劣りはございませんでしたが、いまは雲泥のへだたり、主従の礼にもなお劣る間柄となってしまいました。領国と申すも国司にしたがい、荘園《しょうえん》は預所《あずかりどころ》につかわれ、公事《くじ》の他の私事にかりたてられて心安まるときもありませぬ。つらつら当世の形勢を見ますれば、うわべには服従したるようなれども、源家にして心の内では、平家をそねまぬものはござりませぬ。あなた様がもし、御決意なされて、令旨《りょうじ》を賜《たま》わりますならば、諸国の源氏どもは夜を日についではせ参じ、平家を滅ぼすに時日は要しませぬ。この頼政入道にしてもその儀になれば、年こそ寄りましたが、あまた若い子どももおりますゆえ、召し連れてお味方に参りましょう」

宮《みや》は即座には心を決めかねて思い迷われ、しばし御承知もなかったが、ここに阿古丸《あこまる》大納言宗通《むねみち》の孫で、備後《びんご》前司《ぜんじ》季通《すえみち》の子にあたる少納言惟長《これなが》というすぐれた人相見《にんそうみ》がいた。人呼んで相《そう》少納言といったが、この惟長が、宮を占い申して、「宮さまは御位《おんくらい》に即かせられる相がございます。けっして天下のことをおあきらめになってはなりませぬ」と言上《ごんじょう》した。こういうこともあり、また頼政にもすすめられたので、「さては、そのようにすべき天照大神のお告げであろう」と、ついに宮は大事を思い立たれるのであった。そこでまず、熊野の十郎義盛を召して蔵人《くらんど》とし、行家《ゆきいえ》と改名させて、令旨《れいし》伝達の使者として東国《とうごく》へ下された。行家は四月二十八日に都をたって、近江《おうみ》の国をはじめ、美濃、尾張の源氏に触れくだってゆくうちに、五月十日には、伊豆の北条蛭《ほうじょうひる》が小島《こじま》に着き、流人の前右兵衛佐《さきのうひょうえのすけ》殿に令旨を伝えた。それより、信太《しだの》三郎先生《せんじょう》義憲《よしのり》は自分の兄であるから、おなじく令旨を伝えようと、信太の浮島へくだり、また木曾冠者《きそのかんじゃ》義仲《よしなか》は甥《おい》であるからと、中仙道《なかせんどう》へおもむいた。そのころ、熊野の別当湛増《べっとうたんぞう》は、平家の重恩《ちょうおん》を受けていたが、どこからこのことを漏《も》れ聞いたのか、

「新宮《しんぐう》の十郎義盛《よしもり》は、高倉宮の令旨をいただいて、美濃、尾張の源氏どもに触れまわり、謀反を起こそうとしている。那智《なち》、新宮《しんぐう》の者どもは、さだめし源氏に味方するであろうが、この湛増は、平家の恩を山よりも高くこうむっている身だ。いかで平家にそむくことができようぞ。まず那智、新宮の者どもに、矢一つ射かけて、そのあとで都へ注進におよぼう」

と、甲冑《かっちゅう》に身を固めた兵一千人を引きつれ、新宮の港へ向かって出発した。新宮のほうは、鳥居法眼《とりいのほうげん》、高坊法眼《たかぼうの》、武士には宇井《うい》、鈴木、水屋《みずや》、亀甲《かめのこう》、那智には執行《しゅぎょう》法眼以下、合わせてその勢二千余人が陣をかまえ、鬨《とき》の声をあげ、矢を射合わせ、源氏の軍中にはこの法をもって射よ、平家にはこの術をもって射たれい、と互いに矢叫びの声のやむまもなく、鏑矢《かぶらや》の鳴りやむひまもなく、三日《じ》ほど戦った。そのあげくは、さすがの法眼湛増も、家の子郎党《ろうどう》を多く討《う》ち死に

させて、おのれも手傷を負い、命からがら、本宮熊野《ほんぐう》へと逃げ帰った。

鼬《いたち》の沙汰《さた》

さて、後白河法皇《ごしらかわほうおう》は、「成親《なりちか》、俊寛《しゅんかん》たちのように、自分も遠い国かはるかな島へでも流されるのであろうか」とおぼしめされていたが、そのようなこともないまま、鳥羽殿《とばどの》に治承《じしょう》も四年〔一一八〇〕になるまで月日を送られた。この年五月十二日の正午ごろであった。御所の中で、鼬《いたち》がおびただしく走り騒いだ。法皇は、いかなるゆえであろうとみずから御占《おんうらな》いあそばされて、近江守仲兼《おうみのかみなかかね》、当時はまだ鶴蔵人《つるくらんど》といわれていたのを御前《ごぜん》に召されて、「この占いを持って安《あ》倍泰親《べのやすちか》のもとへ行き、しかと勘考《かんこう》させて、吉凶の勘状《かんじょう》を受け取ってまいれ」と仰《おお》せになった。仲兼はうけたまわって陰陽頭《おんようのかみ》安倍泰親の館《やかた》へ行ったが、おりあしく不在で、白川《しらかわ》の某所へ出かけていると聞いて、そこへたずねた。勅使《ちょくし》を伝えると、泰親はすぐに勘状をしたためてよこした。仲兼はそれを受け取って、鳥羽殿へはせ帰り、本門からはいろうとしたが、警固の武士どもがさえぎりとめて、通してくれない。かってを心得ているので、土塀をのり越え、大床の下をはって、切り板のすきまから、泰親の勘状をさしあげた。法皇が開いて御覧《ごらん》になると、「この三日の間に、御《おん》喜びのこともあり、また御嘆《なげ》きのこともあり」とあった。法皇は、「このような物《もの》憂《う》き身ではあるが、喜びのことありという、それはけっこうであるが、この上またいかなる嘆きが加わるのであろうか」と仰せられた。

さて、同月十三日、前右大将宗盛《さきのうだいしょうむねもり》卿《きょう》が、父清盛公《きよもりこう》の前に参じて、法皇の御《おん》事《こと》をたびたび申したので、入道相国《にゅうどうしょうこく》もようやく思い返して、法皇をば鳥羽殿より出したてまつり、都へ還御《かんぎょ》せさせ、八条烏丸《からすまる》の美《び》福門院《ふくもんいん》の御所へと御幸《ごこう》を仰いだ。「この三日の間の御喜び」と泰親が言ったのは、このことであった。こうしているところへ、熊野《くまの》の別当湛増《べっとうたんぞう》が、飛脚《ひきゃく》をもって、高倉宮《たかくらのみや》が謀《む》反《ほん》を企《くわだ》て軍を起こす由《よし》を、都へ注進におよんだ。前右大将宗盛卿は、大いにあわてふためき、おりしも福原《ふくはら》の別荘にいた入道相国に、この旨《むね》を伝えると、入道相国はひどく怒って、「その儀ならば、高倉宮をからめとって、土佐《とさ》の畑《はた》へ流せ」と命じた。その事にあたった上卿《しょうけい》は、三条大納言実房《さんじょうのだいなごんさねふさ》、蔵人は頭弁光雅《とうのべんみつまさ》ということであった。武士には、源大夫判官兼綱《げんだいふはんがんかねつな》、出羽《でわ》判官光長《みつなが》が命をうけて、宮の御所へ出向いた。この源大夫判官というのは、三位《さんみ》入道 源《みなもとのよりゆき》頼行の次男である。この人を逮捕の使者に立てたというのは、三位入道が高倉宮に御謀反をすすめたことを、平家がまだ気づいていなかったからである。

信連《のぶつら》

いっぽう、高倉宮《たかくらのみや》は、五月十五日の雲間《くもま》の月をながめながら、身にせまる大事については、もとより考えおよばなかったが、そこへ源三位入道《げんざんみにゅうどう》からの使いの者が、文《ふみ》を持って、あわただしげにやって来た。宮の御乳母《おんめのと》の子、六条佐《ろくじょうのすけ》

大夫宗信《のたいふむねのぶ》が、その文を受け取って、御前《ごぜん》へ参って開いてみると、

「宮さまのご謀反《むほん》は、もはや、事あらわれ、土佐《とさ》の畑《はた》へ移し参らすべしと、役人どもが別当宣《べっとうせん》をうけたまわって、御迎えに参ります。急ぎ御所をお出立ちになり、三井寺《みいでら》へ入らせおわしませ。愚老頼政《よりまさ》も、即刻、参向《さんこう》いたします」と書いてあった。宮が、「さて、この事いかがしたものか」と思い悩まれていると、宮の侍《さぶらい》に、長兵衛尉《ちょうひょうえのじょう》信連《のぶつら》という者がいて、そのおり、御前《ごぜん》近う伺候《しこう》していたが、進み出て申すのに、

「これしきのこと、おぼしめしわずらわせたもうまでもありますまい。女房装束《しょうぞく》でのがれられるがよろしゅうござりましょう」

「なるほど、それは上策」

と宮は、御髪《おんかみ》を乱し垂れ、御衣《ぎょい》を着かさね、市女笠《いちめがさ》〔女性の外出用の笠〕をおかぶりになる。六条佐大夫宗信は、唐笠《からかさ》をもって、お供をした。鶴丸《つるまる》という童《わらべ》は、調度雑品などを袋に入れて首にかけた。まるで、若い侍が女を迎えて、どこかへ行くような様子にしたくされて、高倉より北をさしてお逃げになったが、途

中、大きな溝《みぞ》があったのを、いとも身軽にとび越えなさったので、往来の人が立ちどまって、「なんとはしたない女房《にょうぼう》の溝の越えざまよ」といぶかしそうに見ていたので、急ぎ足にお通り過ぎになった。

御所の留守番には、長兵衛尉信連《のぶつら》をおかれた。女房たちが少し残っていたので、かしこここへと隠れさせて、見苦しいものがあったら片づけておこうと、見て回るうちに、宮があれほど大事にされていた小枝《さえだ》という御笛《おんふえ》を、平生《へいぜい》の御居間の枕もとに、置き忘れてあるのが目についた。お気づきになったら、立ち帰っても、取って来たいと思われたであろう。

「なんとしたことよ。あれほど宮さまが御《ご》秘蔵になっていらした笛なるに」といって信連は、五町〔約五五〇メートル〕と行かぬうちに追いついて、その笛を宮にさしあげた。高倉宮はひとかたならずお喜びになられ、「われ死なば、この笛を共に棺中《かんちゅう》に入れよ」と仰《おお》せになった。そして「このまま供にまいれ」とも仰せられたが、信連は、

「ただ今、かの高倉御所へ、役人どもがお迎えに参りますのに、人ひとりもお

りませぬは至極《しごく》残念でございます。のみならず、この信連が御所にとどまりおりまする儀は、すでに衆に知れること。今宵《こよい》おりませぬでは、信連も恐れてその夜ばかりは逃げうせたかなどと、他日人に申されるのも残念にぞんじます。弓矢とる身は、かりそめにも名が惜しゅうございます。役人ばらをしばらく相手にし、一方を打ち破ってのち、さっそく参上つかまつりましょう」

と答え、ただ一人とって返した。

信連のその夜のいでたちは、薄青《うすあお》の狩衣《かりぎぬ》の下に、萌黄《もえぎ》の糸でぼかしに縅《おど》した腹巻をつけ、衛府《えふ》の太刀《たち》を帯《お》びていた。身じたくをととのえると、三条大路の大門をも、高倉小路の小門をも、ともに開いて、検非違使《けんびいし》庁の役人たちが来るのを待ちうけた。やがて、思ったとおり、源大夫《げんだいふ》判官《はんがん》兼綱《かねつな》、出羽《でわ》判官光長《みつなが》が、総勢三百余騎をひきつれ、十五日の夜の二時ごろに、宮の御所へ押し寄せて来た。源大夫判官は、考えるところがあるらしく、はるか門外にひかえていた。出羽判官光長は、馬を門内に乗り入れると、前庭にひかえ、大音声《だいおんじょう》をあげて、

「宮の御謀反はすでに露顕《ろけん》いたしした。土佐の畑へ移し参らせんがため、庁の役

人別当の宣旨《せんじ》をうけたまわって、ただいまお迎えに参上つかまつった。さそく〔すぐに〕出させたまえ」

と叫ぶと、信連は広縁《ひろえん》に立って、

「宮はただいま、御所にはおわさぬ。よそへ御参詣《さんけい》にまいられた。いかなる用か、事の子細を申されい」

出羽判官は、

「いかでこの御所におわさず、いずこへわたらせられようぞ。その儀ならば、下郎ども、参入してお捜し申せ」

「物をわきまえぬ役人どもではある。馬に乗ったまま門内へ立ち入るでさえ不礼なふるまいなるに、下郎ども参入してお捜し申せとは、なんたることであるか。長兵衛尉《ちょうひょうえのじょう》長谷部信連《はせべののぶつら》がここにおるぞ。近寄ってけがをするな」

検非違使《けびいし》庁の下郎《げろう》の中に、金武《かねたけ》という大力《だいちから》の剛《ごう》の者がいた。金武は鍔刀《つばがたな》の鞘《さや》を払うと、信連をめがめて広縁の上へおどり上がった。これを見て、仲間の者どもが十四、五人つづいて上がってきた。信連は狩衣の帯をひきちぎって捨てると、物の用にもたたぬ衛府《えふ》の太刀《たち》とはいえ、刀身は念入りに作らせたのを抜き合わせ、激しく斬《き》って斬りまくった。敵は大太刀、大長刀《おおなぎなた》で立ち向かったが、信連の衛府の太刀に斬りまくられて、嵐に木の葉が散るように、さっと庭へとび逃げた。

五月十五夜の満月が雲間からあらわれ、あたりは明るかったが、敵は場所がらかってを知らない。一方信連はじゅうぶん様子がわかっていたので、あちらの回廊に追いかけては、はたと切り、こちらの止まりに追いつめては、ちょうと斬る。「別当宣《べっとうせん》のお使いであるぞ、何ゆえ手向《の》かいいたすか」というと、「宣旨とはなんだ」とばかり太刀がゆがむと、飛び退いて、手で押しつけては直し、足で踏みつけては直ししながら、たちまち屈強の者どもを十四、五人斬り倒した。そのうち太刀のきっ先が三寸ばかり折れたので捨ててしまった。腹をかき切ろうと腰をさぐったが、どこへ飛んだか鞘巻《さやまき》がないので、やむをえず、大手をひろげて、高倉表《たかくらおもて》の小門からおどり出ようとしたところへ、大長刀を持った男が一人、斬りかかってきた。信連はその長刀を乗りこえようとおどりあがったが、越えそこねて、股《もも》を縫《ぬ》ったようにさし貫かれて、心はやたけに〔弥猛に。ますます勇みたつさま〕はやるが、おおぜいの中に取り囲まれ生けどりにされてしまった。役人どもは、そのあとで御所の中に乱入して捜したが、宮のお姿はどこにも見えない。やむなく、信連だけを六波羅《ろくはら》へ引っ立ててきた。前右大将《さきの》宗盛卿は広縁に立って、信連を大庭にひき据《す》えさせて、

「まことにおのれは、別当宣のお使いと名のる者に、宣旨とはなんだと言って斬りかかり庁の下郎どもをあまた殺傷いたしたそうな。きびしくこの者 糺問《きゅうもん》して、事の子細を問いただしたるのち、河原にひき出して首をはねてしまえ」

信連はもとより大剛《だいごう》であるから、すこしも騒がずあざ笑って、

「このごろ、高倉御所を、夜な夜な何者かうかがいおる気配がありましたが、なにほどのことがあろうと侮《あなど》り、かくべつ警固もせずにおりましたところ、夜半ばかりに鎧《よろい》着たる者どもが、二、三百騎討《う》ち入ってきましたので、何者かと尋ねると、宣旨のお使いと申す。当節は諸国の窃盗《せっとう》、強盗、山賊、海賊などというやつばらが、あるいは、公達《きんだち》がおいでになりたるぞとか、あるいは、宣旨

のお使いなどと名のるとのこと、かねがね聞きおりますれば、宣旨とはなんだといって斬り申した。およそこの信連が、存分に具足《ぐそく》をつけ、鉄《かね》良き太刀を持っておりましたならば、まかり参った役人どもを、よも一人たりと無事には返しませせぬ。また宮の御在所は、いずこに渡らせたもうか、知り申さぬ。はた〔そのうえ、また〕たとい、知りまいらせていようとも、武士たる者一度申さじと心に決めたるからは、糺問《きゅうもん》におよぼうとも白状はいたしませせぬ」

そう言ったきり信連は、二度と口を開かなかった。いならぶ平家の武士たちも、「あっぱれ剛の者かな。これこそ一人《いちにん》当千の兵《つわもの》というのであろう」と口々にほめたが、ある人がいうには、「彼の高名《こうみょう》は、今にはじまったことではない、先年、あの男が院の武者所《むしゃどころ》に詰めていたときも、大番衆《おおばんじゅ》〔宮中警護のため諸国から交替で集められた武士〕の者どもの手に負えぬ強盗六人に、ただ一人で追いかかり、二条堀川《ほりかわ》という所で、四人を斬り伏《ふ》せ、二人を生けどって、その時の功で昇進した長兵衛尉《ちょうひょうえのじょう》である。あたら男が斬られるとはかわいそうなことよの」

人々がこのように惜しみあったので、入道相国《にゅうどうしょうこく》はどう思ったのか、それでは斬るなと、殺すのをとりやめ、伯耆《ほうき》の日野《ひの》〔鳥取県日野町〕へ流した。平家ほろび源氏の世になってから、信連は東国《とうごく》へ下って、梶原平三景時《かじわらへいぞうかげとき》に従い、昔の一部始終をくわしく話したところ、鎌倉殿頼朝《よりとも》は、「見上げた男である」とほめて、能登《のと》の国を領地に賜《たま》わった。

競《きおう》

さて、宮《みや》は高倉《たかくら》を北にとり、近衛《このえ》を東方に見て、加茂川《かもがわ》をお渡りになり、如意山《にょいやま》に入らせられた。昔、天武《てんむ》天皇が御位《おんくらい》争いのことから、大友皇子《おおとものみこ》といくさを交えられて、吉野山《よしのやま》へ逃げ入らせたもうたとき、人目をはばかり少女の姿に装われたが、高倉院《たかくらのいん》のこのおんありさまも、それと少しも異《こと》ならない。案内知らぬ山路を一晩じゅう遠く分け入らせられるのに、慣れぬ御事《おんこと》であったから、御足よりしたたる血は、砂を染めて紅《くれない》のよう。夏草の茂りあった中を歩まれる露《つゆ》けさも、さぞ不自由におぼしめされたであろう。こうして明けがたに三井寺《みいでら》へはいられた。「生きてかいなき命の惜しさに、衆徒《しゅと》を頼みにして、ここへ来たのだ」と宮が仰《おお》せられると、三井寺の大衆《だいしゅ》は大いに喜びかしこまって、法輪院《ほうりんいん》に御座所を設け、まず通例どおり、御食事を進め奉《たてまつ》った。

明けると五月十六日、高倉宮《たかくらのみや》が御謀反《ごむほん》を起こされて、三井寺へ落ち行かせたもうぞやと、うわさが伝わるやいなや、京じゅうの騒動はひととおりではなかった。そもそも源三位入道頼政《げんざんみにゅうどうよりまさ》は、長い年月かくべつ不満もなく過ごして来たのであろうに、今年になって何ゆえ急にこのように謀反を起こしたかといえば、清盛《きよもり》の次男宗盛卿《むねもりのきょう》が、奇怪なことばかりしたからである。だから人はこの世にあっても、みだりに言ってはならぬことを言い、してはならぬことをしたりすることは、よくよく思慮深くいましめなければならない。そのころ、三位入道の嫡子《ちゃくし》、伊豆守仲綱《いずのかみなかつな》のもとに、都じゅうにその名の聞こえ渡った名馬があった。鹿毛《かげ》〔体が茶褐色で、尾や足先などが黒い〕の馬で、類《たぐい》のない逸物《いちもつ》。駆け具合といい、乗りごこちといい、性質といい、世にまたとあろうとは思えなかった。

その名を木の下《こした》といった。宗盛卿はこの馬のことを聞くと、仲綱のもとに使者を立て、「音に聞こえた名馬を拝見いたしたし」と言いつかわした。伊豆守の返事は、「そういう馬を持ってはおりますが、このごろあまりに乗り疲らせましたるほどに、しばらく休ませようとぞんじ、田舎《いなか》へつかわしてござります」とあった。「それならばいたしかたがない」と、その後沙汰《さた》がなかったが、おおぜい並びいた平家の家臣たちが、「ああ、その馬は一昨日《おととい》もおりました」「昨日もおりました」「今朝も庭で乗っておりました」などと口々に言ったので、「さては惜しいので、あのような返事をよこしたのだな。悪いやつ。むりにももらってやろう」とばかり、侍《さぶらい》を走らせたり、文《ふみ》を送ったりなどして、いっときの間に五、六度も、七、八度も請《こ》い求めた。それを聞いて三位入道は、伊豆守に、「たとい黄金《こがね》をまろめて作った馬であるとも、それほどまでに人が請うものを、惜しむということがあるか。さっそくその馬を六波羅《ろくはら》へつかわせ」と命じた。伊豆守はいたしかたなく、一首の歌を書き添えて、六波羅へ馬を送った。

恋しくば来ても見よかし身にそふる
　かげをばいかが放ちやるべき

宗盛卿は、歌の返事はせずに、「あっぱれ優駿《ゆうしゅん》ではある。だが、あまりに惜しんだのが憎い。持ち主が名を焼き印にせい」と、仲綱という焼き印を馬におして、廏《うまや》につないだ。客人が来て、「評判の名馬を拝見したいもの」と言うと、宗盛は、「その仲綱めに鞍《くら》を置け」「仲綱めを引き出せ」「仲綱めに乗れ」「仲綱めを打て」「仲綱めの鐙《あぶみ》を踏み張れ」……などと言う。伊豆守は人づてにこのことを聞いて、「身に代えてもと思うほどの愛馬を、力ずくで取られたことだけでも無念であるのに、そればかりか、馬のために世間の笑いぐさとなるというのは、まことに残念」とばかり、ひどく立腹した。三位入道はそれを聞いて、「何ができるものかと思いあなどって、平家の者どもが、かようの痴事《しれごと》をするのである。その儀《ぎ》ならば、この世に生きながらえてもなんとしようぞ。好機をうかがうにしかず」と言ったが、おのれ一分《いちぶん》では決断もできず、高倉宮《たかくらのみや》をおすすめ申して謀反《むほん》したのであると、あとになっての巷説《こうせつ》であった。それにつけても、下の人々は、小松大臣《こまつのおとど》〔重盛《しげもり》〕のことをしのび慕《した》った。ある時小松大臣が宮中に参内《さんだい》するついでに、中宮《ちゅうぐう》の御座殿《ござどの》へ寄ったとき、八尺〔約二・四メートル〕ほどもある蛇《へび》が、重盛のはいた指貫《さしぬき》の左の輪《りん》〔指貫は、はかまの一種。輪は、裾《すそ》などの縁どり〕をはい回ったが、重盛は、もし自分が騒げば、女房たちも騒いで、ひいては中宮も驚かせることになるであろうと思い、左の手で蛇の尾を押《おさ》えて、右の手で頭を握って、直衣《のうし》の袖《そで》の中へ引き入れ、すこしも騒がず、つと立って、「六位の者はおるか、六位の者はおるか」と呼びよせたので、伊豆守仲綱が、その時はまだ衛府《えふ》の蔵人《くらんど》であったが、「仲綱でございます」と名のって出たところ、この蛇をくださった。蛇をいただいて仲綱は、弓場殿《ゆばどの》を経《へ》て、殿上《てんじょう》の前の小庭に出ると、御倉《みくら》の小舎人《こどねり》〔蔵人所《くらんどどころ》の雑用係〕を呼び招いて、「これを持ち行け」と言ったが、小舎人はこわがって頭をふって逃げ去った。伊豆守はやむなく、自分の召使《めしつかい》の競《きおう》を召して、蛇を与えた。競はそれを受け取って捨てた。そのことのあった翌朝、小松殿より、良馬に鞍《くら》まで置いて、伊豆守へ贈って、「さてもおことの昨日のふるまいは、まことに優雅なはからいであった。これは乗りよきこと一等の馬である。夜分陣の詰所より、遊女のもとへ通う時の乗用にするがよい」と言い添えた。伊豆守の大臣《おとど》への返事は、「御馬《おんま》ありがたく拝領つかまつります。さても昨日の殿のおんふるまいは、還城楽《げんじょうらく》〔舞楽の曲名。木製の蛇を小道具に用いる〕に似ておられました」小松殿は、このように優雅であるのに、なぜにこの宗盛卿は兄のようでないのであろう。人の惜しむ馬をねだりとって、そればかりか、たわけごとのはてに天下の大事を起こすにおよぶとは、まことに情けないことである。

そのうちに同じ十六日の夜にはいって、源三位《げんざんみ》入道頼政《よりまさ》、嫡子《ちゃくし》伊豆守仲綱、次男源大夫判官兼綱《げんだいふはんがんかねつな》、六条蔵人仲家《ろくじょうのくらんどなかいえ》、その子蔵人太郎仲光《なかみつ》以下、鎧甲《よろいかぶと》に身を固めた三百余騎が、館《たち》に火をかけて焼き払い、三井寺《みいでら》へ馳《は》せ参じた。三位入道の年来の侍臣《じしん》に、渡辺源三滝口競《わたなべのげんぞうたきぐちのきおう》という者がいた。入道の軍勢に参じおくれて都にとどまっていたので、宗盛卿は競を六波羅《ろくはら》へ召して、「などお汝《こと》は相伝《そうでん》の主《しゅう》、三位入道の供をばいたさず、都にとどまりおるぞ」と問うた。競はかしこまって、「つねづねもし入道殿に一大事のことがありましたならば、まっ先かけてはせ参じ、命を奉《たてまつ》ろうとぞんじておりましたが、このたびはいかなることとでありまするか、かかることとも仰《おお》せなきゆえ、かくはとどまっておりますと言う。宗盛卿は、「おことは、かねて当家に見参したる者。先途の立身を思うて、当家に奉公せんとや思うか、または朝敵頼政法師に同心せんと思うか、いかに。ありのままに申せ」と言う。競は涙をはらはらと流して、「たとい代々主君として仕《つか》えたる宿縁はあるとも、いかでか朝敵となったる人に同心をばつかまつりましょう。ひたすらこの御殿《ごてん》に奉公つかまつる所存でございます」「さらば奉公せよ、頼政法師がなしたるほどの待遇には、少しも劣るまいぞ」と宗盛卿は奥にはいった。それよりは、朝から晩まで家の子の侍《さぶらい》に「競はおるか」「おりまする」「おるか」「おりまする」とたずねつづけて、競の祇候《しこう》〔謹《つつし》んで仕えること〕をたしかめた。

ようやく日も暮れ方、宗盛卿が出て来たので、競がかしこまって申すには、「三位入道は、三井寺におわすとの由《よし》でござります。さだめて討《う》っ手《て》をさしむけられることでありましょうが、先方は三位入道一家の者や渡辺党の者、さては、三井寺法師のやつばらで、さして手ごわい相手とも思われませぬ。なかでも強いやつを、えらみ討ちにしてやりたいと思いますが、あやにく〔あいにく〕近ごろ親しいやつに、頼みの乗馬を盗まれてしまいました。つきましては御馬《おんま》一匹拝借することは、かないませぬでしょうか」大将宗盛は、「もっともなる道理」と、白葦毛《しらあしげ》〔葦毛は白に黒や茶のまじった毛色のことで、そのうちとくに白っぽいもの〕の馬、その美をほめて煖廷《なんりょう》〔当て字で、南鐐すなわち良質の銀の意〕と名づけた秘蔵の馬に、品よき鞍を置いて競に与えた。宿所に帰ると競は「はよう日が暮れればよいの、三井寺へはせ参じ、入道殿のまっ先かけて、討ち死にせん」と言った。日もようやく暮れると、妻子たちをかしここに忍ばせ隠れさせて、三井寺へと出立《しゅったつ》したが、その心のうちこそ悲壮である。狂紋《きょうもん》の狩衣《かりぎぬ》に、普通より大形にした菊綴《きくとじ》をつけて、先祖代々伝わりたる着背長《きせなが》の、緋縅《ひおどし》の鎧《よろい》をつけ、星白《ほしじろ》の甲《かぶと》の緒《お》をしめて、怒物作《いかものづく》りの太刀をはき、二十四矢さしたる大中黒《おおなかぐろ》の矢負《お》い、滝口の故実を忘れまいとてか、鷹《たか》の羽ではいだ的矢《まとや》一手《て》を箙《えびら》にさし添えた。滋籐《しげどう》の弓を持って煖廷にまたがり、乗り替えの馬をあずかる家来一騎を召しつれ、馬の口取りに楯《たて》を脇挟《わきばさ》み持たせ、わが館《たち》に火をかけ焼き捨てて、三井寺へはせ向かった。六波羅では、競が館より出火したといって騒いだ。宗盛卿は急ぎ出て来て、「競はおるか」と尋ねると、近侍《きんじ》の者が、「おりませぬ」と答える。「すわやつめに手ぬるくしていて、はかられたぞ。あれ追いかけて討て」と命じたが、競はすぐれたる大力《だいぢから》の剛《ごう》の者、矢継早《やつぎばや》の名手であるから、「二十四さしたる矢で、まず二十四人は射殺されるであろう。まず静まっておろう」というので、追っ手に向かう者はなかった。

三井寺では、そのころ渡辺党の者が寄り合って、競のことについて評議ちゅうであった。「競滝口をば召しつれられるべきであるのに、六波羅に一人残されて、いかなる憂《う》き目《め》をみていることであろうか」と案じると、三位入道は競の心をよく知っていて、「むざむざあの男がからめとられはしまい。この入道に志《こころざし》厚く仕えた者である。見よ、おっつけはせ参るであろうぞ」とまだ言い終わらぬうちに、競は突如来たり現われた。「さればこそ、申したのだ」と入道は言う。競はかしこまって、「伊豆守殿の、木《こ》の下《した》が代わりに、六波羅の煖《なん》廷を取って参りました。献上つかまつります」伊豆守はたいそう喜んで、さっそくおのれの愛馬がされたように、尾とたてがみを切り、焼き印をして、その夜のうちに六波羅へやった。夜半に門の内へ追い入れると、煖廷は廏《うまや》にはいって、ほかの馬どもとかみ合った。廏の舎人《とねり》たちは驚いて、「煖廷が帰って参りました」と叫んだ。宗盛卿が急ぎ出て見れば、「昔は煖廷、今は平宗盛入道」という焼き印をおしてあった。「にっくき競めを斬って捨つべきであった。手ぬるくしてはかられたのが残念。このたび三井寺へ討っ手に行く者どもは、いかにもして競めを生けどりにせよ。鋸《のこぎり》で首をばひき切らん」とおどり上がり、おどり上がりしておこったが、いったん切られた煖廷の尾、たてがみははえず、焼き印のあとも消えなかった。

山《さん》門牒状《もんちょうじょう》

三井寺《みいでら》では法螺貝《ほらがい》を吹き鐘をつきならして、寺内の僧侶大衆《だいしゅ》をあつめ群議におよんだ。

「近ごろ世間の様子をみるに、仏法のおとろえ王法のゆきづまり、まさに危機にあるとすべき時だ。今にして清盛入道《きよもりにゅうどう》の暴悪を討《う》ちこらしめなければ、いつの日にかこの事を期待しえよう。高倉宮《たかくらのみや》が当寺にまいらせ給《たも》うたのは、まさしく正八幡宮《しょうはちまんぐう》のお加護、素盞鳴尊《すさのおのみこと》をいつきまつる新羅《しんら》(57)大明神のお助けとも申すべきではないか。天の神地の神の一類も姿をあらわして仏力神力《ぶつりきじんりき》を怨敵降伏《おんてきごうぶく》に加えしめたもうこと疑いない。そもそも比叡山《ひえいさん》は天台《てんだい》研修の学地、また奈良の興《こう》福寺《ぶくじ》は、戒律修行の道場である。この両者の関係からして、わが方から廻《めぐら》しぶみをおくれば、どうして味方しないことがあろう」

こうして衆徒一同が相談の上、叡山《えいさん》と奈良へ廻状《かいじょう》をおくった。叡山への手紙の文面は、

園城寺《おんじょうじ》（三井寺）廻状——延暦寺《えんりゃくじ》（比叡山）役所

とりわけ協力をお願いして、当寺の破滅を救われるようお頼みの手紙右入道浄海《じょうかい》（清盛）、我意にまかせて王法をむなしくさせ、仏法をほろぼさんとしております。悲しみと嘆《なげ》きにたえないおりから、さる十五日の夜、一院第二の王子（高倉宮）、ひそかに当寺へおはいりになられました。そこで、清盛方が後白河法皇《ごしらかわほうおう》の命令と称して、王子を差しだすように申してまいりましたが、もとより応じるわけにはゆきません。すると今度は、官兵《かんぴょう》をさしむけてくるという噂《うわさ》が聞えてきました。そうなれば当寺の亡滅は、まのあたりです。天下の人々、誰かこれを嘆かない者がありましょう。まして延暦、園城の両寺は、系統が二つにわかれているとは申すものの、学びとするところはおなじく、円満ですぐに悟りにはいれる天台宗の法門です。たとえていえば鳥の左右の翼、また車の両輪にひとしい間柄、その一方がかけるようなことがあれば、いかにしても嘆かずにはおられないはずである。かような訳《わけ》で、このさい御協力をたまわり、当寺の滅亡をお助け下さることによって、すみやかに両寺の間にわだかまる年来の怨《うら》みをとき、かつて同じ山内に住んでいた、昔の仲好《よ》い関係にかえりたいということに、わが方の衆徒《しゅと》一同が同意しました。よってこの廻状をさしあげる次第です。

治承《じしょう》四年五月十八日　　大衆等《ら》

このように記してあった。

南都牒状《なんとちょうじょう》

比叡山延暦寺《ひえいさんえんりゃくじ》の僧侶大衆《だいしゅ》は、この廻状《かいじょう》を開封して、「とんでもない。当山の末寺でありながら、鳥の左右の翼、または車の両輪のごとしとは何事か。けしからぬ申しようであるわい」

叡山《えいさん》側ではこれを口実にして、返事をおくらなかった。その上入道相国清盛《にゅうどうしょうこくきよもり》は、天台座主《てんだいざす》の明雲大僧正《めいうんだいそうじょう》に、叡山の衆徒《しゅと》をおさえるよう申しつけたので、座主はいそぎ山にのぼって大衆の鎮撫《ちんぶ》にあたった。かような訳《わけ》で宮《みや》のお方へは、味方するともしないとも、まだ意見が定まらない由《よし》を申しおくった。また清盛は叡山への手土産《てみやげ》に、近江《おうみ》の米二万石、北国《ほっこく》産ののべ絹三千疋《びき》を寄贈した。これ等《ら》を叡山の谷々や山の上にすむ、多勢の僧侶大衆にくばったところ、俄《にわか》のことなので一人で沢山《たくさん》せしめる者があれば、また何一つ手にしえなかった者もある。そこで誰かが、落首《らくしゅ》〔風刺やからかいの意をこめた歌や短文〕をつくった。

山法師おりのべ衣《ごろも》薄くして

恥をばえこそ隠さざりけれ

せっかくのべ絹をせしめた山法師も、絹地が薄いため、互《たがい》に取りあい奪いあいした醜《みにく》さを隠すことができないという意味である。またこれは絹にありつけなかった大衆のよんだものらしく、

織りのべをひときれもえぬ我らさへ

薄恥をかく数に入るかな

のべ絹を手にすることができなかったのに、恥をかく仲間の数にだけは入る

ことになってしまった、というのである。

また奈良興福寺《こうぶくじ》への廻《まわ》し文《ぶみ》は、次のようなものであった。

園城寺《おんじょうじ》廻状――興福寺役所

とくに協力をお頼みして当寺の破滅を救われるようお願いする手紙

仏法をもってとくに有難《ありがた》いとする理由は、王法を護《まも》るためであり、また王法は仏法によって長久《ちょうきゅう》たりうる。ここに入道前太政大臣平朝臣《さきのだいじょうだいじんたいらのあそん》清盛公、法名《ほうみょう》浄海《じょうかい》、勝手気まま国威を私《わたくし》して朝廷政治をみだし、朝野《ちょうや》の人々の恨《うら》みと嘆《なげ》きのたねとなっていたところ、今月十五日の夜、一院第二の王子（高倉宮）、思わぬ身の災害をのがれるため、不意に当寺へ入らせ給《たま》いました。そこで清盛方から上皇《しょうこう》の院宣《いんぜん》といって、宮をさしだすよう強く申入《もうしい》れてきたが、わが方の衆徒一同は宮を護って、これを拒《こば》みました。するとかの禅門（清盛）は、兵力をもって当寺へおし入ろうとしています。仏法といい王法といい、破滅はまさにこの時と言いましょう。むかし唐の武宗《ぶそう》皇帝は、軍兵《ぐんぴょう》をもって仏法をほろぼそうとしました。その時清涼山《せいりょうざん》(58)(五台山)の衆徒《しゅと》は、起《た》ってこれと戦い、ふせぎました。帝王の権力にたいしてさえ、このように抵抗したのです。まして謀反《むほん》を第一とする八逆の罪徒にたいしては、なおさらのこと申しあげるまでもありません。とりわけ藤原家の氏寺《うじでら》である興福寺においては、藤原氏の長者、関白基房《かんぱくもとふさ》公が罪もないのに、配流《はいる》に処せられております。関白を処罰するなどとは前例のないこと、興福寺として、基房公の会稽《かいけい》の恥をそそぐのは、この時を期せずしていずれの日にかありましょう。願わくば貴寺の衆徒、内には仏法の破滅をたすけ、外には悪逆の徒輩《やから》を退《しりぞ》けくださらば、わが方として会心《かいしん》のいたり、本懐とするに足ります。かような次第で衆議が一決しましたから、以上のように書状をしたためました。

治承《じしょう》四年五月十八日　大衆等《だいしゅら》

このように愬《うった》えている廻状を読み、興福寺の大衆は間もなく返事の手紙を三《み》井寺《いでら》におくった。内容は下のようなものである。

興福寺文書す――園城寺役所

来書一紙の記載によれば、右入道浄海がために、貴寺の仏法亡滅におよぼうとする由《よし》の事。

書面をもって申しあげます。天台宗の教《おしえ》を玉の泉とすれば、法相宗《ほっそうしゅう》のそれを玉の花になぞらえて、園城寺とわが興福寺とは、それぞれ宗義を異《こと》にしておりますけれども、黄金の章句ともいうべき教文《きょうもん》のすべては、もとこれ釈迦《しゃか》一代の教説から出てきたものです。また南京《なんきょう》（奈良）北京《ほくきょう》（京都）も、ともに如来《にょらい》であることに変りはなく互《たがい》に相《あい》ともなって、釈迦の敵となった調婆達多《ちょうばだった》(59)のような魔障《ましょう》を屈伏《くっぷく》させなければなりません。清盛入道はいわば平氏の粕糟《かすぬか》、武家の屑《くず》です。彼の祖父正盛《まさもり》は、五位の蔵人《くらんど》時代の為房《ためふさ》につかえて、諸国受《ず》領《りょう》（国司）の手先に使われた。為房卿《きょう》が加賀の国司だった昔には、そこの検《けん》非《び》所《しょ》（司法所）ではたらき、修理大夫《しゅりのだいぶ》顕季《あきすえ》が播磨《はりま》の大守《たいしゅ》だった折には、廏《うまや》の別当職《べっとうしき》（長官）に任ぜられた。ところが清盛の親父《しんぷ》忠盛《ただもり》が昇殿をゆるされることになると、都人も田舎人も皆そのことをもって鳥羽上皇《とばじょうこう》のお手落ちとみなし、また内外の学識者達はそれぞれ、わが国の将来にとって憂《うれ》うべき前兆だとした。出家して堂上人《どうじょうびと》の列に入った忠盛《ただもり》が、身分にふさわしく威儀をつくろっても、世間の人々は依然として彼の素性《すじょう》を卑《いや》しんでいる。公家《くげ》につかえる六位の青侍《あおさぶらい》達のうち、名を惜しむほどの者は誰も彼の家にのぞもうとはしない。しかるにかの平治《へいじ》元年十二月の乱に、清盛が合戦《かっせん》にうちかって、後白河《ごしらかわ》上皇より並びない恩賞を賜《たま》わってからというもの、高く相国《しょうこく》（太政大臣）に経《へ》のぼり、あわせて護衛の随身《ずいじん》をたまわるようになった。その男子はあるいは大臣の恩命に浴し、あるいは近衛府《このえふ》の大中将《だいちゅうじょう》をかねる大中納言《だいちゅうなごん》に任ぜられている。女子はまた中宮職《ちゅうぐうしき》（皇后）にそなわったり、あるいは准后《じゅんごう》（太皇太后、皇太后、皇后に準ずるもの）の宣号をこうむったりしている。諸弟や庶子はみな公卿《くぎょう》の列に入り、それの孫、かれの甥《おい》といったたぐいは、すべて国司に任官される。それればかりでなく、日本全土を統轄《とうかつ》して百官の任免を自由におこない、国家の奴婢《ぬひ》を自家の召使いにした。毛すじほども、我が意にたがうことがあれば王侯であろうとこれを捕え、片言でも耳にさからえば公卿なりとも搦《から》めとる。

このような有様なので、一旦の無事をはかり、または片時の恥ずかしめをまぬかれようと考えて、万乗《ばんじょう》の位にある聖天子でさえ、清盛の面前にこびへつらい、代々の主筋にあたる家（藤原氏）の主人も、逆に頭をさげて家来みたいにふるまっている。宰相《さいしょう》は家重代《じゅうだい》の所領をうばわれても恐れて口をとざし、宮々は先祖よりうけつぐ荘園《しょうえん》をとられても、権威をはばかって物が言えない。こうして清盛は図にのるあまり、去年の冬十一月、後白河上皇を鳥羽の御殿におしこめ、関白藤原基房《もとふさ》を筑紫《つくし》へ流した。かかる無類の反逆は、古今に例《ためし》のないことである。その時私達はすみやかに賊徒《ぞくと》へはせむかって、かれが罪を問いただすべきであったが、神慮のほども憚《はばか》られる一方、清盛は天皇の御命令だと称してもおるので、鬱憤《うっぷん》をおさえて日をおくっているうち、清盛はまたもや軍兵《ぐんぴょう》を催《もよお》して高倉宮の御所をとりかこみ、親王を捕《と》えようとしたところ、八幡宮の応神《おうじん》、神功《じんぐう》、玉依姫《たまよりひめ》の三所の神、春日《かすが》の大明神が(60)姿をあらわして乗物をささげ、宮《みや》を貴寺におくりつけて、三井寺の鎮守新羅大明神《ちんじゅしんら》の加護の扉《とぼそ》にあずけ奉《たてまつ》ったとある。これをもってしても、王法をうしなってならない極意は明らかです。それ故《ゆえ》貴寺におかれても、身命をすてて宮を守護し奉る段々、有情《うじょう》の人間として誰か感動しない者がありましょう。遠方にある私達まで心をうごかされているのに、清盛入道は驕《おご》り心《ごころ》にかられて、貴寺におし入ろうとしているとの風聞、ほのかに耳にしていたので、かねてから覚悟をきめていました。十八日の朝八時を期してわが方の大衆《だいしゅ》をあつめ、諸寺へ廻状をおくり、末寺に命《めい》をくだし、軍兵の用意をして、貴寺方へ通知しようとしていた折柄《おりから》、貴寺の使者がお手紙をたずさえて馳《は》せつけてきました。数日間の鬱屈《うっくつ》した気持がいっぺんに吹飛《ふきと》んだ思いがいたします。かの唐国清涼山《せいりょうざん》の僧侶たちは、一山《いっさん》の衆をもって武宗《ぶそう》皇帝の官兵《かんぴょう》を追いかえしました。ましてわが国南都北京《なんとほくきょう》両門の衆徒《しゅと》たるもの、いかでか無道の邪類《じゃるい》を追払《おいはら》わずにおかれましょう。高倉宮の左右両翼の陣をよく固めて、私たちが近く出発するのをくれぐれもお待ちください。こちらの様子を推察して、懼《おそ》れ疑うてはなりません。よって返事をさしあげます。
治承四年五月二十一日　　大衆等

永《なが》の僉《せん》議《ぎ》

三井寺《みいでら》方ではまた大衆《だいしゅ》があつまって、評議をこらした。

「山門（延暦寺《えんりゃくじ》）は、心変りした。奈良の興福寺《こうぶくじ》からは、まだやって来ない。ぐずついていると、悪い結果になる。ただちに六波羅《ろくはら》へおしよせて、夜討《ようち》をかけようではないか。この議に賛成ならば、大衆老若《ろうにゃく》を二手にわけ、老僧連は如意《にょい》が峰《みね》から、裏口の搦手《からめて》に向かうようにする。足軽《あしがる》の歩卒四、五百人を先頭にして、六波羅の北白河《きたしらかわ》の民家に火をかけて焼きたてれば、在京の平家の家人《けにん》、六波羅の武士どもは、『すわ火事だ』というので駈《か》けつけてくるであろう。そのとき岩坂《いわさか》、桜本《さくらもと》あたりに彼らをおびきだして、しばらくの間戦いささえている間に、大手《おおて》口《ぐち》は伊豆守《いずのかみ》を大将に若手の悪僧どもが六波羅におしよせ、風かみに火をはなち、揉《も》みにもんで一挙に攻めたてる。そして焼きだされてくる清盛《きよもり》入道《にゅうどう》を狙《ねら》えば、なんで討《う》てないということがあろう」

このような衆議をかわしている。その中に平家方の祈禱師《きとうし》だった一如坊《いちにょぼう》の阿《あ》闍梨《じゃり》真海《しんかい》がいた。弟子や同じ宿坊の僧侶数十人をひきつれ、評議の席にすすみでて申すには、

「こう申すと、平家の味方のように思われるかもしれない。しかしたといそうあろうとも、いかでか衆徒《しゅと》の義理にそむき、わが三井寺の名を惜しまずにおられましょうか。昔は源平左右《さう》にきそいあって朝廷のお護《まも》りとなっていたが、ちかごろは源氏の運勢がかたむき、平家の世となって二十余年、天下になびかぬ草木もないありさまです。六波羅の屋敷の状態から計っても、少数の兵力をもってたやすく攻め落とせるような構えではありません。それ故《ゆえ》よくよく外に謀《はかりごと》をめぐらして、多くの軍勢をあつめ、後日を期して攻めよせるべきではなかろうかと思います」

と時刻をひきのばそうとして、ことさらに評議をながびかせた。

ここに乗円坊《じょうえんぼう》の阿闍梨《あじゃり》慶秀《けいしゅう》という老僧があった。ころもの下に腹巻をきて、大鍔《おおつば》の打ち刀を前さがりに差し、坊主頭を布でつつんで、白木柄《しらきえ》の大なぎなたを杖《つえ》つきながら、評議の場へまかり出て、

「とやかくと言葉をかまえての長詮議《ながせんぎ》は、この際いらざることだ。わが三井寺創立の願主天武《てんむ》天皇は、まだ東宮《とうぐう》でおわせし時、大友皇子《おおとものみこ》（弘文天皇）にご遠慮なさって、一度は吉野《よしの》の奥にひっこまれたが、のちに吉野を出て大和国《やまとのくにう》宇多郡《だのこおり》を通られた時は、その勢《ぜい》わずかに十七騎にすぎなんだ。しかも伊賀《いが》、伊勢《いせ》をうちほろぼして美濃《みの》、尾張《おわり》にすすみ、そこの軍勢を味方につけて大友皇子との戦《いくさ》に勝ち、ついに帝位につかせられた。『逃げ場をうしなった小鳥が懐《ふところ》に飛びこんでくれば、人もこれを憐《あわれ》む』との譬《たとえ》もある。他人は知らず、この慶秀に一味する衆徒は、今宵《こよい》をおかず六波羅におしよせて討死《うちじ》にしたまえ」

と言ってのけた。円満院《えんまんいん》の大輔源覚《たゆうげんかく》も席にのりだして、

「詮議にてまどっている場合ではない。夜もふける。いそぎ進撃しよう」

とこれに同意した。

大衆《だいしゅ》揃《ぞろ》え

かくて、まず搦手《からめて》に向かう老僧どもの大将軍《たいしょうぐん》には源三位入道頼政《げんざんみにゅうどうよりまさ》。乗円房阿《じょうえんぼうのあ》闍梨慶秀《じゃりけいしゅう》。律成房《りつじょうぼうの》阿闍梨日胤《にちいん》、帥法院禅智《そつのほういんぜんち》、禅智が弟子義宝《ぎほう》、禅永《ぜんえい》をはじめ、総勢一千人が、手に手に松明《たいまつ》を持って如意《にょい》が峰《みね》へ向かった。大手は嫡子伊豆守《ちゃくしいずのかみ》仲綱《なかつな》が大将軍。次男源大夫判官兼綱《げんだいふはんがんかねつな》、六条蔵人仲家《ろくじょうのくらんどなかいえ》、その子蔵人太郎仲光《なかみつ》をはじめ、大衆には円満院大輔源覚《えんまんいんのたゆうげんかく》、成喜院《じょうきいん》の荒土佐《あらどさ》、律成房伊賀公《りつじょうぼうのいがのきみ》、法輪院《ほうりんいん》の鬼佐渡《おにさど》が参加した。これらはみな弓矢打物《うちもの》取っては、いかなる鬼にも神にも立ち向かうという、一人《いちにん》当千の兵《つわもの》ばかりである。平等院《びょうどういん》では、因幡竪者荒大夫《いなばのりっしゃあこうだいぶ》、角六郎房《すみのろくろうぼう》、嶋《しま》の阿闍梨、筒井法師《つついほうし》、卿《きょうの》阿闍梨、悪少納言《あくしょうなごん》。北の院では、金光《こんこう》院《いん》の六天狗《てんぐ》、式部、大輔《たゆう》、能登《のと》、加賀《かが》、佐渡《さど》、備後《びんご》ら。そのほか松井肥後《まついのひご》、証《しょう》南院筑後《なんいんちくご》、賀屋筑前《かやのちくぜん》、大矢俊長《おおやのしゅんちょう》、五智院但馬《ごちいんのたじま》。慶秀の房人《ぼうにん》〔僧房の同宿者〕六十人の内では、加賀光乗《こうじょう》、刑部春秀《ぎょうぶしゅんしゅう》。法師原《ほうしばら》では一来法師《いちらい》が剛《ごう》の者である。武勇これらに及ぶものはない。堂衆《どうじゅ》〔各堂に属する雑役僧〕では、筒井の浄妙明秀《じょうみょうめいしゅう》、小蔵尊月《おぐらのそんがつ》、尊永《そんえい》、慈慶《じけい》、楽住《らくじゅ》、鉄拳玄永《かなこぶしげんよう》。武士では渡辺省《わたなべのはぶく》、播磨次郎《はりまの》、授《さずく》、薩摩兵衛《さつまのひょうえ》、長七唱《ちょうじつとのう》、競滝口《きおうのたきぐち》、与右馬允《あとうのうまのじょう》、続源太《つづくのげんた》、清《きよし》、勧《すすむ》をはじめとして、総勢一千五百余の軍勢が、三井寺《みいでら》を出発した。

三井寺では高倉宮《たかくらのみや》がはいられてから、大関《おおぜき》、小関《こぜき》を掘り切り、逆茂木《さかもぎ》を引いて防御の体勢をととのえていたが、さて出発と堀に橋をわたし、逆茂木を取り除くなどしているうち、はやくも時移り、明けがたの鶏《とり》が鳴いた。伊豆守が、「ここで鶏鳴《けいめい》を聞くようでは、六波羅《ろくはら》へは白昼押し寄せることになろう。いかがしたものか」と思案した。すると、円満院大輔源覚《えんまんいんのたゆうげんかく》が、またも進み出て、「昔、秦《しん》の昭王《しょうおう》が、孟嘗君《もうしょうくん》を召しとらえたるとき、孟嘗は后《きさき》の助けにより、兵三千人を引きつれて逃げのび、ほどなく函谷関《かんこくかん》に到った。異国のならいで、鶏が鳴かぬかぎりは、関の戸は開かぬ。ところが孟嘗君が三千の食客《しょっかく》のひとりに、田甲《てんかつ》という兵がいた。鶏の鳴きまねがたいそう巧《たく》みであったゆえ、鶏鳴ともいわれていた。その鶏鳴が高い所に駆け上がって、鶏の鳴きまねをすると、関の鶏が聞いて、一斉にときをつくった。関守は鶏の虚鳴《そらなき》にばかされて、関の戸をあけて通したという。されば、これも敵のはかりごとで鳴かすのかもしれぬよ。とんじゃくせず、ただ押し寄せよ」と言った。

そのうちほのぼのと夜は明けた。伊豆守は、「夜討《ようう》ちなれば、しかるべき策もと思ったが、昼戦《ひるいくさ》では勝味はない。先手のものを呼び返せ」と言う。大手は松坂《まつざか》よりとって返し、搦手《からめて》は如意《にょい》が峰より引っ返す。若大衆《わかだいしゅ》や悪僧どもは「一《いち》如房《にょぼう》が長僉議《ながせんぎ》のために夜が明けた。やつをたたき斬《き》れ」とばかり押し寄せ斬りこんできた。坊の弟子や同宿の僧は、さんざん討たれた。一如坊は手傷を負ってほうほうのていで、六波羅へ参って、その由《よし》を言上《ごんじょう》したが、六波羅ではすでに準備ととのい、軍兵《ぐんぴょう》数万騎がはせ集まっていて、べつに驚き騒ぐ様子もみえない。そのうちに宮は「山門は心変わりしたし、南都《なんと》はいまだ到着せぬ、この寺のみでは、いかにしても打ち勝てまい」と、同じ二十三日の明けがたに三井寺を出て、奈良へ逃げ落ちたもうた。この高倉宮は、蟬折《せみおれ》、小枝《さえだ》という漢竹《かんちく》の笛を二つ持っておられた。そのなかでも蟬折は、昔、鳥羽院《とばのいん》の御時《おんとき》、宋朝《そうちょう》の天子へ砂金を多量贈られたのであるが、その返礼として、生きた蟬のかたちをした節《ふし》のついている笛竹《ふえたけ》を、一節送ってきたのであった。これほどの宝物は、容易に手に入るものではないと、三井寺の大進僧正《だいしんそうじょう》覚宗《かくしゅう》に命じて、壇上に立て、七日間加持《かじ》を行ない、その上で彫り上げた笛である。あるとき、高松《たかまつの》中納言実《さね》平卿《ひらのきょう》が来てこの笛を吹いたが、普通の笛のように思って、膝《ひざ》より下に置くと、笛がとがめてのたたりか、蟬の節のところが折れ、それで蟬折と名づけたのである。高倉宮は笛の名手であられたので、この笛を御相伝《ごそうでん》になられたということである。しかしながら、今を限りとおぼしめされたのであろうか、金堂《こんどう》の本尊弥勒仏《みろくぼとけ》にその蟬折をば供《そな》え奉《たてまつ》った。菩薩《ぼさつ》との千載《せんざい》の一遇をお祈りになられてのことかと思われて哀《あわ》れである。

宮は老僧たちには暇《いとま》を賜《たま》わって、三井寺にとどめられた。しかるべき若大衆《わかだいしゅ》や悪僧どもがお供をする。三位《さんみ》入道の一味、渡辺党、三井寺の大衆を引きつれて南都へ落ちたものであるが、その軍勢は一千人ということであった。乗《じょう》円房阿闍梨《えんぼうのあじゃり》慶秀《けいしゅう》は、鳩《はと》の杖にとりついて、宮の御前《ごぜん》に参り、両の目より涙をはらはらと流して申し上げた。

「いずこの果てまでも御供《おんとも》つかまつるべきでございますが、年すでに八十におよび、歩行も思うままではございませぬ。弟子の刑部房俊秀《ぎょうぶぼうしゅんしゅう》をお供に参らせましょう。この俊秀は先年、平治《へいじ》の合戦の時、故左馬頭義朝《さまのかみよしとも》が味方となり、六条河原で討ち死につかまつった相模国《さがみのくに》の住人山内須藤刑部丞俊通《やまのうちすどうぎょうぶのじょうとしみち》が子でございますが、いささか縁故あるによって、わが懐《ふところ》に抱きはぐくみ育てたる者。心の底までもよくぞんじてあれば、いずくまでもお召しつれくだされ」

宮も慶秀の言葉を聞かれると哀れに思われて、「いかなる好意でこのようにまで申してくれるのか」と流れる御涙《おんなみだ》をとどめかねられた。

橋《はし》合《がっ》戦《せん》

高倉宮《たかくらのみや》は宇治《うじ》と三井寺《みいでら》の間で、六度まで御落馬になった。これは昨夜、御寝《ぎょしん》なさらなかったからであるというので、宇治橋の橋板を三間《さんげん》ばかり引きはがして敵の侵入を防いだうえ、平等院《びょうどういん》に入れまいらせて、しばし御休息をさせ申した。六波羅《ろくはら》では、「すわや宮は南都《なんと》へのがれさせたもうぞ。追っかけて討《う》ちまいらせい」と、大将軍《たいしょうぐん》には左兵衛督知盛《さひょうえのかみとももり》、頭中将《とうのちゅうじょう》重衡《しげひら》、薩摩守忠度《さつまのかみただのり》、侍大将《さぶらいだいしょう》には上総守忠清《かずさのかみただきよ》、その子上総太郎判官忠綱《かずさのたろうはんがんただつな》、飛驒守景家《ひだのかみかげいえ》、その子、飛驒太郎判官景高《かげたか》、高橋《たかはしの》判官長綱《ながつな》、河内《かわちの》判官秀国《ひでくに》、武蔵三郎左衛門有国《みさしのさぶろうざえもんありくに》、越中次郎兵衛尉盛継《えっちゅうのじろうびょうえのじょうもりつぐ》、上総《かずさの》五郎兵衛忠光《ただみつ》、悪七兵衛景清《あくしちびょうえかげきよ》をはじめとして、総勢二万八千余騎が、木幡山《こわたやま》を越えて、宇治橋のたもとに押し寄せた。敵は平等院にありと見てとって、寄せ手は三度鬨《とき》の声をあげた。宮のほうでも、鬨の声をあげてこれに応《こた》えた。寄せ手の先陣が「橋板ははずしてあるぞ、みだりに進むな、橋板はひいてある、心せよ」と叫びたてたが、後陣はその注意を聞きつけず、われ先にわれ先にと進んだので、先陣二百余騎は、川に押し落とされ、おぼれてしまった。かくて、橋の両たもとに両軍立ちならんで、矢合わせをはじめた。宮のかた、大矢俊長《おおやのしゅんちょう》、五智院但馬《ごちいんのたじま》、渡辺省《わたなべのはぶく》、授《さずく》、続源太《つづくのげんた》が射かけた矢は、楯《たて》もたまらず、鎧《よろい》にもとめられぬ勢い。源三位入道頼政《げんざんみにゅうどうよりまさ》は、今日を最後と思ったか、長絹《ちょうけん》の鎧直垂《よろいひたたれ》に科皮縅《しながわおどし》の鎧を着て、わざと兜《かぶと》は着けぬいでたち。嫡子伊豆守仲綱《ちゃくしいずのかみなかつな》は、赤地の錦《にしき》の直垂に、黒糸縅《くろいとおどし》の鎧を着けていた。弓を強く引こうがため、これもまた兜は着けない。

五智院但馬は、大長刀《おおなぎなた》の鞘《さや》をはずして、ただ一人、橋の上に進んだ。平家のほうではこれを見て、射取れや射取れやと、つがえては引き、引いてはつがえ、激しく射かけたが、但馬は少しも騒がず、上がり来る矢は、かがみては退《しりぞ》け、降り来る矢をばおどり越え、まっ向に来る矢は長刀《なぎなた》で切り払った。その奮戦のさまを敵も味方も見物する。これより、但馬は、矢切《やぎり》の但馬と呼ばれた。また堂衆《どうじゅ》の一人、筒井《つつい》の浄妙明秀《じょうみょうめいしゅう》は、褐《かちん》の直垂に黒革縅《くろかわおどし》の鎧を着て、五枚兜の緒《お》をしめ、黒漆《くろうるし》の太刀《たち》をはき、二十四さした黒母衣《くろほろ》の矢を負い、塗籠籐《ぬりごめどう》の弓に好みの白柄《しらえ》の大長刀をとって、これまた、ただ一人、橋の上に進んだ。大音声《だいおんじょう》を

あげて、

「遠からん者は音にも聞け、近からん人は目にも見たまえ。三井寺には、かくれなし。堂衆の中に筒井浄妙明秀とて、一人当千《いちにんとうせん》の兵《つわもの》である。われと思わん人々は、寄り合えよ、見参せん」

と、二十四さしたる矢を、さしつがえ引きつがえ、さんざんに射た。たちまち敵十二人射殺《いころ》し、十一人に手傷を負わせたので、箙《えびら》には一矢残っただけであった。それから弓をばがらりと投げ捨てて、箙も解き捨てた。貫《つらぬき》〔戦陣用の毛皮のくつ〕も脱いではだしになり、橋の行桁《ゆきげた》をさらさらと走った。余人は恐れて渡らないが、浄妙《じょうみょう》房《ぼう》のここちでは、一条二条の大路を行くがごとく渡った。長刀をふるって、向かう敵五人をなぎ倒し、六人目の敵に出会ったとき、長刀が中ほどより折れたので打ち捨てた。それよりは太刀を抜いて戦ったが、敵はおおぜいである。蜘蛛手《くもで》、かく縄、十文字、とんぼ返り、水車、とあらゆる秘術をつくして、四方八方くまなく斬りつけた。向かい来る敵八人を斬り伏《ふ》せ、九人目の敵の甲《かぶと》の鉢《はち》に、あまりに強く斬り当てたので、太刀は目貫《めぬき》〔刀身と柄《つか》を貫いてとめる金具〕の元からちょうとばかり折れてしまい、ぐっと抜けて、川の中へざんぶと落ちる。頼むところは腰刀《こしがたな》だけになった。いまはただ討《う》ち死《じ》にとばかり狂い回った。

乗円房阿闍梨慶秀《じょうえんぼうのあじゃりけいしゅう》が召し使っていた一来法師《いちらいほうし》という大力《だいぢから》の剛《ごう》の者が、浄妙房《じょうみょうぼう》のうしろにつづいて戦ったが、橋桁《はしげた》は狭い、先に出ようとしてもわきを通るすべもない。そこで浄妙房の甲《かぶと》の錏《しころ》〔甲の左右・後ろに垂れている部分〕に手をかけて「行く先をふさぐとはよろしからず、浄妙房」と、肩をずんとおどり越えて戦った。一来法師は討ち死にした。浄妙房ははいはい帰って、平等院の門前の芝の上に鎧《よろい》を脱ぎ捨てて、鎧に立った矢目を数えると六十三、裏まで通した矢が五カ所あった。しかしさほどの重傷ではないので、所々に灸《きゅう》をすえて治療を加え、頭髪の乱れたのをつくろいからげ、浄衣《じょうえ》を着て、弓を切り折って杖《つえ》に突き、平足駄《ひらあしだ》をはき、念仏を唱《とな》えながら、奈良のほうをさして行った。さて橋上では、浄妙房が渡ったのを手本として、三井寺の大衆《だいしゅ》、三位入道の一味、渡辺党がわれ先にとはせ続き、橋桁を渡った。あるいは敵の物をぶんどって帰る者もあり、あるいは手傷を負って、腹かき切って川へ飛び入る者もあって、橋上のいくさは、まさに火が出るばかりの激しさに見えた。

平家のほうの侍大将上総守忠清《かずさのかみただきよ》は、大将軍の前に参って、「あのさまを御覧《ごろう》じあれ、橋上のいくさは一方《ひとかた》ならず困難に見えまする。今は川を渡るべきかとぞんじますが、あいにくいまは五月雨《さみだれ》の候、水かさが増しておりますゆえ、しいて渡れば、人馬の多くを失うは必定《ひつじょう》であります。されば淀《よど》、一口《いもあらい》〔京都市伏見区〕へ向かうべきか。あるいは河内路《かわちじ》へ回るべきか、いかがいたしましょうか」とはかった。下野《しもつけ》の国〔栃木県〕の住人、足利又太郎忠綱《あしかがのまたたろうただつな》は生年《しょうねん》十七歳、このとき進み出て言上《ごんじょう》した。

「淀、一口、河内路へは、印度《いんど》、はた支那の武士をば召し寄せて向けられる御所存か。それもわれらが命をうけて向かうのでありましょうが、目前の敵を討たずして、宮を南都へ入れまいらせなば、吉野、十津川《とつがわ》の軍勢どもがはせ集まり、いよいよもってゆゆしき大事を招きましょうぞ。武蔵《むさし》と上野《こうずけ》〔群馬県〕の境に、利根川《とねがわ》と申す大河があります。秩父《ちちぶ》と足利に確執《かくしつ》あり、つねづね合戦《かっせん》をばいたしましたが、その合戦に大手は長井《ながい》の渡《わたり》、搦手《からめて》は古我《こが》、杉《すぎ》の渡より押し寄せました。上野の国の住人、新田《にったの》入道と申す者、足利方に説きつけられて、杉の渡《わたり》より寄せんと用意したる舟をば、秩父方のため皆うち破られたのは、『ただいまこの渡を渡らざれば、長く弓矢の名折れなるべし。よし水におぼれて死なば死ね、いざ渡らん』とばかり、馬筏《うまいかだ》を作って渡ったればこそうち破れたのであります。坂東武者《ばんどうむしゃ》の習いとして、敵を目前に、川を隔《へだ》てたるこのいくさに、淵瀬《ふちせ》をきらう余地はありますまい。この川の深さ、早さ、利根川といかほどの劣《おと》りまさりはよもあるまじ。つづけ、おのおの方」

　そう言ってまっ先かけて馬を乗り入れた。つづく人々は、大胡《おおご》、大室《おおむろ》、深須《ふかず》、山上《やまがみ》、那波太郎《なばのたろう》、佐貫広綱四郎大夫《さぬきのひろつなしろうだいぶ》、小野寺禅師《おのでらのぜんじ》太郎、辺屋子《へやごの》四郎、郎党《ろうどう》には宇夫方《うぶかたの》次郎、切生《きりうの》六郎、田中宗太《たなかのむねた》を始めとして、三百余騎。足利又太郎忠綱は、大音声をあげて、「弱い馬は下手《したて》に立てよ。強い馬を上手《うわて》になせ。馬足のとどく間は、手綱《たづな》をゆるめて歩ませよ。馬はずまば、手綱をかきくって泳がせよ。水に流されさがる者は弓を弭《はず》〔上下の端〕に取りつかせ。手に手を組み、肩をならべて渡れ。馬の頭沈まば、引き揚げよ。さりとて引き過ぎてかぶるな。鞍《くら》壺《つぼ》によく乗り、しっかと鐙《あぶみ》をふめ。水のとどこおりしときは、三頭《さんず》〔馬の尻の盛り上がった部分〕の上に乗りかかれ。川中で弓を引くな。敵が射ても応ずるな。つねに錣《しころ》を傾けておれ。さりとて傾けすぎて天辺を射さすな。馬には弱う、水には強うあたれ。まっすぐに渡って押し流されるな。水勢をよけて斜めに渡れや渡れ」とさしずして、三百余騎の軍兵が一騎も流されず、向こう岸へさっと渡り上がった。

宮《みや》の御《ご》最期《さいご》

足利《あしかが》のその日のいでたちは、朽葉《くちば》の綾《あや》の直垂《ひたたれ》に、赤革縅《あかがわおどし》の鎧《よろい》を着て、高角《たかつの》を打った兜《かぶと》の緒《お》をしめ、黄金作《こがねづく》りの太刀《たち》をはき、二十四さしたる切斑《きりふ》の矢負《お》い、滋籐《しげどう》の弓を持ち、連銭葦毛《れんぜんあしげ》の馬に、柏木《かしわぎ》にみみずくのとまった形を紋につけた

金覆輪《きんぷくりん》の鞍《くら》を置いて、乗っていた。鐙《あぶみ》を踏んばって立ち上がり、大音声《だいおんじょう》をあげて、

「昔、朝敵将門《まさかど》を滅ぼして、勧賞《けんじょう》をこうむり、名を後代にあげたる俵藤太秀郷《たわらとうだひでさと》より十代の後胤《こういん》、下野《しもつけ》の国の住人、足利太郎俊綱《としつな》が子、又太郎忠綱《またたろうただつな》、生年《しょうねん》十七歳にまかりなる。かくのごとく官位もなき微賤《びせん》の者の、宮《みや》に向かいまいらせて、弓を引き矢を放つことは、天の恐れ少なからざるところなれども、弓矢の神の冥加《みょうが》のほどは、平家の御上《おんうえ》にこそかからん。三位入道殿《さんみにゅうどうどの》の味方の者ども、われと思わん人々は、寄り合えや、見参せん」と、平等院《びょうどういん》の門のうちへ攻め入り攻め入り戦った。大将軍左兵衛督知盛《たいしょうぐんさひょうえのかみとももり》がこれを見て「渡れや、渡れ」と下知《げじ》すると、二万八千余騎の軍勢が、いっせいに乗り入れ、川を渡った。さすが流れの早い宇治《うじ》川も、馬や人にふさがれて、水は上手《かみて》にたたえとどまる。雑兵《ぞうひょう》どもは、馬の下手《しもて》に取りついて渡ったので、膝《ひざ》より上をぬらさぬ者も多かった。自然、はずれて流れるよその水は、水勢ますます激しくなり、何物も止めずに押し流した。

伊賀、伊勢両国〔いずれも三重県〕の官兵《かんぴょう》は、馬筏《うまいかだ》を押し破られて、六百余騎が流された。萌黄《もえぎ》、緋縅《ひおどし》、赤縅《あかおどし》、いろいろの鎧《よろい》が浮きつ沈みつゆられゆくさまは、神南備山《かみなびやま》の紅葉葉《もみじば》の、峰の嵐に吹き誘われて、竜田川《たつた》の秋の暮れ、堰《いせき》につかえて流れはてぬに異《こと》ならず。その中に緋縅の鎧を着た武者が三人、網代《あじろ》に流れかかって、浮き沈みながらゆられているのを、伊豆守《いずのかみ》が見て、

伊勢武者は皆ひをどしの鎧きて
　宇治の網代にかかりぬるかな

と詠《よ》んだ。

この三人は皆、伊勢国の住人であった。黒田後平四郎《くろだごへいのしろう》、日野十郎《ひののじゅうろう》、乙部弥七《おとべのやしち》という者である。その中で、日野十郎は、古強者《ふるつわもの》であったから、弓の弭《はず》を岩のすきまにねじ立ててかき上がり、他の二人の者どもを引き上げて助けたということである。こうして平家の大軍は、のこらず川を渡って、平等院の門の内へ攻め入り攻め入り戦った。この混雑にまぎれて、宮を南都《なんと》へ先立って落としまいらせて、源三位《げんざんみ》入道の一党、渡辺党、三井寺《みいでら》の大衆《だいしゅ》は、あとに踏みとどまって、

防ぎ矢を射た。源三位入道は齢《よわい》七十を越え、いくさをもして、左の膝頭《ひざがしら》を射られて重傷を負ったので、いまは心静かに自害しようと、平等院の門の内へ引き退《しりぞ》こうとしたが、そこへ敵が攻め込んで来た。次男源大夫判官兼綱《げんだいふはんがんかねつな》は、紺地の錦《にしき》の直垂《ひたたれ》に、唐綾縅《からあやおどし》の鎧を着て、白葦毛《しらあしげ》の馬に金覆輪《きんぷくりん》の鞍を置いて乗っていたが、無事父を逃がそうとして、引きかえし引きかえし防戦した。上総《かずさの》太郎判官が射放った矢に、源大夫判官が内兜《うちかぶと》を射られてひるむところに、上総守の童《わらわ》の次郎丸《じろうまる》という大力《だいぢから》の剛《ごう》の者が、萌黄《もえぎ》色《いろ》の鎧を着て、三枚兜の緒《お》をしめ、打物《うちもの》の鞘《さや》をはずして、源大夫判官に馬を押しならべ、むずと取っ組み、どうとばかり馬から落ちた。源大夫判官は、大力であったから、次郎丸を取って押《おさ》えて首をかき、立ち上がろうとするところ、平家の兵《つわもの》どもが十四、五騎落ちかさなって、ついに兼綱を討ってしまった。伊豆守仲綱《なかつな》も、激戦のすえ重傷をあまた負って、平等院の釣殿《つりどの》で自害し果てた。その首を、下河辺藤三郎清親《しもかわべのとうさぶろうきよちか》が取って、大床《おおゆか》の下へ投げ入れた。六条蔵人仲家《ろくじょうのくらんどなかいえ》、その子又太郎仲光《またたろうなかみつ》も、奮戦のはてに一つ所で討ち死にした。この仲家というのは、故帯刀先生義賢《たてわきせんじょうよしかた》の嫡子《ちゃくし》である。父討たれてのち孤児であったのを、三位入道が養子にして、かわいがり養育したのであるが、常日《つねひ》ごろの契《ちぎ》りをたがえじと、おなじ所で討ち死にしたのは哀《あわ》れである。

三位入道は、渡辺長七唱《わたなべのちょうじつとのう》を召《め》して、「わが首を討て」と言ったが、唱《とのう》は主《あるじ》の生首を討つことの悲しさに、「この身にできようともぞんじよりませぬ。御自害なさりましたるのちならば、御首《おんくび》をいただきましょう」と答えて、討とうとはしない。なるほど、と思ったのであろう。入道は西方に向かって手を合わせ、声高く十度念仏を唱《とな》えて、最後の詞《ことば》として、

埋木《うもれぎ》の花さくこともなかりしに
　身のなるはてぞかなしかりける

と詠《よ》んだが、哀れなことではあった。入道は、太刀の先を腹に突き立て、うつぶしざまに貫《つらぬ》きはてた。臨終のときにおよんで、歌を詠むことなどできうるはずはないのであるが、若い時より分外に好んだ道であったから今わのきわも忘れずに詠《えい》じたのである。その首を長七唱が取って、石にくくりつけ、宇治川の

深き所に沈めた。平家の侍《さぶらい》どもは、いかにもして、競滝口《きおうのたきぐち》をば生けどりにしようと機をうかがったが、競《きおう》もそのことを先に心得て、さんざんに戦い、あまた重傷を負い、腹かき切って自害した。円満院大輔源覚《えんまんいんのたゆうげんかく》は、今は宮もはるかに落ちのびたもうたと思ったか、大太刀、大長刀《おおなぎなた》を左右に持って、敵の中を討ち破って、宇治川へ飛び込み、物具《もののぐ》を着けたまま一つも失わず、水の底をくぐって対岸に上がった。高い所に駆け上がると、大音声をあげて、「いかに平家の公《きん》達《だち》、ここまで川をくぐるは大儀かよう」とあざけって、三井寺へ帰った。

一方、平家方の飛驒守景家《ひだのかみかげいえ》は、古強者《ふるつわもの》であったから、この混雑に乗じて、宮はさだめて南都へ落ちまいらせることであろうとさきまわりして、混甲《ひたかぶと》四、五百余騎、鞭鐙《むちあぶみ》を合わせて追いかけた。思ったとおり宮は三十騎ばかりで逃げ落ちたもうところであった。光明山《こうみょうざん》の鳥居の前で追いつき、雨のように矢を射る。だれの矢か知らぬが、一本の矢が宮の左の御側腹《おんそばはら》に立ったので、宮は馬から落ちて御首を取られたもうた。御供の鬼佐渡《おにさど》、荒土佐《あらどさ》、荒大夫《あこうだいぶ》、理智城房《りちじょうぼう》の伊賀《いがの》公《きみ》、刑部俊秀《ぎょうぶしゅんしゅう》、金光院《こんこういん》の六天狗《ろくてんぐ》も、宮御落命《ごらくめい》の今となっては、なんのためにか命を惜しもうぞと、ぞんぶんに戦い、おなじ場所で討ち死にして果てた。宮の御乳母《おんめのと》の子、六条亮大夫《すけたいふ》宗信《むねのぶ》が、新野《にいの》が池《いけ》へ飛び込み、藻草《もくさ》を顔にかけて震えていると、敵はその前を通って行った。しばらくあって敵の四、五百騎が密語しつつ帰って来た。浄衣《じょうえ》を着た首のない死骸《なきがら》を、蔀《しとみ》に載《の》せてかついでいた。見れば、宮にてあらせられる。われ死なば御棺《みかん》に入れよと仰《おお》せられた小枝《さえだ》という御笛《おんふえ》をも、まだそのまま御腰に差していられる。池の中より走り出て、宮の御屍《かばね》にとりすがりなおよく見たく思ったが、恐ろしさでそれもできない。敵がすっかり通り過ぎてのち、池より上がり、ぬれた衣類を絞《しぼ》りなどして、泣く泣く都へのぼったが、諸人憎まぬ者とてなかった。そのうちに、南都大衆《だいしゅ》七千余人が、兜《かぶと》の緒《お》をしめ宮のお迎えに来たが、先陣は山城《やましろ》の木津《きづ》まで進み、後陣がまだ興福寺《こうぶくじ》の南大門《なんだいもん》にとどまっているとき、宮ははや光明山の鳥居の前で討たれさせたもうたと知らせがあり、大衆はやむなく涙を押《おさ》えて進軍をやめた。南都の大衆が今五十町〔約五・五キロメートル〕ばかり行くのを待たれずに、討たれたもうた宮の御運《ごうん》は、あまりに情けないことではある。

若宮《わかみや》出家

平家の人々は、宮《みや》ならびに源三位入道《げんざんみにゅうどう》〔頼政《よりまさ》〕の一族、三井寺《みいでら》の衆徒《しゅと》、あわせて五百余人の首を、太刀《たち》長刀《なぎなた》のさきにさしつらぬいて、高々とふりかざしながら、夕《ゆうべ》になって六波羅《ろくはら》へ帰ってきた。勝利に勇みたった将兵の騒ぎはまことに物凄《ものすご》いばかり、といったくらいではすまない程である。それらの首の中で頼政のものは、渡辺長七唱《わたなべのちょうじつとのう》がとって宇治《うじ》川の深みに沈めてしまったから見えないが、彼の子供達の首はここかしこからみな尋ねだされてきている。ただ高倉宮以仁王《たかくらのみやもちひとおう》のお首は、普段御所によりつく者がなかったので、見知る人がいない。典薬頭和気定成《てんやくのかみわけのさだなり》だけは、先年宮の御療治のため御所へ伺候《しこう》したことがある故《ゆえ》存じているはずと召しだそうとしたが、目下病気だといって出てこない。そこで宮がつねにお側《そば》に召されていたという女房《にょうぼう》を、六波羅《ろくはら》へ捜しだしてきた。さすがに浅からず思召《おぼしめ》して御子《おんこ》を生ませ寵愛《ちょうあい》されていた女房のこと、なんで宮のお首をみそこなうようなことがあろう。ただひと目見るなり袖《そで》を顔におしあて涙をながしたので、宮のお頸《くび》だということがわかった。

この高倉宮はほうぼうに、御子《おんこ》の宮達を沢山《たくさん》おもちになっていた。宮の叔母《おば》にあたる八条女院《はちじょうのにょういん》のところにおった伊予守盛教《いよのかみもりのり》の娘で、三位《さんみ》の局《つぼね》とよばれていた女房の腹に、七歳になる若宮と五歳の姫君とがあった。清盛《きよもり》の弟池中納言頼盛卿《いけのちゅうなごんよりもりのきょう》から八条女院に申しいれて、

「高倉宮のお子の宮方が、多くいらっしゃるとのことですが、姫宮のことはさておきて、若宮をば早々にお引渡しください」

というと、女院はそれにお答えして、

「宮のこんどの騒ぎが知れると、お乳《ち》の人が考えもなく何処《いずこ》へお連れ申したのやら、この御所内にはまったく見あたりません」

との仰《おお》せで、頼盛卿もせんかたなく、その由《よし》を入道相国《にゅうどうしょうこく》へ申したてた。すると清盛は、

「なんで左様なことがあろう。御所を外にして、何処《いずこ》へゆくところがあるとい

うのだ。そんな次第ならば、武士共をつかわして、御所内を捜索させよ」と命じた。この中納言頼盛は女院の乳母《めのと》の娘、宰相殿《さいしょうどの》とよばれる女房と夫婦になって、平生《へいぜい》御所へ出入りしていたので、女院も日ごろ親しんでおられたのだが、この若宮のことがあってからは、急に他人みたいに彼をうとましく思われるようになった。問題の若宮は女院にむかって、

「このように重大な事になりましては、とても逃れることはできないでありましょう。どうぞ早く私をお引渡しください」

とうったえた。女院ははらはらと落涙されて、

「普通子供の七つ八つといえば、まだ頑是《がんぜ》ない年ごろといってよい。それが自分のため大事ができてきたのを心配して、このようにいとおしいことをいう。六、七年このかた手塩にかけて育てきた甲斐《かい》もなく、今になって辛《つら》い思いをさせられます」

とばかり、せきあげ泣きつづけられた。しかし頼盛が若宮をさしだすよう重ねて催促するので、今はよぎなく若宮を引渡すことになった。若宮の生みの母三

位の局は、今日をかぎりの別れなので、ひとしお名残《なご》り惜しく思われたのであろう。涙ながらに衣裳を着せかえ、お髪《ぐし》をかき撫《な》でかきなおして、なかば夢心地で若宮を頼盛へ引渡される。女院をはじめ御所内の女房、女わらべにいたるまで、袖《そで》をしぼらない者はなかった。頼盛卿は若宮をうけとり、車にのせて、六波羅へつれていった。

前右大将宗盛《さきのうだいしょうむねもり》卿は、連行されてきた若宮をみると、父の相国禅門《しょうこくぜんもん》（清盛）の前にでて、

「どうしたわけでしょうか、若宮のお姿をみるにつけ、あまりにも可愛《かわい》そうな気がしてなりませんので、理を非に曲げても若宮のお命を私におあずけください」

と願うと入道は、

「それでは、すぐに出家させろ」

という。宗盛卿がこの由《よし》を八条女院方へ通知すると、女院も、

「それには異存がありません。早速《さっそく》そうしてください」

という返事なので、若宮を出家させ僧侶とすることにきまって、仁和寺《にんなじ》の御門跡《ごもんぜき》の弟子にした。後に東寺《とうじ》の首席の長者安井《ちょうじゃやすい》の宮の僧正道尊《そうじょうどうそん》と申された方は、この若宮のことである。

通乗《とうじょう》の沙汰《さた》

また高倉宮《たかくらのみや》の御子《おんこ》の若宮《わかみや》が、奈良にもう一人おった。おもり役の讃岐守重秀《さぬきのかみしげひで》が出家させて、ともに北国《ほっこく》へ落ちのびていたのを、木曾《きそ》義仲《よしなか》が攻めのぼる際、天子にしようとして都へつれのぼり、御元服《ごげんぷく》おさせ申したので、木曾の宮とも言われている。あるいは出家からまた在俗の人にかえったので、還俗《げんぞく》の宮ともいう。のちには嵯峨《さが》の北の山辺の野依《のより》におられたので、野依の宮とも申しあげた。

昔、通乗《とうじょう》という人相見《にんそうみ》がいた。宇治殿《うじどの》（藤原頼通《ふじわらのよりみち》）、二条殿（同教通《のりみち》）の人相

をうらなって、

「三代の天子《てんし》の関白《かんぱく》にのぼり、八十歳の長寿をえられます」と予言したところがその通りになった。内大臣《ないだいじん》の藤原伊周《これちか》をうらなって、

「流罪《るざい》の相がある」

といったところ、はたして後《のち》に太宰権帥《だざいのごんのそつ》に左遷《させん》された。聖徳太子《しょうとくたいし》は崇峻《すしゅん》天皇をうらなって、

「横死《おうし》〔殺害・事故など不慮の死〕の相があられる」

と申されたが、案のじょう馬子《うまこ》の大臣《おとど》に殺され[61]給《たも》うた。それ相当に人なみすぐれた者は皆、人相を見る専門家だったというわけではないけれども、このようにいずれも見事に適中している。それにひきかえ高倉宮の場合は、少納言宗綱《しょうなごんむねつな》の占《うらない》のあやまりと言わないでなんと言おうか。

中世、兼明《かねあきら》親王、具平《ともひら》親王と申されたかたがたは、前中書令《さきのちゅうしょりょう》中務省《なかつかさしょう》の長《ちょう》宮《ぐう》、後の中書令の親王といって、それぞれ賢王醍醐《だいご》帝、聖主村上《むらかみ》帝の王子であられたが、御《み》くらいにはつかせられなかった。しかし、いつかはという謀反心《むほんしん》

はおこされていたに違いない。また後三条院《ごさんじょうのいん》の第三の王子、輔仁《すけひと》親王も才学がすぐれておられたので、白河院《しらかわのいん》がまだ皇太子であられた時分、父の後三条院が白河院に遺言《ゆいごん》して、

「あなたが御位《おんくらい》につかれた後は、この輔仁の宮に位を譲らせ給え」

と申しのこされたが、どういうお考えか白河院はその遺言を実行しなかった。代りにはせめてものつぐないとして、輔仁親王の御子に源氏の姓をおさずけなされて、無位から一躍三位《さんみ》にのぼせ、やがて中将に任命された。一代の源氏が無位からいきなり三位になるのは、嵯峨《さが》皇帝の御子、陽院《よういん》大納言 定 卿《さだむのきょう》以外、これが初めてだということである。

高倉宮以仁王《もちひとおう》御謀反《むほん》の時、怨敵《おんてき》退治の修法《しゅほう》をおこなった高僧達に、恩賞がおこなわれた。前右大将宗盛《さきのうだいしょうむねもり》卿の子息侍従清宗《じじゅうきよむね》は、三位にのぼらされたので三位の侍従とよばれた。今年わずか十二歳、父の宗盛卿もこの齢《よわい》の時は、兵衛佐《ひょうえのすけ》だったと思う。にわかに三位以上の上達部《かんだちめ》（公卿《くぎょう》）になられたのは、摂政関白《せっしょうかんぱく》家《け》(62)のお子達のほかは、聞いた前例がない。この恩賞の叙位《じょい》、叙任の理由を記し

た除書《ききがき》には、源以仁《みなもとのもちひと》、頼政《よりまさ》法師追討の賞としたためてあった。高倉宮以仁王が後白河法皇《ごしらかわほうおう》の第二の王子であるのは、まぎれもないことであるのに、これを討《う》ち奉《たてまつ》るばかりか、臣下にしてしまったのは、あさましく、またけしからぬ次第でもある。

鵼《ぬえ》

そもそも源三位入道頼政《げんざんみにゅうどうよりまさ》は、摂津守頼光《せっつのかみらいこう》の五代目、三河守頼綱《みかわのかみよりつな》の孫、兵庫頭《ひょうごのかみ》仲政《なかまさ》の子息である。保元《ほうげん》の合戦《かっせん》の折、味方に先駈《さきが》けして攻めこんだが、これというほどの賞にあずからなかった。また平治《へいじ》の乱も、源氏の縁《ゆかり》をすてて平家側に味方したが、やはりたいして酬《むく》いられることもなかった。ながらく禁裏《きんり》（皇居）の守護番役にあったが、殿上人《てんじょうびと》の列に入ることもなく、齢《よわい》かたむいてから述懐《じゅっかい》の和歌一首を詠《よ》み、はじめて昇殿をゆるされることになった。

人知れず大内山《おほうちやま》の山守《やまもり》は
　木隠《こがく》れてのみ月をみるかな

大内山の山番は木《こ》の間隠《まがく》れに、人知れず月をながめるばかりだという、ひそかに身の不遇をかこつ歌意で、それを憐《あわ》れまれて殿上の人となったわけである。しばらく正四位下《しょうしいのげ》にとどめられていたので、三位《さんみ》に昇りたいと願い、

　昇るべき頼りなき身は木のもとに
　　椎《しひ》をひろひて世を渡るかな

椎《しい》にまだ四位でいる自分をことよせたこの歌で、やっと三位になった。やがて出家して源三位入道とよばれ、今年はとって七十五歳になる。

この入道が一代の名誉としたところは、およそ三十年前にあたる近衛《このえ》天皇時代の仁平《にんぴょう》のころ〔一一五一―五四年〕、天皇が夜ごとにおびえて気絶することがあった。祈禱《きとう》に効験《こうげん》のある高僧や貴僧をよんで、大法、秘法といった修法《しゅほう》をおこなわせたが、一向にしるしがない。主上《しゅじょう》のお悩みは丑《うし》の剋《こく》、午前二時頃にかぎってのことだが、東三条《とうさんじょう》の森の方角から一むらの黒雲が御殿の屋根に飛来し

て覆《おお》いかぶさるとみる間に、きまって主上のおびえがはじまる。それで公卿《くぎょう》たちが会議をひらいて相談した。むかし寛治《かんじ》のころ〔一〇八七―九四年〕堀河《ほりかわ》天皇のお時分、おなじく天皇が夜な夜なおびえなされることがあった。時の将軍義《よし》家朝臣《いえあそん》は、紫宸殿《ししんでん》の広縁《ひろえん》に祇候《しこう》していたが、御悩《ごのう》の刻限がくると、弓のつるをひき鳴らすこと三度ののち、大音声《だいおんじょう》をあげ、「前陸奥守《さきのむつのかみ》　源《みなもとの》　義家《よしいえ》」と呼ばわると、人々はその声に身の毛の総立つ感じがしたが、同時に主上のお悩みもやんだ。

このようなことがあるのでその先例にならい、武士に命じて警固にあたらせたがよいということになり、源平両氏のつわものの中から人選したところ、頼政が選びだされた次第だとのことである。その時まだ兵庫頭《ひょうごのかみ》だった頼政は、この人選にたいして、

「昔から朝廷に武士をおかれるのは、謀反《むほん》の徒《と》をしりぞけ、勅命《ちょくめい》に違うやからをほろぼす用意のためである。しかし、目にも見えない変化《へんげ》の物を、退治せよという仰《おお》せはまだ承《うけたま》わったことがない」

と申立《もうした》てたが、主上のお言葉にそむくわけにはゆかないので、お召しにしたがって参内《さんだい》した。頼政は心から信頼している家来、遠江《とおとうみ》の国〔静岡県〕の住人井《いの》（猪）早太《はやた》に、鷲《わし》の風切り羽根をつけた矢を背負わせ、ただ一人供させた。自分は表裏同じ色の狩衣《かりぎぬ》をきて、山鳥の尾羽根に先とがりの鋭い鏃《やじり》をつけた二筋の矢、滋籐《しげどう》の弓(63)を携《たずさ》えて紫宸殿の広縁に祗候した。頼政が二筋の矢を携えたのは、その頃まだ左少弁《さしょうべん》の官にあった雅頼卿《まさよりのきょう》が、

「変化の物を討《う》ちとることのできるのは、頼政だけだ」

と彼をえらびだしたので、一の矢で怪物を射そこなった場合、この矢をもって左少弁雅頼のしゃっ頸《くび》の骨を、射切ってしまうつもりからであった。

日ごろ人々が言っていたとおり、お悩みの時刻になると、東三条の森の方から黒雲ひとむら立ちおこって、御殿の上にたなびいた。頼政が眼をこらして見上げると、雲の中に怪しい物の姿がある。これを射損じたならば、もう生きてはおられないと思いながらも、矢をとって弓につがい、南無《なむ》八幡大菩薩《はちまんだいぼさつ》と心に念じて弓をひきしぼり、ひょうとばかり矢をはなった。すると、ぶっつりと手

ごたえがして命中した。

「おう、仕留《しと》めたぞ」

と叫び声をあげると、井早太が進みよって屋根よりころげ落ちてくる怪物をとって押《おさ》え、つづけさまに九たびまで刺しとおした。その時上下の人々が手に手に火をともして馳《は》せあつまり、怪物を照らしてみたところ、頭は猿、胴は狸《たぬき》、尾は蛇《へび》、手足は虎《とら》の姿をしている。なく声は鵼《ぬえ》〈トラツグミ。転じてこの怪物をいう〉に似て、恐ろしさいうばかりない。主上は御感心のあまり、獅子王《ししおう》と名づけられていた御剣《ぎょけん》を御下賜《ごかし》になった。宇治《うじ》の左大臣《さだいじん》藤原頼長《よりなが》がこの御剣をとりつぎ、頼政に賜《たま》わろうとして、紫宸殿の正面の階段をなかばおりかけた折柄《おりから》、季節は四月十日すぎの頃なので、雲間をほととぎすが二声三声ないて飛びすぎた。その時宇治の左大臣殿が、

ほととぎす名をも雲井《くもゐ》にあぐるかな

と雲井を宮居《みやい》〈宮中〉にかよわして、頼政の武勇をほめたたえた。頼政は庭上に右膝《みぎひざ》をつき、狩衣の左の袖《そで》をひろげ、それとなく月を横目に仰ぎながら後を

うけて、
　弓はり月のゐるにまかせて
とつけた。私は弓はり月の入るまま、盲矢《めくらや》を射たにすぎません、と「入る」を「射る」にかけ、けんそんの意をあらわしたものだ。そこで主上も臣下も、「頼政は弓矢をとって較《くら》べる者がないばかりか、歌道にもすぐれている」と感心された。ところで射殺《いころ》した変化《へんげ》の物は、丸木舟に入れて流したとのことである。

　すぎ去った応保《おうほ》のころ〔一一六一―六三年〕、二条院《にじょうのいん》御在位の時代、鵼《ぬえ》という怪鳥の皇居における啼《な》き声《ごえ》が、しばしば主上のお心をなやますことがあった。先例によって、頼政をお召しになった。五月二十日すぎの時分で、宵《よい》のうち唯《ただ》一声啼いたぎり、後は声をたてない。何かで目をつかれても分らぬ闇夜《やみよ》ではあるし、姿かたちも見えないので、どこを目あてに狙いをつけてよいか見当がつかぬ。頼政は策をめぐらせ、まず大鏑矢《おおかぶらや》(64)とって弓につがい、鵼の啼き声のした内裏《だいり》（皇居）の屋上へはなった。鵼は鏑矢の音におどろいて空に飛びたち、しばらくの間声ひくく啼きさわぐ。それを目標に二の矢の小鏑《こかぶら》をとってつがい、ひゅうとばかりきって放てばふっと手ごたえして、鵼とかぶら矢と一緒になって前に落ちてきた。これに宮中の人達はどよめきあい、主上の御感《ぎょかん》もひととおりではない。御衣《ぎょい》をば下賜《かし》なされたが、それをとりついだ大炊御門《おおいのみかど》の右大臣公能公《きみよしこう》は、頼政にわたすさい、

「もろこしの養由《ようゆう》は、雲外の雁《かり》を射落《いおと》したというが、これは雨の中に鵼を射た」

とほめそやして、

　五月闇《さつきやみ》名をあらはせる今宵《こよひ》かな

と言われると、頼政は、

　たそかれ時もすぎぬと思ふに

いや、まだたそがれ過ぎの宵《よい》のうちでした。と軽く応じながら、御衣を肩にかけて退出した。その後伊豆国《いずのくに》を賜《たま》わって、子息仲綱《なかつな》に伊豆守を名のらせ、自分は三位となり、丹波国《たんばの》船井郡《ふないごおり》の五箇《ごか》の庄《しょう》や若狭国《わかさの》東宮川《とうみやがわ》を領有して、ともかくも余世を無事におくることができた身の上であるにもかかわらず、甲斐《かい》ない

謀反《むほん》をおこして高倉宮《たかくらのみや》を死なせ、わが身もともにほろんでしまったのは惜しいことであった。

三《み》井《い》寺《でら》炎上

これまでは比叡山延暦寺《ひえいさんえんりゃくじ》の僧侶大衆《だいしゅ》ばかり、ことあるごとにうるさく訴訟沙汰《そしょうざた》におよんでいたが、今度は穏便《おんびん》を旨《むね》として少しも騒ぎたてない。

「奈良の興福寺《こうぶくじ》と三井寺は、高倉宮《たかくらのみや》をかくまったり、あるいは宮を迎えとろうとした。まったく朝敵の行為で、討伐《とうばつ》せずにはおかれぬ」

ということになり、おなじ年の五月二十七日、清盛入道《きよもりにゅうどう》の四男頭中将《とうのちゅうじょう》重衡《しげひら》を大将に薩摩守忠度《さつまのかみただのり》を副将として、総勢一万余騎で園城寺《おんじょうじ》（三井寺《みいでら》）へはせ向かった。園城寺の方でも堀をうがち、搔楯《かいだて》(65)をかけつらね、樹々の枝をさかさに立てならべて、待ちかまえている。午前六時頃、互《たがい》に鏑矢《かぶらや》をはなって矢合《やあわせ》をおこない、終日戦《たたか》いくらした。この防衛戦で大衆の法師達、三百余人が討《う》ち死《じ》にした。夜戦になると、官軍は闇《やみ》に乗じて寺内へ攻め入り火を放った。焼失したものは、本覚院《ほんがくいん》、常喜院《じょうき》、真如院《しんにょ》、花園院《かおん》、普賢堂《ふげんどう》、大宝院《だいほう》、清滝《しょうりゅう》院、教待《きょうだい》和尚《かしょう》の本坊ならびに弥勒菩薩《みろくぼさつ》の本尊などからして、八間四面の大講堂、鐘楼《しょうろう》、お経倉《きょうぐら》、灌頂堂《かんじょうどう》、仏法擁護《ようご》神社の社壇、新熊野《いまぐまの》の御宝殿にいたるまで、堂舎、塔廟《とうびょう》あわせて六百三十七棟《むね》、大津《おおつ》の民家千八百五十三軒、智証《ちしょう》大師が唐より持ちかえられた一切経《いっさいきょう》(66)七千余巻、仏像二千余躰《たい》、またたくの間に煙となってしまったのは悲しい次第だ。諸天神のかなでる妙《たえ》なる五楽《ごがく》の調べもこの時かぎりに尽きはて、蛇体《じゃたい》の竜神がうける三熱《さんねつ》の苦しみともいうべき仏法の苦難はこれより一層ひどくなるだろうと思われた。

三井寺はもとは近江《おうみ》の義大領《ぎだいりょう》(郡司に準ぜられた者)の私《わたくし》の寺であったのを、天武《てんむ》天皇に献じてその御願寺《ごがんじ》としたものである。寺の本尊である朝鮮渡来の弥勒菩薩も、天武天皇の御本尊だったのであるが、生身《なまみ》の弥勒菩薩と評判された教待和尚《きょうだいかしょう》が、百六十年間ふだんに御奉仕した後、智証《ちしょう》大師にゆずられた。弥勒菩薩は住居《すまい》とする都士多天《としたてん》の摩尼《まに》の玉殿(67)からあまくだって、竜華樹《りゅうげじゅ》のもとで生れかわる日を待っておられるという話であるのに、これは一体どうしたことなのか。智証大師がこの寺を、秘法の伝授と阿闍梨《あじゃり》の位をうけ継ぐ、灌頂《かんじょう》(68)式の霊《れい》場《じょう》として、井戸の初水《はつみず》手のひらに掬《むす》び汲《く》まれたことから、三井寺（もとは御井《みい》寺）と名づけられた。このようにめでたい霊地なのだが、今は何でもなくなった。仏法の顕教《げんきょう》(69)も密教もたちまち滅び、堂塔伽藍《がらん》の跡もない。威儀を修《おさ》める身《しん》行《ぎょう》、真言《しんごん》をとなえる語行《ごぎょう》、心に本尊を念ずる意行《いぎょう》の三つを修める三密道場もなければ、鈴《れい》の響《ひびき》もとだえてしまった。夏の戒行所《かいぎょうしょ》の仏にそなえる、花も水もない。徳をつんだ年功の名僧は、修学《しゅがく》をおこたり、次代の仏法をうけつぐ弟子は、経文《きょうもん》の教《おしえ》から離れていった。三井寺の長吏《ちょうり》（総つかさ）で後白河院《ごしらかわのいん》の五番目の息子である円恵《えんけい》法親王は、天王寺《てんのうじ》の別当（長官）職を停止された。ほかの僧正《そうじょう》、僧都《そうず》、律師《りっし》といった僧官十三人は、官位を剝奪《はくだつ》されて検非違使《けんびいし》にあずけられた。衆徒《しゅと》の悪僧どもは筒井《つつい》の浄妙明秀《じょうみょうめいしゅう》にいたるまで、三十余人流刑《るけい》に処せられた。

「このような天下の擾乱《じょうらん》と国家の騒動は、ただごととは思われない。平家の世も末になった前ぶれであろうか」
と心ある人は語った。

注釈

池田弥三郎

「平家」 桓武《かんむ》平氏の場合、源氏（清和《せいわ》）と対比して言う場合、「源氏と平氏」というよりも、一般的に「源氏と平家」という。「平家」という言い方が、流布し、親しまれたのは、『平家物語』の存在の影響と考えられる。

（1）「祇園精舎の鐘の響……」 平家はその中頃地位が低かったのを、一代にして全国の半ばを領し、臣下として最高の栄華をほこった。しかしたちまちに亡ぼされて一族が絶えてしまうという、文字どおりの栄枯盛衰を国民の前に現出した。この文句は、『平家物語』に書かれた平家の運命を象徴する、冒頭に掲げられた対句《ついく》である。七五七五の調子からみれば、おそらく今様〔注14参照〕風のものがあって、それがこの場合にふさわしいものとして採用せられたと思われる。

（2）「秦の趙高、漢の王莽、梁の周异、唐の安禄山」 趙高《ちょうこう》は秦の二世皇帝の時に権力をふるい、王莽《おうもう》は漢の平帝《へいてい》を殺して国をうばい、周异《しゅうい》（朱异）は梁の武帝の臣だったが国をほろぼし、安禄山は玄宗が楊貴妃を愛して政治を怠った時、乱をおこした。いずれも一時勢が盛んであったが、ついにはみな滅ぼされた中国における史上の有名な人物の例である。

（3）「康和の源義親〔……藤原信頼〕」　堀河天皇の康和年間、源義家《よしいえ》の子義親が、任国で乱暴を働いたが亡ぼされた。〔藤原信頼は後白河上皇に信任されたが、政争の末、源義朝《よしとも》と結んで平治の乱を起こす。清盛らに討たれた〕

（4）「六波羅の入道《にゅうどう》」　平家はその邸《やしき》を京の六波羅に構えたので、六波羅殿御一家と称せられた。清盛が出家入道したのは、仁安《にんあん》三年（一一六八）十一月十一日、齢《とし》五十一歳で病《やまい》を得、命ながらえるため浄海《じょうかい》と名のったと「禿髪《かぶろ》」の項に見える。

（5）「昇殿」　清涼殿《せいりょうでん》の殿上の間に出入りすることで、これを許された人は殿上人とか雲《くも》の上人《しょうにん》とかいわれ、それに対し昇殿を許されない人を地下人《じげびと》という。殿上人は、四位五位、および六位の蔵人《くらんど》を言う。

（6）「五節豊明の節会」　五節の舞の行なわれる十一月第二の丑寅卯《うしとらう》辰《たつ》の四日間で、その最終日に豊明の節会が行なわれる。五節の舞姫の起源は、本書巻の五「五節の沙汰《さた》」に見える天女が五たびひるがえして舞った舞に、その起源があるからとする説もあるが、おそらく宮廷の宴会にまれびとを迎える舞人という資格で参加する者の、宮廷儀礼化したものであろう。

（7）「播磨米は、木賊か、椋の葉か……」　家成卿が播磨守だったので、これを播磨産の米に諷《ふう》したことば。木賊、椋の葉はいずれも物をみがくのに用いる植物である。

（8）「雲居より……」　表面の意味は、天のかなたからただ洩《も》れて来た月だからして、いい加減なことでは言うまいと思う、ということだが、「唯洩《ただ》り」に「忠盛」がひっかけてある。こういう歌は、万葉以来あるが、たとえば「物名《もののな》の歌」といって、表面の意味と無関係な語がこめてある歌は、古今集などでも一まとめになっているほど多い。忠盛の名を入れたのは女房の機智である。

（9）「薩摩守忠度」　平忠盛の子。後に平家都落ちの時、藤原俊成《ふじわらのしゅんぜい》に歌を托し、のち一首が読人しらずとして『千載集《せんざい》』に載せられたという話が巻七に載っている。この人名が、人々に親しまれたことは、現代でも、「無賃乗車」を「サツマノカミ」ということでもわかる。

（10）「禿髪」　髪を垂れそろえて切った形で、今のおかっぱのようなもの。童《わらべ》を髪形で類別した名に、うない、めざし、はなり、かぶろわらわなどがあり、いずれも髪の形の名である。

（11）「禁門を出入すとも……」　宮中の門を出入するにあたっても、名をたずねられるということもなく、自由自在であった。それを見て、都の官人たちは、その勢威におそれて、横をむいていたということ。長恨歌（楊貴妃の故事をもとに創作した白楽天《はくらくてん》の詩）伝という書に、楊貴妃の一族の横暴ぶりを説いている文句。清盛の威光をかさに、京中をのし廻る禿の連中の横暴をたとえるのに、引用した。

（12）「禁色〔や直衣〕」　衣服の染色のうち、勅許《ちょっきょ》なしでは着用を禁じられた服色。また、位階相当の服色以外の色の着用を禁じる等、何種類かある。〔直衣は、貴人の平服〕

（13）「白拍子」　平安末期に流行した歌舞の名。またこれを舞った遊女をも指す。鳥羽院のころ、島《しま》の千歳《せんざい》、若《わか》の前《まい》の二人が舞いはじめたとし、水干《すいかん》、立烏帽子《たてえぼし》、白鞘巻《しろざやまき》を差して舞ったが、のちに水干だけとし、それゆえ白拍子といわれたと、すぐあとに出てくるが、無伴奏の拍子の意味だという説もある。今様（次注）を歌いながら舞った。

（14）「今様」　今様歌の略。新たにはやりだした歌の意である。たいてい七五調で、八句あるいは十二句からなる。仏教の和讃《わさん》から出たといわれ、雅楽では越天楽《えてんらく》にあわせて歌われる。

（15）「五逆罪」　仏教でいう、その報《むく》いを救済する余地のない、五種の最も重い罪。父を殺す、母を殺す、阿羅漢《あらかん》〔仏教でいう聖者〕を殺す、僧の和合を破る、仏身から血を出させるの五つ。

(16)「無間地獄」　無間はムケン。意味は間断のないことであるため、「無限」を連想してムゲンということが多い。八大地獄の一。五逆罪を犯した者が落ちるところで、間断なく極苦を受けるという。原文では悪道といっている。

(17)「七夕」　日本の民俗上のたなばた伝説は、水の上につくり出した「たな」の上で、「はた」を織りながら訪れてくる神を待っている女性が「たなばたつ女《め》」であり、これを略して「たなばた」といった。そういう日本の民俗に、早く輸入された中国の牽《けん》牛《ぎゅう》・織女《しょくじょ》の伝承が重なって七夕の行事が形をととのえ、整理された。「天の川を渡る梶の葉……」は、七夕の夜、相思の男女がその思いを梶の葉に書いて祈る風習である。

(18)「則天皇后」　則天武后ともいい、唐の太宗の后であったが、太宗の死後、高宗の寵を得、皇后の地位についた。中国における二代の后の実例である。

(19)「天子に父母なし」　古代においては、天子は皇統を継ぐや、信仰的には天祖の皇孫であり、人間としての父母を持たぬことになる。後世、「朝覲《ちょうきん》の行幸」と称して、天子が年頭に生みの親や先帝の御所に行幸される行事が行なわれるのは、この信仰が薄れ去ってのちのことである。「鹿谷《ししのたに》」の段に書かれた主上の正月三日法住寺殿《ほうじゅうじでん》への行幸は、法住寺が法皇の御所であったからで、それはいわゆる朝覲の行幸である。

(20)「うきふしに……」 あのいやな、つらかった時に、この世を捨てさりもせず、今わたしは二代の后となって、世間に前例のない評判を流さねばならないのだろうか。ふしは竹の節とその折、その時の意味とかけてある。沈む、川、流す、みな縁語であり、よも、世の中のことと、竹の節をよというので、これもかけてある。

(21)「観音火坑変じて池となるはいかに」 法華経普《ほけきょうふ》門品《もんぼん》には、観音の力を念ずれば猛火の穴も変じて池となるとあるが、清水の観音様はいったいどうしたことかという皮肉。

(22)「諒闇」 天子が崩御されて、新帝が喪《も》に服していられる期間。

(23)「御禊も大嘗会も」 御禊は、天皇が大嘗会の年の十月に川に行幸して行なわれるみそぎ。

大嘗会は、天皇の即位後、初の新嘗祭《しんじょうさい》。陰暦十一月の中の卯《う》の日に行なわれるが、これに先だち、悠紀《ゆき》・主基《すき》の二地方〔悠紀は京都以東、主基は以西の国から大嘗祭ごとに定められた。註31も参照〕を定めて新穀を奉《たてまつ》らせ、当日天皇みずから天神地祇《てんしんちぎ》〔天の神と地の神〕に供せられる。大嘗会の次第は巻の五「五節の沙汰」にくわしい。

(24)「除目」 大臣以外の諸臣を官職に任じる儀式。春の県召《あがためし》の除目と、秋の司召《つかさめし》の除目があった。県召は地方官の任官であり、司召は京官の任官である。
(25)「北面の武士」 院の御所の北面にいて、院中を警衛する武士。
(26)「追儺の叙任日」 追儺の除目《じもく》〔注24参照〕。追儺は毎年大みそかの夜、宮中で鬼を払う行事で、その後で行なわれる小範囲の除目を追儺の除目という。
(27)「目代」 地方官の代理として任国に行き、事務を行なったもの。当時、「守《かみ》」すなわち地方の長官は、任国にはほとんど行かなかった。
(28)「浄頗梨の鏡」 地獄のえんま大王のそばにあって、亡者をこれに向かわせ、その生前の善悪業すべてを写し出すという鏡。
(29)「首陽山に蕨を折った……」 周の武王が紂《ちゅう》王を討つとき、伯夷《はくい》・叔斉《しゅくせい》の兄弟はこれを諫《いさ》めて容《い》れられなかったので、首陽山に隠れてわらびを食い、ついに餓死したという故事。
(30)「神楽」 宮廷の御神楽は、宮廷外の神事芸が宮廷芸に固定したもので、その次第を見ると、宮廷外の芸能団の、宮廷を祝福に参入した芸能のおもかげがある。宮廷のは、石清水《いわしみず》八幡の「神あそび」が中心であるが、ここに出る神楽は、厳島の神を祭るために奏する舞楽ということであろう。
(31)「風俗歌、催馬楽」 風俗歌は、あるいは「くにぶりうた」。諸国の民謡が服従の誓約の意味をもって宮廷に奏上せられ、宮廷に伝えられたもの。大嘗祭《だいじょうさい》のときも、悠《ゆ》紀《き》・主基《すき》の両国よりその土地の歌舞を奏上する例があった。

催馬楽については、宮廷の御神楽の宴たけなわのころ、民謡がうたわれたが、それらの歌は神楽歌では「大前張《おおさきばり》」「小前張」に集められている。さきばりは「さきはりに衣はそめつ」の歌の初句をとって名にしたもので、この部分が人気があったので御神楽から独立して歌だけで歌われるようになり、さらに別の歌をとりこんで歌われた。さきはり――さいばりが「さいばら」というようになったものと思われる。

(32)「島がくれゆく舟をしぞおもふ」『古今集』巻九の「ほのぼのと明石の浦の朝霧に島がくれゆく舟をしぞ思ふ」。この歌は読人知らずであるが、左注に「ある人のいはく」として、柿本人麻呂の作としている。

(33)「蘆辺をさして田鶴鳴き渡る」『万葉集』巻六にある山部赤人《やまべのあかひと》の歌「和歌の浦に潮満ち来れば潟《かた》を無《な》み葦辺をさしてたづ鳴き渡る」。

(34)「かたそぎのゆきあひの間より霜やおくらん」『新古今集』巻十九「夜や寒き衣《ころも》や薄き片そぎの行きあひの間より霜やおくらむ」。左注に「住吉の御歌となむ」とあり、住吉の神の歌としている。

(35)「とぶらひ来ませ杉たてるかど」『古今集』巻十八読人しらず「我が庵《いほ》は三輪の

山もと恋しくば訪《とぶ》らひ来ませ杉立てる門」。

(36) 「素盞鳴尊がはじめて三十一文字の……」『古事記』の、素盞鳴尊の歌と伝える「八雲《やくも》立つ出雲《いづも》八重垣《やへがき》妻ごみに八重垣作るその八重垣を」を、短歌のはじめとしている。記の歌謡で最も古い時代の章にでているので、そういう説がでてくるのであるが、それは単なる伝承にすぎない。後代の結婚の新室《にいむろ》ほがいの歌が素盞鳴尊の話に結びついたものであろう。

(37) 「物怪どもがとりついた」 建礼門院の産の苦しみの機会に物怪がとりつく話は『源氏物語』の「葵の上」に六条御息所《みやすどころ》の生霊がとりつくくだりとほとんど同型である。祈りによりせめたてると、讃岐院の御霊、頼長の怨念、成親の死霊、西光の悪霊、鬼界が島の流人どもの生霊など、数々の怨霊が名のりでる。讃岐院には崇徳《すとく》天皇の追号を奉り、鬼界が島の流人をゆるしたりして、怨霊の退散をはかり、産は無事に行なわれることになる。

(38) 「早良の廃太子を……」 死霊のたたりといわれる例をならべている部分である。早良《さわら》親王は桓武天皇の弟。皇太子を廃され淡路に流される途中で死んだ。崇道《すどう》天皇と追号を奉ったのも、その怨霊が皇統にたたることがあったからである。井上《いがみ》の内親王は聖武天皇の皇女であるが、子の他戸《おさべ》親王とともに廃された。これらの方々には、怨霊のたたりを恐れて、後々も祀りをあつくしている。藤原元方の怨霊についても、他に『神皇正統記《じんのうしょうとうき》』や『栄華物語』にも伝えている。

(39)「松浦の小夜姫」　肥前松浦の美女。〔夫の〕大伴佐提比古《さでひこ》が任那《みまな》に行く時、山上から領布《ひれ》をふって見送った故事が『万葉集』『肥前風土記』その他に見える。

(40)「笑止《しょうし》」　原文は「勝事」とあり、それが語原的には正しい。後世、意味が変化して、字のあて方もそれに合わせて現在のように笑止と書くようになってきた。

(41)「甑」　素焼きの、飯をむす道具。

(42)「反陪」　反閇とも書く。陰陽道のほうの呪術的な足の踏み方。「反閇をふむ」という。現在も郷土芸能にはこのことばと動作がのこり、地霊を踏みしずめる意味をもつ重要な呪術として伝えられている。

(43)「綸言汗のごとし」　綸言は天子の言。汗は一度出ればもどらぬように、天子の言も一たび口から出されれば、取り消しや改変のないこと。

(44)「桃李不言春幾暮、煙霞無跡昔誰栖」　桃李は無言だから、あれから春が幾度暮れて何年たったかを問うこともならぬ。煙霞は跡をのこさないから、むかし誰が住んでいたか知るよしもない。

(45)「宝物集」　日本・中国・印度の説話を採録した書。

(46)「人の親の……」 後撰集《ごせんしゅう》にある藤原兼輔《ふじわらのかねすけ》の有名な歌。「子故の闇」などという句がこの歌からでて来た。人間の、親の位置にある者の心は、決してまっくらがりではないけれども、子どものことを思うというと、冷静な心もかき乱されて、どうしていいかわからなくなってしまう、というのである。

(47)「引出物」 正式の宴会の折に、主人が客人に贈るもの。もとは、馬を贈ったので引くという語になっていると伝える。後《のち》には別に馬に限らないが、正式に用意された贈り物であった。さらに後には、プレゼントの意味にまで使われるようになった。

(48)「願わくは……」 和漢朗詠集にある。原文はこれに続いて「翻して当来世世讃仏乗の因、転法輪の縁となさん」。この世の中で、世俗の文学や、詩歌その他を作った罪をもって、来世において仏教を讃歎する機縁にしようということ。

(49)「小式部の歌にある、大江山や生野の道」 小式部内侍《ないし》の歌「大江山生野の道の遠ければまだふみもみず天の橋立」。『金葉集《きんよう》』巻九にある。

(50)「寛平の法皇」 宇多《うだ》法皇のこと。寛平は宇多の後代の年号。

(51)「遺愛寺……香炉峰」 『白氏文集《はくしもんじゅう》』に「遺愛寺の鐘は枕を欹《そばだ》て聴き、香炉峰の雪は簾《すだれ》を撥《かか》げて看《み》る」とあるによる。

(52)「砧」 木づちで布をうちやわらげるのに用いる木や石の台。または、それを打つこと。

(53)「袴着」　男子が初めて袴をつける時に行なう儀式で、三歳か五歳か七歳のとき行なう。年齢通過儀式の一つである。女子の初めて裳《も》を着る儀式を裳着といい、十二、三歳のころ行なう。

(54)「魚味初」　誕生後、初めて魚肉を食べさせる儀式。いわゆる食いはじめの一種で、食いはじめは普通生後百日目にするところが多い。赤飯と焼魚で成人と同じ食物を供する意味をもつ。地方によれば赤子に章魚《たこ》の足や鮑《あわび》を必ずなめさせる習わしもある。

(55)「衣更えの儀式」　四月一日と十月一日に衣服をかえる儀式。

(56)「大極殿」　大内裏八省院の正殿で、国の大礼が行なわれるところ。なお「紫宸殿」は皇居の正殿である。冷泉院《れいぜいい》の御即位が大極殿で行なわれず、紫宸殿であったのは「主上お風邪を召されて、大極殿へ御幸できなかったから」とあるが、先述の藤原元方の怨霊による発病という説がある。「弘徽殿《こきでん》」は清涼殿の北にあり、中宮のお住まいになる所。

(57)「素戔嗚尊をいつきまつる」　清和源氏、源頼義の長男義家を八幡太郎と言い、次男義綱を賀茂次郎と言い、三男義光を新羅三郎と言う。それぞれ、八幡明神、賀茂明神、新羅明神の子の資格になったところから来た名である。だからここに、正八幡宮と新羅大明神が並称されてでてきているのだ。新羅明神は、古代の荒神であるすさのおの尊を祭った明神だということになっている。

(58)「清涼山」セイリョウザンとも、ショウリョウゼンとも読んでいる。別名五台山。中国の、山西《さんせい》省代州五台県にある。華厳経《けごんきょう》に、文殊《もんじゅ》菩薩は清涼山に住《じゅう》すと説いてあるところから、古来、中国における仏教上の一大霊地となった。山に五台あって、仏寺は合わせて一百寺に及ぶ。

(59)「調婆達多」釈迦の徒弟にあたる者だが仏の敵となった。略して調達という。

(60)「八幡宮の……」八幡という神は、信仰が厚く長いために、その祭神については、いろいろに言われて来たが、中世では、八幡三所と言って、応神天皇・神功皇后・玉依姫を祭神と考えていた。春日大明神は、奈良に現われた神で、藤原氏の氏神であるが、中世ではそうしたことを離れて、霊験あらたかな神とみられていた。

(61)「馬子の大臣に殺され」馬子は蘇我《そが》の馬子。中大兄皇子《なかのおおえのおうじ》に大極殿《だいこくでん》で殺された蘇我入鹿《いるか》の祖父にあたる。

(62)「摂政関白家」平安朝以来、藤原氏の諸流の中でも、摂政や関白になりうる家筋というものは、自然にきまってきていて、脇筋の流れの者はなれなかった。そういう家筋を「大臣家《だいじんけ》」「おおいどの」などと言った。

(63)「滋籐の弓」 重籐とも書く。弓の幹を、籐で巻くが、その巻き方に、幅や間隔などいろいろあり、巻いた上にさらにうるしを塗ったりする。それらにそれぞれ名がある。その中で、しげどうは、籐をびっしりと、しげく巻いたものをいう、と言われている。

(64)「鏑矢」 かぶり（鏑）をつけた矢。木や鹿の角などで、蕪の形の中の空洞になったものを作り、これを矢にとりつける。それには穴があけてあるので、射放つと音を発する。

(65)「掻楯」 あるいは「垣楯」と書く。今の語ならば、楯垣というべき語で、防備のために、楯を垣のごとくに並べたもの。

(66)「一切経」 仏教において、経・律・論を三蔵と言い、三蔵のすべて、合わせて七千余巻を総称していう。

(67)「都士多天の摩尼の玉殿」 都士多天とは、みろく菩薩の住む天のこと。その、みろく菩薩は、都士多天にある宮殿（これを摩尼宝殿《まにほうでん》という）からくだって、竜華の樹の下に、生まれ変わって出現するという。待つこと、五十六億七千万年という。竜華樹は高さ広さ、各四十里という。

(68)「灌頂」 秘法を授けられて、阿闍梨の位を継ぐ時に受ける儀式で、これを伝法《でんぽう》灌頂、または受職《じゅしき》灌頂という。灌頂にはまだほかにもあるが、ここの話では、この伝法灌頂にあたる。

(69)「顕教」　ゲンキョウとよむ。教義が文字ではっきりと示されているもので、華厳《けごん》宗や禅宗・浄土宗などがそれである。

本書は、一九七六年に小社より刊行された『日本古典文庫13　平家物語』をもとにしたものです。
本文中の（　）は原注、〔　〕は編集部注を表します。

本書中に、身体や社会的身分などに関して、今日から見ると差別的用語と思われるもの、偏見を喚び起こす恐れのある表現が使用されていますが、作品が成立した時代背景を考慮されてお読み下さるよう、お願いいたします。

（編集部）

kawade bunko

現代語訳 平家物語（上）

訳者 中山義秀

二〇〇四年一〇月二〇日 初版発行
二〇二二年 六 月三〇日 2刷発行

発行者 小野寺優
発行所 河出書房新社
東京都渋谷区千駄ヶ谷二-三二-二
☎〇三-三四〇四-八六一一（編集）
〇三-三四〇四-一二〇一（営業）
https://www.kawade.co.jp/

デザイン 粟津潔

印刷・製本 大日本印刷株式会社

定価はカバーに表示してあります。
落丁本・乱丁本はおとりかえいたします。

Printed in Japan ISBN4-309-40724-2

現代語訳　古事記

福永武彦〔訳〕　40699-8

日本人なら誰もが知っている古典中の古典「古事記」を、実際に読んだ読者は少ない。名訳としても名高く、もっとも分かりやすい現代語訳として親しまれてきた名著をさらに読みやすい形で文庫化した決定版。

現代語訳　南総里見八犬伝　上・下

曲亭馬琴　白井喬二〔訳〕(上)40709-9／(下)40710-2

わが国の伝奇小説中の「白眉」と称される江戸読本の代表作を、やはり伝奇小説家として名高い白井喬二が最も読みやすい名訳で忠実に再現した名著。長大な原文でしか入手できない名作を読める上下巻。

現代語訳　徒然草

吉田兼好　佐藤春夫〔訳〕　40712-9

世間や日常生活を鮮やかに、明快に解く感覚を、名訳で読む文庫。合理的・論理的でありながら皮肉やユーモアに満ちあふれていて、極めて現代的な生活感覚と美的感覚を持つ精神的な糧となる代表的な名随筆。

平将門魔方陣

加門七海　47307-5

「東京の守護神」と呼ばれ、今も“祟り神”の威力を誇る平将門。首塚、神田明神等、将門ゆかりの神社はなぜ北斗七星の形に並んでいるのか？そして、その魔方陣の封じているものとは？　東京の闇に迫る衝撃作！

神無き月十番目の夜

飯嶋和一　40594-0

なぜ蜂起したのか？　なぜ指導者たちが壊滅されてからも、村民たちが、老人幼児まで、虐殺されなければならなかったのか？　空前の迫力で歴史の奥底に隠されていた真実を甦らせた、衝撃の長篇。

雷電本紀

飯嶋和一　40486-3

天明、寛政、化政期、彗星の如く現われた馬ヅラの《巨大》が相撲をかえた——壮大な構想力とちみつな考証によって史上最強、伝説の相撲とり雷電為右衛門の激烈な運命と時代に迫る長篇。

著訳者名の後の数字はISBNコードです。頭に「4-309-」を付け、お近くの書店にてご注文下さい。